HISTOIRE DE L'ÎLE

Titre original :
Opravdanie ostrova

Éditions des Syrtes, 14, quai Bezanson-Hugues
1204, Genève, Suisse
www.editions-syrtes.com

Evgueni Vodolazkine

HISTOIRE DE L'ÎLE

Roman traduit du russe par

Anne-Marie Tatsis-Botton

ÉDITIONS DES SYRTES

Pour Tatiana et Olga.

Et la terre tremblera,
et au Septentrion s'enflammera l'eau noire,
et au Midi coulera l'eau ardente.
Et la cendre des cieux tombera,
et vos cœurs ne seront plus que cendre.

Prophétie d'Agathon.

Note de l'éditeur

L'opinion publique locale a récemment reçu un choc en apprenant que la célèbre *Histoire de l'Île*, notre première chronique nationale, avait une suite. Cela a rendu indispensable une nouvelle édition, une édition complète.

L'*Histoire de l'Île* a été publiée bien des fois dans sa version antérieure. Elle fait partie des programmes scolaires et universitaires, et ses citations sont depuis longtemps entrées dans l'usage courant. « Nous verrons bien comment tout cela finira », « Il savait que la guerre allait reprendre, puisqu'il était de ceux qui voulaient la ranimer », « Heureux les temps ignorés par les annales », « Le temps n'a nul besoin de se hâter » – ces phrases font partie de notre quotidien, bien que beaucoup aient oublié qu'elles remontent à la chronique.

Nous avons demandé à Leurs Altesses Sérénissimes Parthène et Xénie de prendre connaissance du texte complet. Leurs avis nous semblaient extrêmement importants, et ils ont accepté de nous en faire part. Leurs notes ont insensiblement pris le caractère d'un journal, ce dont nous nous réjouissons infiniment, chaque parole du couple princier étant la voix même de l'Histoire. Avec la permission des auteurs, nous avons divisé leurs remarques en fragments et les avons publiées en guise de commentaires du texte de la chronique.

Les événements de l'année dernière ont changé nos plans éditoriaux. Nous sommes parvenus aux temps où les anciennes prédictions commencent à se réaliser. Ce n'est pas une période heureuse, mais elle nous apprend beaucoup. Nous sommes devenus plus sages mais, comme le dit l'Ecclésiaste, avec beaucoup de sagesse on a beaucoup de chagrin.

En voyant ce qui nous arrive, le monde entier s'est mis à réfléchir sur la nature de l'Histoire. Pas seulement de la nôtre – de l'Histoire en général. La sortie récente du film *La Justification de l'Île*, du grand Jean-Marie Leclair, y a aussi contribué. Au début, beaucoup ont été surpris que les héros principaux aient accepté d'être les consultants du cinéaste français, mais le succès grandiose du film a montré que ç'avait été une bonne décision.

À l'heure où notre peuple est à la croisée des chemins, la sortie de ce livre a un sens particulier. Il sort au grand jour – échappant aux ténèbres de notre époque.

Chapitre premier
Théodore

Jadis, nous n'avions pas d'Histoire. Notre mémoire gardait des événements isolés, mais seulement ceux qui étaient de nature répétitive. C'est pourquoi notre existence semblait tourner en rond.

Nous savions qu'à la nuit succède le jour, qu'après l'hiver vient le printemps. Que ces cycles sont déterminés par les astres qui voguent sur la voûte céleste, et que la limite de leur périple est l'année. L'année était la limite naturelle de notre mémoire.

Nous nous souvenions vaguement d'ouragans épouvantables et de tremblements de terre, d'hivers terribles où la Mer gelait, de guerres intestines et d'invasions étrangères, mais quand avaient-elles eu lieu ? On ne pouvait le préciser.

On se bornait à dire : cela s'est passé en été. Ou bien : cela s'est passé au printemps, bien des printemps en arrière. Par conséquent tous les ouragans se sont fondus pour nous en un seul énorme ouragan, et les guerres civiles se sont transformées en une seule guerre sans fin.

Avec le baptême nous avons entendu la parole des Saintes Écritures, tandis qu'auparavant nous n'entendions que les mots vétustes échangés entre nous. Ces mots tombaient en poussière, car ne demeure que ce qui est écrit, or avant notre baptême nous ne connaissions même pas l'écriture.

Plus tard des livres arrivèrent sur l'Île, et nous apprîmes les événements qui avaient eu lieu avant nous, et cela nous aida à comprendre les événements d'aujourd'hui.

Nous savons à présent que l'histoire humaine a un commencement et va vers sa fin. Ces pensées nous accompagnent alors que nous commençons le récit des années et des événements passagers.

Seigneur, donne ta bénédiction.

Parthène

L'*Histoire de l'Île* fut écrite par des moines. Rien d'étonnant : seul celui qui est concentré sur l'éternité est capable de refléter le temps, et c'est celui qui songe au Ciel qui comprend le mieux les choses de la Terre. D'ailleurs, le temps était alors différent : visqueux, lent. Pas comme maintenant. Quand on est enfant le temps ne passe pas vite, il se traîne, mais ensuite il prend son élan et, à la fin de la vie, il vole. C'est bien connu. La vie d'un peuple n'est-elle pas semblable à la vie d'un seul être humain ?

On suppose que les premiers chapitres de la chronique proviennent de la plume du hiéromoine Nicanor l'Historien. Le manuscrit n'a jamais, à aucun moment de son existence, quitté l'enceinte du Monastère du Sauveur-en-l'Île : c'était absolument interdit.

Se trouvant dans un espace sanctifié, l'Histoire, de l'avis des chroniqueurs, était à l'abri des contrefaçons. À présent on se comporte librement envers l'Histoire : l'écrit qui veut, et où il veut. N'est-ce pas l'origine des falsifications sans nombre ?

L'interdiction d'emporter la chronique hors du Monastère laissait la possibilité de la consulter entre ses murs. En tout cas aux princes régnants. On considérait (on considère toujours) que la connaissance du passé est indispensable à ceux qui sont au pouvoir. Cette idée me semble juste. Il est pourtant exact que connaître l'Histoire n'a encore empêché personne de commettre des erreurs.

THÉODORE

À l'époque du pieux prince Théodore, notre Île reçut le baptême. Avant cela, ce prince ne s'appelait pas Théodore, mais Alexandre. Et il n'était pas pieux.

Et il ne régnait que sur la partie septentrionale de l'Île, mais au cours de la guerre civile il conquit la partie méridionale et devint le prince de tout le pays.

En la huitième année de son règne, il dit:

Rassemblez-vous tous sur le Banc-de-Sable, et vous y serez baptisés.

Il dit:

Celui qui refusera le baptême, je ne le tiens pas pour ami.

Tous ou presque tous se firent baptiser, comprenant que c'était chose difficile que de n'être pas l'ami du prince.

XÉNIE

Conformément à la 47e nouvelle de l'empereur byzantin Justinien, les événements historiques sont datés à partir de la première année du règne du souverain. Suivant la tradition byzantine, Nicanor l'Historien (comme tous les chroniqueurs suivants) prend l'avènement du prince comme point de départ de la datation: comme on le sait, nous n'avons pas eu d'empereurs.

Et l'Évangile fut apporté sur l'Île et lu aux gens, et tous connurent la vie de Notre Seigneur Jésus-Christ.

Pour ce qui est des dieux anciens, on apprit qu'ils n'étaient que des morceaux de bois, qu'il était inutile de les défendre car, s'ils avaient été des dieux, ils se seraient défendus eux-mêmes. Et personne ne tenait vraiment à eux, sauf quelques devins qui les servaient.

Quand on brûla les dieux païens, les devins dirent que le jour viendrait où les lettres des livres brûleraient aussi. Personne ne les crut car tout le monde pensait que c'était la rage impuissante qui les faisait parler ainsi. Et peut-être aussi le fait qu'ils n'avaient jamais possédé de mots écrits. Les mots qu'ils prononçaient restaient suspendus en l'air jusqu'au prochain coup de vent, et étaient emportés au loin.

En la vingtième année du règne de Théodore, des livres d'histoire furent envoyés sur l'Île. Nous les gardons comme la prunelle de nos yeux : rien n'est pire que rester sans Histoire quand on commence tout juste à comprendre ce que c'est. Les livres nous révélèrent que l'Histoire est unique et générale, et que, même perdue sur une île inconnue, elle est une branche de l'arbre commun.

Nous apprîmes également que l'Histoire est prédite dans les prophéties qui embrassent aussi bien sa totalité que ses plus petites parties. À la cohérence du temps la prophétie oppose la victoire sur le temps. Le grand prophète Élie, ravi au Ciel sur un char de feu, fut libéré par le Seigneur de la mort et du temps, qui finalement sont une seule et même chose.

Le peuple de l'Île a lui aussi son prophète, son nom est Agathon le Préviseur. Il parle par intuition et non d'après des livres, car il n'y en a pas encore qui traitent de notre Île. Il fait des prévisions à long terme, si bien que jusqu'à présent il n'y a eu aucune possibilité de les vérifier. Pourtant, la tournure d'esprit et la concentration d'Agathon laissent penser que ses prévisions se réaliseront, ce que nous espérons. En particulier celle qui affirme que l'inimitié qui ébranle ce morceau de terre cessera pour longtemps lorsque les deux branches princières ne feront plus qu'une.

Je pense qu'il en a été dit assez sur les prophéties. Nous ne nous enfoncerons pas plus avant dans le futur mais reviendrons à l'imminent, en nous souvenant que l'Histoire narre le passé.

Parthène

Agathon le Préviseur enseignait que la prophétie ne limite pas la liberté des générations futures. Les descendants sont libres de leurs actes – pour autant, bien sûr, que les circonstances le permettent. Quant aux circonstances, disait Agathon, elles sont créées non par Dieu, mais par les hommes.

C'est difficilement contestable : ma longue vie m'a convaincu que ce sont les hommes qui créent les circonstances. Le plus souvent défavorables, bien sûr. Dieu les voit et les révèle aux hommes par l'intermédiaire des prophètes. Parfois.

Ainsi nous avons appris par Agathon quand cesserait l'inimitié dans l'Île. Nicanor l'Historien présente cette prophétie comme non encore accomplie ; aujourd'hui tout le monde sait qu'elle l'a été. C'était, pour ainsi dire, une prophétie à moyen terme.

Il existait cependant une autre prophétie d'Agathon, concernant un futur éloigné. Elle ne nous est pas parvenue. À la différence des autres qui avaient un caractère plus ou moins personnel, celle-ci était consacrée au destin de l'Île dans son ensemble. Malheureusement nous n'avons pas la moindre idée de son contenu. Ou heureusement – on ne pourra le dire que quand on l'aura lue.

Saint Agathon dicta littéralement sa prédiction la plus importante au chroniqueur Procope le Bredouillard. Agathon, qui avait alors 120 ans, donna au scribe l'ordre strict de tenir sa langue. De la part d'Agathon, un homme, osons le dire, d'un âge certain, c'était une sorte de plaisanterie (après tout, personne n'a jamais interdit aux saints de plaisanter), car dans sa jeunesse Procope avait eu la langue coupée pour avoir dit des obscénités. Alors, en ce qui concerne la langue de cet homme, on pouvait être tranquille.

Pourtant Procope agit de façon inattendue, et pour cela il n'eut pas besoin de langue. Il défit la reliure du manuscrit, en retira la prophétie et, selon la rumeur, l'envoya secrètement sur la Grande Terre – à l'« ennemi potentiel », selon la formule actuelle.

La conduite de Procope – si c'est la vérité – laisse à penser que cette information secrète n'était pas trop optimiste pour les insulaires. Peut-être pouvait-elle renforcer les Continentaux dans leurs desseins agressifs : rien ne remonte tant le moral de l'ennemi qu'une prophétie reçue en temps voulu.

On ne pourrait porter un jugement sur les buts de Procope qu'après avoir lu le texte de la prophétie, mais, comme nous l'avons dit, les traces en sont perdues. Pourquoi ne l'a-t-il pas recopiée au lieu de l'enlever de la reliure – privant ainsi ses compatriotes de la possibilité de la lire ?

Il n'est pas exclu que les actes accomplis par le chroniqueur aient été destinés à se venger, sur sa cruelle patrie, de la privation de sa langue. Pour Procope c'était une perte sensible : le défunt aimait parler. Il s'arrangeait pour le faire avec le moignon qui lui restait dans la bouche (la langue, dit-on, peut repousser quelque peu). Quoi qu'il en soit, le vol de la prophétie ne fut découvert qu'après sa mort. Ce qui témoigne de façon éclatante que du temps de Procope on ne s'intéressait pas particulièrement à la chronique.

Sur le passé, les livres importés sur l'Île nous apprirent, en résumé, les choses suivantes :

Le premier jour Dieu créa le Ciel et la Terre, la Terre était informe et nue et l'Esprit de Dieu planait sur les eaux, vivifiant l'élément liquide. Et Dieu dit : *Que la lumière soit!* Et il en fut ainsi.

Les jours suivants Il créa la mer, les rivières et les corps célestes. Emplissant d'eau le monde, Il laissa des îles et des terres pour signifier que le sec était apparu non sous l'action du soleil, mais avant qu'il soit créé, afin que les gens n'aillent pas imaginer que le soleil est dieu.

Dieu créa en même temps les poissons et les oiseaux car les uns et les autres sont parents, la seule différence étant que les oiseaux voguent dans l'air et les poissons dans l'eau.

Et Dieu créa l'homme avec sa femme afin qu'il quitte son père et sa mère et s'attache à elle. Et tout ce qu'il y a sur Terre, Dieu le lui donna en possession.

Les sept jours de la Création, cependant, n'étaient pas encore du temps. Le temps s'ouvrit avec la chute et l'expulsion du Paradis, et avec le temps commença l'Histoire, car l'Histoire n'existe pas en dehors du temps.

Lorsqu'il eut 230 ans, Adam engendra son fils Seth, et les années de la vie d'Adam furent en tout neuf cent trente. Et des enfants naquirent, et depuis Adam jusqu'à Noé on compte dix générations et mille quatre cent soixante-huit années. Quand Noé eut 600 ans, il y eut sur Terre le déluge. Et sur l'ordre de Dieu Noé frappa sur la simandre, et une file de bêtes et d'oiseaux commença à avancer vers l'arche qu'il avait construite, un couple de chaque espèce, sauf les poissons qui ne craignent pas l'eau. Quand ils furent entrés, Noé ferma la porte de l'arche et les cataractes du ciel furent ouvertes. Et la pluie tomba sur la Terre quarante jours et quarante nuits, si bien qu'il ne resta aucune terre émergée, même notre Île s'enfonça sous les eaux. Là où maintenant flottent les nuages roulaient en ces jours-là les vagues.

Dans un des livres non bibliques il est dit que le Diable, voulant noyer le genre humain, se transforma en souris et se mit à ronger l'arche. Alors Noé pria Dieu, et le lion éternua, et de ses narines jaillirent un chat et une chatte qui étranglèrent la souris. Ainsi apparurent les chats, qui sont encore une rareté sur notre Île.

Parthène

Nous trouvons dans le texte de Nicanor des données apocryphes que le lecteur moderne jugera légendaires : je veux parler du récit sur les chats. Ces détails, qui différencient ce récit de la prose lourdaude de Darwin, sont magnifiques, or tout ce qui est beau est vrai d'une façon ou d'une autre.

La voilà, l'origine de l'espèce, elle ne s'étale pas sur des centaines de pages. Il suffit d'ouvrir les yeux : tiens, regarde, voici les chats : ils jaillissent des narines du lion, et voici qu'ils culbutent en miaulant dans l'air et atterrissent sur leurs quatre pattes. Conscients de leur haute mission, d'un bond ils se retrouvent auprès de la souris et – couic! *Couic*, dis-je, sans perdre de vue que ce duel était des moins ordinaires. Les chats savaient-ils qui était leur adversaire? Bonne question.

Non, ces données ne sont pas tout à fait compatibles avec le darwinisme, mais c'est plutôt le problème du darwinisme. Son fondateur n'aurait tout simplement pas compris cette histoire de chats: il me semble que cet homme ne savait pas sourire.

Parlons de choses sérieuses. En vertu de mon âge avancé, on me demande souvent quelle est mon attitude envers Darwin. Que dire? L'oreille qui a saisi le rythme de l'évolution s'est avérée sourde à la pulsation de la métaphore et, plus largement, de la poésie. Seule la surdité de Sir Charles à toute métaphore explique ses attaques contre les Saintes Écritures. Seule son insensibilité à la poésie l'a empêché de comprendre qu'il ne contredisait pas le texte biblique. Je pense que cela, le défunt le comprend à présent.

À nous, les Îliens, l'eau a été donnée par Dieu à la fois comme aide et comme châtiment. Depuis la nuit des temps elle a porté nos navires marchands vers les contrées reculées du monde habité, jusqu'à la ligne qui marque la limite entre la Mer et la terre ferme. Mais à l'heure noire où nous avons connu le vide spirituel, l'eau monta à une hauteur menaçante, noyant les gens et inondant les champs. C'est ce que racontaient nos aïeux. On ne peut que s'étonner de la profondeur de la chute des hommes du temps de Noé, si le monde entier s'est retrouvé envahi par l'eau.

Et le quarantième jour Noé ouvrit la fenêtre de l'arche et envoya un corbeau chercher des endroits d'où l'eau s'était retirée. Mais le corbeau se posa sur les corps morts qui flottaient à la surface, se mit à les becqueter et ne revint pas. Alors Noé envoya une colombe. La colombe revint en tenant dans son bec une branche d'olivier, et Noé comprit que l'eau avait commencé à baisser.

Noé mourut trois cent cinquante ans après le déluge, le nombre de ses années fut de neuf cent cinquante.

XÉNIE

Certains peuvent avoir l'impression que la longévité impensable de nos aïeux est le résultat d'un malentendu – par exemple, de la traduction fautive d'un système chronologique dans un autre, de l'erreur d'un scribe, etc. À dire vrai, de telles suppositions sont inutiles. Tout a une explication.

Les gens étaient encore pleins de l'atemporalité paradisiaque. Ayant un pied dans l'éternité, ils commençaient tout juste à s'habituer au temps. À mesure qu'ils s'éloignaient du Paradis, leur durée de vie diminuait. De plus, il ne faut pas croire que la longévité s'est limitée aux aïeux. Aujourd'hui Parthène et moi avons tous deux 347 ans, et cela n'étonne personne.

Hier j'ai répondu à un questionnaire. À la question *quel âge avez-vous* j'ai dit :

— Trois cent quarante-sept ans.

Personne n'a même souri.

Avant, j'avais honte de mon âge, mais, après cent cinquante ans, j'ai cessé. Simplement, certains vivent plus longtemps que d'autres, pour différentes raisons.

Et la Terre fut divisée entre Sem, Cham et Japhet, les fils de Noé. Nous appartenons vraisemblablement à la tribu de Japhet, et notre Île fait partie de l'héritage de Japhet.

De Noé à Abraham, il y a trois mille trois cent vingt-quatre ans. Quand le Seigneur tourna son regard vers Sodome et Gomorrhe, Abraham demanda :

S'il y a cinquante justes dans la ville, les feras-Tu mourir ?

Le Seigneur dit :

S'il y a cinquante justes, j'épargnerai ce lieu.

Alors Abraham répondit :

Maintenant j'ai commencé à parler à mon Seigneur, moi, terre et poussière. Si aux cinquante manquent cinq, détruiras-Tu la ville ?

Le Seigneur dit :

Non, s'il s'y trouve quarante-cinq justes, je ne la détruirai pas.

Et Abraham continua, intercédant pour quarante, et pour trente, et pour vingt, et pour dix. Et le Seigneur promit d'épargner le lieu même s'il ne s'y trouvait que dix justes, mais, faute d'en trouver ne fût-ce qu'une dizaine, Il fit pleuvoir du ciel, sur Sodome et Gomorrhe et sur toute la région, une pluie de soufre et de feu.

Les livres historiques décrivent beaucoup d'autres événements, je n'ai rappelé que ceux du début.

En la trente-neuvième année de son règne, le prince Théodore rendit son âme à Dieu. À sa mort régna son fils Constantin.

Chapitre deux
Constantin

En la troisième année du règne de Son Altesse Sérénissime Constantin, le septième jour du mois de mars, quand la nuit se fut épaissie sur la Cité, gémissements et grondements retentirent dans les rues. Ceux qui sortaient pour connaître la nature de ces bruits étaient frappés par des flèches de feu. Ces flèches continuèrent à tomber le jour suivant : ceux qui les tiraient étaient des cavaliers célestes qui demeuraient invisibles, on ne pouvait voir que les sabots incandescents de leurs chevaux.

Et comme il apparut clairement à tous que ces cavaliers semaient la mort, les habitants de la Cité ne quittèrent plus leurs maisons, et tout cessa le soir de ce même jour. Personne alors ne pouvait expliquer ni la raison ni la signification de ce qui s'était produit, sauf le forgeron Agapet qui dit :

À voir ces sabots, je conclus que cette vision n'augure rien d'autre que la guerre, car ce n'est qu'avant une guerre qu'on voit de tels sabots.

En la quinzième année du règne de Constantin, le prince Euthème, dont les ancêtres avaient jadis régné sur la partie méridionale de l'Île, fit connaître sa véritable généalogie. Sa vérité était que la lignée d'Euthème remonterait à l'empereur Auguste, ce que la généalogie précédente, transmise oralement, passait sous silence.

L'authentique généalogie rapportait que, lors d'un voyage en mer, la flotte d'Auguste fut jetée sur l'Île par la tempête, et cette tempête fut si rude et si longue qu'Auguste ne put regagner le large pendant trois jours et trois nuits. L'empereur fut reçu par la famille princière locale et servi par la princesse Mélanie en personne. Et, d'après ce récit véridique, *sa beauté blessa le cœur d'Auguste*, et lors de leur première nuit fut conçu l'aïeul du prince Euthème, Héracle, fondateur de la dynastie de l'Île.

Euthème avait trouvé cette nouvelle généalogie dans le tronc creux d'un vieux chêne alors qu'il chassait un cerf tacheté. Tentant d'échapper à sa poursuite, le cerf traversa le champ où se trouvaient l'arbre solitaire et sa cachette. La course du cerf était si rapide que les flèches d'Euthème ne l'atteignaient pas, mais près du chêne le cerf s'arrêta soudain, comme pétrifié, et s'adressa au prince dans notre langue :

Ci trouveras ta lignée véritable.

Euthème montra le chêne, le cerf, mais surtout le rouleau avec la généalogie, et il était difficile de douter de la parole écrite.

Pourtant, le prince régnant Constantin douta. En la vingtième année de son règne, il demanda à Euthème pourquoi le cerf n'avait plus jamais rien dit en notre langue, ni d'ailleurs en quelque langue que ce fût, et pourquoi le parchemin avait l'air si étonnamment neuf. Il décela même une certaine ressemblance entre le contenu du rouleau et celui des chroniques grecques qui étaient depuis peu accessibles aux habitants de l'Île. Constantin trouva peu claires les explications d'Euthème, et celui-ci fut enfermé dans un monastère.

En la vingt-sixième année du règne de Constantin, on découvrit un parchemin contenant une nouvelle généalogie du souverain. On la trouva dans le creux du même chêne. L'originalité de cette seconde trouvaille était que, cette fois-ci, il n'y avait pas de cerf. Une certaine personne, ayant appris ce qu'avait trouvé Euthème, était allée au chêne pour regarder s'il n'y avait pas d'autres rouleaux. À son grand étonnement elle en avait découvert un et s'était hâtée de le transmettre à Constantin.

Cette nouvelle généalogie faisait aussi mention de l'arrivée d'Auguste sur l'Île, mais relatait la deuxième nuit de l'empereur dans la maison princière. Il l'avait passée avec la princesse Hilarie, et le fruit de cet amour dévorant fut Romain, l'aïeul du prince Constantin.

Les gens du Monastère racontèrent plus tard qu'Euthème avait eu *un regard pesant* en apprenant la nouvelle, et qu'il avait même déclaré avoir fouillé le creux du chêne avec tout le soin possible, mais qu'il n'y avait rien d'autre. Cependant personne n'entendit ses objections du Monastère, car au bout de deux jours le prince Euthème mourut prématurément.

Parthène

Euthème justifiait le silence ultérieur du cerf par le fait que l'animal avait déjà dit l'essentiel. Qu'aurait-il pu ajouter à ce qu'il avait énoncé? En ce qui concerne l'état de fraîcheur du parchemin, le prince rétorquait avec raison qu'il n'y avait rien à quoi comparer le document qu'il avait découvert, puisqu'il n'y avait pas d'autres rouleaux dans l'Île.

Quand cette heureuse découverte eut révélé que Constantin descendait également d'Auguste, certains eurent l'impression que les deux documents se contredisaient. En fait, la généalogie de Constantin proposait un compromis: en parlant de la conception de l'aïeul de Constantin lors de la deuxième nuit, elle n'excluait pas que, durant la première, le fringant empereur ait pu engendrer l'aïeul d'Euthème.

Le fils et héritier d'Euthème, Procule, n'accepta pas le compromis et ne voulut pas partager sa lignée.

En la vingt-huitième année du règne de Constantin, des pierres et de la cendre couleur de sang se mirent à tomber du ciel. Cette vision effraya tout le monde car elle n'annonçait rien de bon. Les pierres étaient brûlantes au toucher, et certaines étaient incandescentes au point de mettre le feu aux maisons.

Un an après tombèrent du ciel de petits lingots d'argent. Bien qu'ils fussent froids, on avait peur de les prendre : personne ne savait par quelle puissance ils étaient jetés. Quelques téméraires se mirent à les ramasser, et tout le monde les regarda avec effroi. Pourtant il ne leur arriva rien, sauf qu'ils devinrent riches. Alors beaucoup les envièrent, et le hiéromoine Auxence dit, en la quatre-vingt-seizième année de son âge :

Nous verrons bien comment tout cela finira.

Et tout le monde se calma.

En la trente-neuvième année du règne de Constantin, le prince Procule, fils aîné d'Euthème, vint le trouver en son Palais. Il déclara que sa lignée avait la primauté sur celle de Constantin puisque Héracle, son aïeul, avait été conçu des œuvres d'Auguste un jour avant Romain, l'aïeul du prince Constantin. Et le regard de Constantin, selon l'entourage, se fit *pesant*, lui aussi, et ses yeux reflétèrent son désir d'envoyer Procule au monastère.

Alors Procule, sans rien dire, montra les fenêtres et tout le monde entendit une rumeur qui montait de la place, comme le grondement de vagues déferlantes. Ce n'étaient pourtant pas des vagues mais une marée humaine venue au Palais avec Procule. Elle rugissait, tumultueuse, et tous s'approchèrent des fenêtres et la regardèrent en silence.

Alors le prince Constantin sourit, il prit Procule par la main et le fit asseoir sur une haute chaise. Lui-même resta debout derrière lui.

Il dit :

Mon frère, ce n'est pas la nuit de la conception qui compte, mais le jour de la naissance. Hilarie a accouché deux semaines avant Mélanie, et tu le sais.

Bien que Procule ne le sût pas, il ne put rient répondre. Il voulut se lever, mais le prince Constantin lui mit les mains sur les épaules et le tança de vouloir le faire.

Il dit:

Je t'appelle frère car nous descendons du même aïeul, le très auguste empereur de Rome. Je vois que tu ne reçois pas tous les honneurs qui te sont dus par ta naissance. Dès cet instant je te nomme mon confident, et tous les jours tu mangeras à ma table.

Telle était la force de ses mains et de son discours que le prince Procule ne put ni se lever, ni refuser. Depuis lors il mangea tous les jours à la table de Constantin, mais ces jours ne furent pas nombreux, trois en tout et pour tout. Le troisième jour Procule fut pris de nausées après le repas, et vers le soir il rendit l'esprit.

À l'aube du jour suivant, des gens armés se rassemblèrent dans la partie méridionale de l'Île. D'après leurs dires, ils ne croyaient pas à la mort naturelle de Procule et ne cachaient pas leur intention de venger cette mort. Ils avertirent Floire, le frère cadet de Procule, mais ce dernier leur assura que la vengeance s'abattrait sur le coupable sans intervention humaine.

Vers midi la situation changea. Le prince Floire sortit lui-même au-devant de la foule, et son visage était baigné de larmes. Disant que le temps était venu de sécher ses pleurs (et il les sécha), Floire appela l'assemblée à des actions décisives, mais n'expliqua pas ce qu'il entendait par là. Sans attendre ses explications, le prince Constantin ordonna à son armée de se préparer à faire campagne contre le Sud.

Peu de temps après eurent lieu les obsèques du prince Procule. Théophane, l'évêque de l'Île, interdit aux gens d'y assister armés, expliquant que les armes du défunt étaient à présent ses bonnes actions, par lesquelles se conquiert le Royaume de Dieu.

Le prince Floire ordonna de célébrer, pour le serviteur de Dieu Procule, l'office des victimes ayant souffert malemort, mais l'évêque refusa car il n'y avait aucune preuve directe d'un meurtre.

Alors le prince Floire, désignant le visage bleui du défunt, s'exclama :

Et cela, n'est-ce pas une confirmation, et qui dira que je me trompe ?

Remets l'enquête à Celui qui ne se trompe jamais, répondit Théophane, et à présent résigne-toi et pleure. Floire pleura mais ne se résigna pas, et avant même que se soient tues les dernières paroles de l'office des défunts il jeta à la face de Constantin la lourde accusation.

Le prince Constantin resta silencieux un instant, comme luttant contre sa colère, puis il prononça :

La douleur a obscurci ton esprit, frère. Et il se doit d'être particulièrement affûté à cette heure où nous nous trouvons à un pas d'une guerre intestine. Allons discuter pour trouver le moyen de sauver la paix dans l'Île.

Tu ne m'invites quand même pas à dîner, sourit le prince Floire, mais il n'y avait pas de joie dans ce sourire. Et tu n'es pas mon frère, parce que tu ne descends pas de l'empereur Auguste, mais tes ancêtres, soit dit sans t'offenser, sont engeance de crapauds, et nous n'avons rien de commun, comme il n'y a rien de commun entre la lumière et les ténèbres.

Et la discussion entre Constantin et Floire n'eut pas lieu, car comment aurait-elle pu avoir lieu après de telles paroles ?

Et l'Île fut divisée en une partie nord et une partie sud, comme dans les temps anciens, et le conflit que tous croyaient oublié se ranima. Car il n'y avait pas alors d'inimitié entre les gens du Sud et ceux du Nord, beaucoup étaient parents, alors pourquoi se firent-ils la guerre ? N'aurait-il pas été mieux, pour les princes, de tout résoudre en discutant paisiblement ?

Xénie

Ainsi a commencé la guerre, appelée par la suite *Guerre des lignées*, bien que sa cause, je le soupçonne, n'eût rien à voir avec la généalogie. Après de longues hésitations Floire a décidé que le moment était venu de prendre le pouvoir, et Constantin (qui hésitait, lui aussi) a pensé qu'il fallait écraser la menace dans l'œuf sans attendre qu'elle se renforce. C'est lui, en fait, qui a commencé la guerre, pensant qu'il aurait affaire à une poignée d'hommes dévoués à Floire, mais il ne prévoyait absolument pas que tous les habitants du Sud passeraient du côté de ce dernier. Ce qui est étonnant, c'est que les habitants du Sud ne le prévoyaient pas non plus, car ils vaquaient à leurs occupations qui n'avaient rien de militaire.

Cette guerre avait-elle été préparée? Au sens habituel du terme, non. On comprend bien que le prince Euthème n'avait pas trouvé sa généalogie dans un chêne, et dans quel but il en avait besoin. Mais voulait-il la guerre? Absolument pas: il n'avait même pas d'armée. Il voulait sans doute rehausser son statut. La guerre, le prince Procule n'y pensait pas non plus, ni d'ailleurs le prince Floire. Cette idée ne lui est venue que lorsque des gens en armes, qui la veille encore étaient des cultivateurs, des artisans, des marins, se sont rassemblés autour de lui.

Qu'est-ce qui les avait forcés à quitter leur confort, à échanger leur vie paisible contre des souffrances terribles, pour finalement la ruiner entièrement? La notion de justice? Mais pourquoi, avant cela, ne s'était-elle pas imposée à eux avec une telle force? Ils étaient venus soutenir celui dont les rancœurs leur étaient, à vrai dire, indifférentes, et qui ne leur avait rien demandé. La guerre n'entrait pas non plus dans les plans du prince Constantin. Elle n'entrait dans les plans de personne – et pourtant elle a éclaté.

Une dissonance fortuite, légère comme le bruit d'une corde qui se rompt, les avait tous réunis dans une action commune. Ce bruit était-il en cause? Oui et non. Il était déjà arrivé que toutes les cordes se cassassent d'un coup sans que personne n'entendît rien. Alors pourquoi à ce moment ?

C'est Son Altesse Sérénissime le prince Constantin qui engagea l'action militaire. En la quarante et unième année de son règne, il fit avancer son armée dans la partie méridionale de l'Île, mais il n'appela pas cela une guerre puisqu'il considérait toute l'Île comme son bien patrimonial. Alors, tenant en main sa croix pectorale, l'évêque Théophane vint au-devant des troupes.

Il dit :

Au nom de Notre Seigneur Jésus-Christ cloué sur le bois de la Croix, je vous interdis d'aller plus loin, car j'espère que la paix sera maintenue.

Je l'espère comme toi, évêque, répondit le prince Constantin, et c'est pourquoi je fais marcher mes troupes. La félonie est dans ma principauté, alors comment peux-tu me reprocher d'en arracher la racine sous l'aspect du prince Floire qui nous a trahis ? Je t'assure que c'est contre Floire seul que j'en ai, mais, tant qu'il n'est pas pris, notre Île connaîtra des révolutions et des guerres.

Restant sur ses convictions, l'évêque répondit :

En arrachant une racine tu causeras dommage à beaucoup d'autres : ne vois-tu donc pas, Prince Sérénissime, qu'elles sont entremêlées ? Voici mon dernier mot : tue-moi, et ensuite fais ce que tu veux.

Le cavalier abaissa son regard sur Théophane qui se tenait debout sur le sol, et ce regard du Sérénissime était plein de rage. Il toucha les rênes, mais Théophane s'agrippa à un étrier et fut traîné à côté du cheval. Ses pieds glissaient sur le sol mais il ne lâchait pas l'étrier, et ceux qui voyaient cela en avaient les larmes aux yeux. Et lorsque Constantin mit son cheval au galop, Théophane roula sous ses sabots, mais une intervention angélique le garda sain et sauf.

Le prince Constantin s'arrêta un peu plus loin. Il ordonna de ne pas tuer Théophane, mais de l'éviter. Alors les cavaliers évitèrent Théophane, et il se tenait là comme une souche sur un banc de sable, au milieu d'un courant impétueux. Et en vérité il ressemblait à une souche, avec ses vieux bras écartés, immobile, hirsute, muet.

La troupe était déjà passée depuis longtemps, la poussière qu'elle avait soulevée avait même eu le temps de retomber, et Théophane restait immobile. Il priait pour son peuple, toutes ses forces concentrées dans la prière. Et la tension de son esprit était si forte qu'il avait parfois l'impression de s'envoler. Quand l'évêque comprit que ce n'était pas une impression, il interrompit sa prière car il ne désirait pas perdre contact avec la terre. On dit même que lorsque Théophane s'arracha du sol l'ange qui l'avait sauvé des sabots des chevaux lui apparut.

L'ange dit :

Ta prière, ô tête sacrée, est impuissante contre les péchés de tes ouailles. Le désir de guerre ne leur est pas extérieur, il est né dans le cœur de chacune d'entre elles.

Comment peut-on désirer la douleur et la mort, voulut demander Théophane, mais le visage triste de l'ange lui servit de réponse.

Les troupes de Constantin allaient sans rencontrer de résistance, sans d'ailleurs rencontrer personne. Ils ne trouvaient que des villages désertés : connaissant le caractère farouche du prince, leurs habitants avaient fui. Alors, n'étant accueilli par aucun de ses sujets, Constantin se mit en rage et ordonna de brûler leurs maisons, supposant que les fuyards s'étaient ralliés au prince Floire. En fait il n'en était rien, et ils ne se rallièrent à Floire qu'après avoir été privés de leurs demeures, donc d'endroit où revenir. Alors, les cœurs endurcis, ils devinrent les plus cruels parmi les guerriers de Floire, car un mal engendre un autre mal.

Poursuivant sa marche vers le sud, en la quarante-troisième année du règne de Constantin son armée s'enfonça dans la

Forêt. On sait bien que dans cette région elle est touffue et difficilement franchissable, il n'y a pas là de grandes routes mais seulement d'étroits chemins. Les troupes avancèrent longtemps, s'étirant sur quelques dizaines de verstes, jusqu'à ce qu'elles fussent arrêtées par de nombreux troncs d'arbres entassés sur le sentier. Tandis que l'avant-garde mettait pied à terre pour retirer les troncs, des nuages de flèches partirent de la droite et de la gauche, et Constantin comprit qu'ils étaient tombés dans une embuscade.

Son armée ne pouvait pas reculer, car les premiers arrivés étaient poussés par ceux qui venaient derrière et qui ne savaient rien de l'embuscade. Ils l'apprirent pourtant très vite, car eux aussi reçurent des flèches, ainsi que les cavaliers qui les flanquaient et toute la colonne étirée des guerriers. On tirait sur eux depuis les arbres, de derrière les buissons et les troncs abattus. La pointe des flèches était imbibée de la sève d'herbes vénéneuses, et une blessure même légère entraînait irrémédiablement la mort. Les tireurs, eux, étaient invulnérables.

Et les troupes de Constantin se replièrent vers un endroit où les arbres semblaient plus clairsemés et d'où les flèches ne volaient pas. Couvert par une partie des combattants, le gros de la troupe se précipita vers la Forêt plus claire, et personne ne les en empêcha. Bientôt une prairie apparut derrière les arbres, et Constantin ordonna à tous d'aller s'y ranger en position de combat.

Mais quand les cavaliers entrèrent dans l'herbe haute, l'eau gargouilla sous les sabots des chevaux : la prairie était un marécage. Pressés par les gens de Floire, ils ne pouvaient déjà plus regagner le sentier et continuèrent à avancer, car l'eau leur semblait peu profonde. On dit qu'il y avait des endroits où, en tâtant le terrain, on pouvait trouver son chemin vers le salut, mais les troupes de Constantin avaient la peur aux trousses. Les chevaux commencèrent à glisser dans les fondrières, y entraînant leurs cavaliers. Leurs jambes embourbées n'arrivaient pas à se libérer des étriers.

Et il y eut un gémissement d'horreur, car le marécage, tel un être vivant, avalait les gens, et cela rappelait à beaucoup les tourments de l'enfer. La boue se refermait lentement sur les hommes hurlants, et les cris se changeaient en bulles. Quant aux hommes de Floire, ils se tenaient sur des endroits secs et transperçaient de leurs flèches ceux qui avaient pu s'en tirer, ce pour quoi, plus tard, l'évêque Théophane les priva de communion pendant vingt-neuf ans.

Ceux des guerriers de Constantin qui avaient survécu errèrent quelques semaines dans la Forêt puis revinrent chez eux épuisés et, ajouterai-je, sans le moindre désir de combattre. Ainsi l'Île se trouva-t-elle définitivement coupée en deux, et le Sud était à présent gouverné par le prince Floire.

Arrivé au pouvoir, Floire renforça le rempart autour de la Forteresse, car en l'absence de guerre il s'était effrité et des arbres avaient poussé à son sommet. De la Grande Terre, qu'on appelait le Continent, le prince fit venir aussi des hommes versés dans l'art militaire et leur confia son armée. Il comprenait que la guerre pouvait reprendre, car il était de ceux qui souhaitaient la ranimer.

XÉNIE

Les chroniques familiales rapportent que dès la première guerre Floire aurait voulu poursuivre l'offensive contre Constantin, mais qu'ensuite il avait renoncé à cette idée. Il comprenait que refaire en rase campagne ce qu'il avait réussi dans la Forêt ne serait pas si simple. De plus, une bonne partie de l'armée de Constantin n'avait pas pris part à cette malheureuse expédition et n'était pas démoralisée. Enfin, Floire ne possédait pas d'armée entraînée. Il se mit immédiatement à en constituer une.

En la cinquantième année du règne de Son Altesse Sérénissime Constantin, une femme du nom d'Angéline, qui s'occupait de préparer les repas de l'évêque Théophane, conçut en son sein et, au bout de neuf mois, accoucha. Elle se rendit sur la Grand-Place et annonça publiquement que le père de son enfant était Théophane.

Et les gens de Constantin vinrent trouver Théophane et dirent :

Ne t'attriste pas, ô évêque, car c'est une chose banale. La vie est dure sans femme, et il peut se passer bien des choses à l'heure où l'on prépare les repas. Notre prince est sage, il ne t'impute pas cela à faute mais, au contraire, il t'invite à venir au Palais pour une franche conversation. Quant à Angéline, dont la vie n'a jamais, crois-moi, été angélique, il la forcera à retirer son accusation.

Mais l'évêque Théophane refusa d'aller au Palais, disant :

Cette femme ment, quant à moi, je mets ma confiance non dans le prince, mais en Notre Seigneur Jésus-Christ qui connaît toutes les actions et toutes les intentions des hommes.

Ses paroles furent couvertes par les cris de la rue, qui exigeaient un autre évêque pour les Îliens.

En recevant la réponse de Théophane, le prince Constantin haussa les épaules et, de la démarche d'un juste, sortit du Palais et alla vers la foule. Il la regarda quelque temps en silence. Les gens criaient qu'ils ne pouvaient pas baiser une main qui caresse des femmes. Quand il prit la parole, il sembla s'étouffer d'une juste colère et exprima sa compréhension à l'assistance. Mais au bout d'un petit instant, avec effort, il se domina et dit qu'il ne fallait rien entreprendre sans avoir enquêté. La foule bénit sa clémence mais exigea qu'on fasse comparaître tous ceux qui étaient impliqués dans l'affaire, et on alla les chercher tous, y compris le bébé de deux semaines.

Pour prouver sa bonne foi, Angéline dit que l'évêque avait une grosse tache de naissance sur le flanc gauche. On convoqua aussitôt l'étuviste de l'évêque qui confirma l'existence de cette tache. Et le silence se fit, car jusqu'aux paroles de l'étuviste beaucoup espéraient encore que Théophane serait justifié.

Théophane restait silencieux et priait.

De lourdes accusations et des témoignages sérieux sont portés contre toi, ô évêque, dit Constantin. Qu'y répondras-tu ?

Ce n'est pas moi, mais l'enfant qui répondra, dit Théophane, et on entendit rire dans la foule.

J'ai peur que tout le monde ne comprenne pas son témoignage, argua le prince Constantin, qui ne riait pas. Il ne sera compris que par ceux qui sont âgés de deux semaines.

Mais le starets s'approcha de l'enfant et l'interpella d'une voix forte :

Au nom du Fils de Dieu, Jésus-Christ, dis-moi si tu es mon fils.

Et l'enfant lui répondit d'une voix claire :

Non, évêque, je ne suis pas ton fils.

C'est ainsi que fut prouvée l'innocence de l'évêque Théophane. Quand on lui demanda d'interroger l'enfant pour savoir qui était son père, Théophane dit que pour cela on pouvait ne pas s'adresser à l'enfant, mais qu'il suffisait de le demander à Angéline.

Parthène

On dit que Constantin se hâta de clore l'enquête. Cette circonstance fit naître le bruit que le prince était mêlé sinon à la naissance de l'enfant, du moins à l'accusation contre l'évêque. Le motif de cette conduite pouvait être l'opposition de Théophane à la campagne de Constantin contre le Sud, alors il se serait agi de vengeance.

Il n'est pourtant pas exclu que la vengeance n'y soit pour rien, et que ses raisons aient été purement pragmatiques : le prince n'avait simplement pas envie que les heurts entre le pouvoir séculier et le clergé se répètent à l'avenir – ce n'est pas pour rien que le chroniqueur mentionne la conversation en tête à tête qu'avait courageusement refusée Théophane. En ce cas, il faut supposer que dès ce moment Constantin n'excluait pas la possibilité d'une nouvelle campagne.

En la cinquante-cinquième année du règne de Constantin, il y eut une grande sécheresse. Les semailles ne levèrent pas, et ce qui avait poussé fut grillé sous les rayons d'un soleil brûlant. Il y eut aussi des incendies de forêts, surtout vers l'extrémité méridionale de l'Île, où sont habituels les vents violents venus de la Mer. La fumée gagna les profondeurs de l'Île, où certains jours elle formait un voile épais qui cachait le soleil.

Nul vivant ne retrouvait dans sa mémoire le souvenir de pareils incendies, même les légendes n'en parlaient pas. Un autre sujet d'étonnement était que ces incendies se propageaient du nord au sud le long de la côte, comme si quelqu'un, là-bas, mettait le feu à la Forêt, mais personne ne se permettait de penser à des incendies volontaires – car lorsque tout brûle, à qui viendrait l'idée de mettre encore le feu à quelque chose ? On voyait, dans la propagation inhabituelle du brasier, l'action consciente de celui qui de toute éternité combat le genre humain : c'est pourquoi l'on se tourna vers l'évêque Théophane.

L'évêque dit :

Mes enfants, il n'est nul besoin de chercher dans l'autre monde, car les mauvais désirs naissent dans le cœur des hommes. Le responsable de tout est-il le Prince de ce monde ou, disons, simplement un prince ? Cela m'inquiète beaucoup. Je vais faire part de mes inquiétudes à l'archange Michel.

Pourquoi l'archange Michel, s'étonnèrent les visiteurs. Lui, tu le priais ces derniers temps pour la préservation de la paix, mais ici il s'agit d'arrêter l'incendie.

J'essaie d'arrêter un incendie bien pire, répondit le starets, et je propose de considérer l'époque actuelle comme une avant-guerre.

Resté seul, Théophane se mit à prier.

Au bout de dix mois, l'ange qu'il avait déjà vu lui apparut et dit :

Je suis envoyé pour t'apprendre que les flammes ont déjà tracé le chemin vers la guerre dans la Forêt et, bien sûr, dans le cœur des hommes. Il te sera accordé une grâce, qui consiste uniquement en ce que tu ne verras pas cette guerre. Alors, Théophane, occupe-toi d'un cercueil pour ton corps : de ton âme immortelle, tu t'es occupé toute ta vie.

En entendant ceci, Théophane se mit à pleurer. Non qu'il craignît de mourir, mais il souffrait pour son peuple. Dès ce jour il se mit à préparer son cercueil. Comme il le fabriquait en chêne, un bois dur, le travail n'avançait pas vite, mais l'évêque n'était pas pressé.

Deux ans plus tard, alors que la caisse du cercueil était finie, Théophane se mit à l'utiliser comme lit pour la nuit. Durant les mois où il travaillait au couvercle, il avait réussi à aplanir les endroits de la couche qui lui causaient de l'inconfort. L'évêque trouva agréable de dormir dans son cercueil, il y faisait des rêves lumineux.

Il rêvait surtout de son enfance passée au bord de la Mer, car il était né dans la famille d'un pêcheur. Les couleurs et les odeurs étaient si fraîches que parfois cela le réveillait, et alors il se hâtait de se rendormir, parce que ce qui lui apparaissait en rêve l'attirait. Il racontait qu'il voyait la mer d'azur au lever du soleil, et il lui arrivait de percevoir l'odeur de la poix dont son père enduisait sa barque. Comme dans son enfance, il quittait la rive et, posant ses rames, il se couchait sur les filets gorgés de sel pour regarder le ciel, et la barque se balançait, et il avait l'impression que le ciel était la mer, et la mer, le ciel. Alors il se mit à appeler barque son cercueil, affirmant que chaque nuit il prenait le large.

Un matin Théophane ne quitta pas sa cellule. Les gens n'osèrent pas entrer chez lui et restèrent debout, silencieux, attendant qu'on amène le starets Auxence qui allait sur ses 104 ans, sans vieillir ni mourir. Il entra chez l'évêque et, après quelques instants, sortit le sourire aux lèvres.

Il dit :

Cette nuit, le navigateur de Dieu Théophane a franchi les bornes de la région inexplorée d'où habituellement nul voyageur, par mer ou par terre, ne revient.

Il dit encore :

Porté par un courant favorable, l'évêque Théophane vous souhaite une bonne santé.

Parthène

Dans le récit de la cinquante-cinquième année du règne de Constantin, ce qu'on remarque en premier lieu est que l'*Histoire de l'Île* passe aux mains d'un autre chroniqueur. Cela ne se sent pas au changement de style (il est le même pour à peu près tous les chroniqueurs, à l'exception peut-être de Procope le Bredouillard), mais simplement, cette année-là, toute une série de sources annoncent la mort de Nicanor l'Historien.

On ne sait presque rien de Nicanor. Il n'est resté de lui que son nom, et c'est déjà bien beau : de beaucoup de chroniqueurs rien ne subsiste, pas même le nom. Les auteurs médiévaux sont généralement anonymes puisqu'ils ne représentent pas leur propre point de vue mais une vision commune inspirée par leur foi. Plus précisément, un point de vue général qui serait en même temps personnel.

À la différence de nous autres, gens, si l'on peut dire, de la vieille école, l'homme des Temps modernes a du mal à comprendre comment c'est possible. Le fait est qu'au centre du monde médiéval était Dieu, et qu'au centre du monde actuel, c'est l'homme. Il n'y a qu'un seul Dieu pour tous, alors le Moyen Âge regarde d'en haut, car ce n'est que d'en haut qu'on peut embrasser le monde entier. Son regard reflète le Dieu unique, c'est pourquoi il est unique. À présent que le centre du monde est l'homme, il y a beaucoup de regards – autant que d'êtres humains.

En la soixantième et unième année du règne de Son Altesse Sérénissime le prince Constantin, pour nos péchés, la grande sécheresse se prolongea.

Cette même année Anastase fut intronisé évêque de l'Île.

En la soixante et unième année du règne de Constantin il n'y eut pas non plus de moisson, à cause de la grande sécheresse. Comme les réserves de nourriture étaient habituellement emmagasinées dans la partie septentrionale de l'Île, ce sont les habitants du Sud qui, les premiers, souffrirent de la pénurie. Alors l'évêque Anastase exhorta le prince à envoyer dans le Sud une petite partie de son grain, pour que les gens de là-bas ne meurent pas.

Mais le prince Constantin répondit :

Le Sud s'est coupé non seulement du Nord, mais des réserves de nourriture. Comment puis-je nourrir des étrangers quand demain les miens n'auront rien à manger ?

En la soixante-troisième année du règne de Constantin, les pluies commencèrent au printemps. Vers la fin du mois de mai, quand elles se calmèrent, le prince fit marcher son armée vers le Sud. Cette fois-ci il passa par la partie brûlée de la Forêt et n'y rencontra pas d'obstacles, mais de petits arbrisseaux qui avaient repoussé sur les cendres.

Ensuite ils marchèrent sur les champs couverts des céréales tant désirées et là non plus ils ne virent personne, sauf Éleuthère, un paysan très vieux, qui dit :

Pourquoi piétinez-vous ce qui est planté ? Je vous comparerais bien aux criquets, si je n'avais peur de mourir de malemort.

Quelques guerriers voulaient tuer Éleuthère, mais l'évêque Anastase, qui accompagnait les troupes pour amollir les cœurs, lui fit un rempart de son corps.

Xénie

Ce n'était pas un hasard si l'armée du prince passait par les champs cultivés, et ce n'était pas non plus fortuit si la campagne avait lieu en mai, quand dans les champs perçaient les premières pousses. Constantin avait conscience que si cette moisson était récoltée, ses chances de victoire contre le prince Floire seraient réduites de beaucoup. Il savait avec quel soin Floire préparait sa défense, et Constantin tenait la famine pour sa meilleure alliée.

À mesure que l'armée de Constantin s'approchait de la Forteresse de Floire elle rencontrait de plus en plus souvent des fermes et des villages, et ils étaient tous vides, car leurs habitants avaient fui à l'abri des murs de la Forteresse. Ils pensaient y trouver au moins de quoi se nourrir, bien qu'après la longue sécheresse il n'y restât plus grand-chose. Le peu de nourriture qu'avait le prince Floire, il le partageait entre les soldats de son armée. C'est pourquoi les fuyards s'engageaient, ce n'est qu'ainsi qu'ils pouvaient nourrir leur famille.

En s'approchant de la Forteresse, le prince Constantin s'étonna de la voir changée à ce point. Il avait appris par ses espions que Floire la reconstruisait, mais il ne s'attendait pas à autant de transformations. Les douves l'entourant avaient été élargies et ses murs étaient si hauts qu'il sembla à Constantin que les nuages de passage touchaient leurs créneaux. Et il demanda à ceux qui étaient à ses côtés s'ils les touchaient. Et ceux-ci répondirent d'une seule voix :

Non, ils ne les touchent pas.

Quand l'avant-garde s'approcha pour la première fois du mur nord de la Forteresse, il en partit une volée de flèches. De derrière les murs s'élevèrent les fumées de feux invisibles et bientôt des chaudrons apparurent sur des palans en bois. Ces palans étaient mobiles et déplaçaient les chaudrons de manière à ce qu'ils soient suspendus à l'extérieur des murs d'enceinte. Les chaudrons se balançaient, accrochés à des chaînes, et de temps en temps leur contenu se déversait : de l'eau bouillante et de la poix.

Il y avait suffisamment d'eau dans la Forteresse, parce que le Fleuve la traversait. Il ne manquait pas non plus de poix, car il y avait beaucoup de pêcheurs dans la contrée et ils en calfataient leurs barques. Et le détachement d'avant-garde de Constantin recula hors de portée des flèches, le gros de l'armée n'alla pas plus loin non plus.

Et alors l'évêque Anastase dit à Constantin :

Tu vois, Prince, que la Forteresse est bien défendue, et qu'on ne peut la prendre qu'en sacrifiant beaucoup de vies. Rabats ton orgueil et retourne dans ta Cité : que ce soit ton sacrifice devant le Tout-Puissant.

Le prince répondit :

De quel sacrifice parles-tu ? Comment puis-je m'en retourner alors que Floire l'impie a sacrifié l'unité de l'Île ?

Aucune unité, rétorqua l'évêque, ne vaut une vie humaine. Si l'unité est agréable à Dieu, Il la rétablira sans toi, et si elle ne Lui est pas agréable, pourquoi essayer de la rétablir ?

Cependant le prince Constantin n'écouta pas l'évêque. Rompant l'attente inutile de ses troupes, à l'aube il les lança sus à la Forteresse. Il avait profité du temps écoulé pour s'équiper de radeaux qui devaient permettre de franchir les fossés pleins d'eau. Il en avait apporté un certain nombre de la Cité et fait construire d'autres sur place. Avant la bataille, il demanda sa bénédiction à l'évêque, mais Anastase la lui refusa. Il répondit :

Je me bornerai à demander aux anges du ciel qu'ils protègent tous les combattants de leurs boucliers invisibles.

Le prince lui lança un long regard.

Il dit :

L'important, ô évêque, c'est qu'il y ait assez d'anges pour tout le monde. Et de boucliers, car j'ai entendu dire que certains anges volaient les mains vides.

Dès que l'armée de Constantin commença à mettre les radeaux à l'eau, un nuage de flèches vola des remparts. Malgré les efforts des assaillants pour se couvrir de leurs boucliers, les flèches trouvaient le chemin de leurs corps. Et de nouveau, comme dans la Forêt, les pointes des flèches étaient empoisonnées, et la moindre égratignure entraînait la mort.

Quand une partie des troupes eut réussi à passer le fossé et que les assaillants commencèrent à dresser des échelles contre les murailles, l'eau bouillante et la poix se déversèrent sur eux. C'était horrible de voir les hommes ébouillantés tomber des échelles, et leurs cris n'avaient plus rien d'humain. Leur chair se décollait des os et était noircie par la poix, comme s'ils étaient nés dans les contrées où les gens, dit-on, sont de couleur noire. Les ébouillantés se tordaient sur le sol, certains roulaient dans les douves et se noyaient, car seule la froide profondeur de l'eau pouvait leur épargner cette douleur insupportable.

Alors, élevant sa croix, l'évêque Anastase alla au fossé et cria de toutes ses forces :

Au nom de Dieu j'ordonne à tous de cesser !

Mais sa voix se perdit parmi les cris des combattants et les gémissements des mourants. Il se tenait là, debout, et les flèches volaient autour de lui sans qu'une seule ne le touchât, car près de son épaule droite se tenait un ange avec un bouclier, et cet ange, ceux qui avaient le cœur pur le voyaient. Quand il fut clair que les combattants étaient sourds à l'appel de l'évêque, ses paroles furent répétées par la voix de l'ange. Et cette voix était comme le tonnerre céleste qui terrorise tout le monde, et personne ne trouva la force de désobéir.

Protégé par des boucliers non angéliques, Floire sortit sur la muraille. Trois jours durant il regarda sans rien dire l'évêque et son ange, il regarda aussi la mort qui régnait en bas. Puis l'évêque monta sur un des radeaux, se signa et rama lentement vers le mur de la Forteresse.

Il dit à Floire :

Laisse-nous évacuer les blessés et enterrer les morts.

Floire ne dit rien mais ne s'y opposa pas, au contraire, il fit signe aux défenseurs de ne pas tirer. Ce que voyant, l'évêque et les gens de Constantin chargèrent les morts et les mourants sur des radeaux. Du haut d'un monticule, Constantin regardait la triste arrivée des radeaux et les larmes baignaient son visage, mais il pensait que nul ne les voyait.

Pourtant ses larmes brillaient tellement sous le soleil qu'elles ne restèrent pas inaperçues de Floire, qui dit :

Est-ce cela que tu voulais, Constantin ?

Floire l'avait dit tout bas, mais d'une façon ou d'une autre Constantin l'entendit. Peut-être grâce à la troisième oreille qui, c'est écrit dans les livres, existe chez tout être humain.

Il répondit à voix tout aussi basse :

Non, Floire, je n'ai pas voulu cela.

Il répondit :

Je voulais l'unité, et je l'obtiendrai.

Et le vent porta ces mots droit dans l'oreille du prince Floire, mais Floire ne fit que secouer la tête. Lui aussi voulait l'unité, mais seulement sous son pouvoir.

Le prince Constantin resta debout sur sa colline à regarder les radeaux qui, abordant pour la centième fois, continuaient à décharger des corps mutilés.

Il chuchota :

J'ai lu des livres qui parlaient des grands empires et des peuples qui avaient accepté un joug salvateur. Pourquoi cela ne se produit-il pas dans l'Île où vivent non point des peuples différents, mais un seul ? L'unité améliorera la vie des gens, pourquoi ne le comprennent-ils pas ? Et maintenant rien de bon ne les attend.

En ce jour commença le siège de la Forteresse.

Cette année-là le temps favorisa les agriculteurs, et sur les deux parties de l'Île la moisson promettait d'être abondante. Là où les champs n'avaient pas été piétinés par l'armée du prince Constantin, le froment poussa bien. Mais les défenseurs de la Forteresse, qui le voyaient depuis leurs murailles, étaient coupés de leurs champs.

Le prince Floire savait qu'il ne restait presque plus de provisions et il voulut acheter du blé à la Grande Terre. L'ayant prévu, Constantin fit sortir sa flotte, arrêta les vaisseaux pleins de blé et menaça de les brûler la prochaine fois. Les vaisseaux rebroussèrent chemin, firent voile vers la Grande Terre et ne revinrent plus.

Alors Floire, promettant une forte somme, persuada deux capitaines de navire de lui livrer le blé nuitamment, mais les gens de Constantin interceptèrent les vaisseaux et y mirent le feu. Ils brûlèrent dans la nuit comme deux torches, et ceux qui voyaient cela depuis les remparts pleuraient.

Alors la famine commença dans la Forteresse. Une tête de cheval coûtait dix dinars, mais bientôt même cela fut impossible à trouver, alors on se mit à manger des chiens, des pigeons et des rats. On faisait bouillir des ceintures de cuir, des selles et des bottes. Quand tout fut mangé, il n'y eut plus de fumée au-dessus des maisons, pas même au-dessus de celles où il restait encore quelque chose, car la fumée indiquait qu'il y avait de la nourriture et cela attirait les brigands. Ceux qui avaient encore des réserves de farine mangeaient la pâte crue pour ne pas se trahir.

Le huitième mois du siège, on commença à manger des gens. On les guettait la nuit dans la rue, on les tuait et les mangeait, surtout les enfants. On racontait qu'une mère de cinq enfants avait tué son nouveau-né pour nourrir les aînés, puis était devenue folle. D'autres disaient que sa raison l'avait quittée bien avant, et qu'elle était déjà folle quand elle avait fait cuire l'enfant. C'est ce que confirmèrent les brigands accourus en apercevant de la fumée, et qui, horrifiés par ce qu'ils avaient vu, étaient partis sans toucher à rien. Et partout dans les rues gisaient des cadavres et personne ne les ramassait, mais au contraire, sous le couvert de la nuit, on en découpait des morceaux pour les manger.

Des transfuges rapportaient la situation des assiégés au prince Constantin, et un jour il dépêcha vers la muraille son envoyé Onésime.

Lorsque le peuple se massa sur le rempart, Onésime s'adressa aux assiégés :

Notre prince, Son Altesse Sérénissime Constantin, n'a rien contre vous et ne fera de mal à personne, à l'unique exception de Floire. Livrez-lui Floire et vous serez sauvés, car vous ne survivrez pas sans nourriture, et vous n'en avez déjà plus.

À quoi le voïvode Oreste lui répondit que les gens de la Forteresse résisteraient aussi longtemps qu'il faudrait pour vaincre Constantin, leur ennemi, et qu'ils ne lui livreraient pas Floire.

Onésime, l'envoyé de Constantin, regarda le voïvode de la tête aux pieds et dit :

Tu as l'air trop bien nourri pour entendre mes paroles, Oreste, moi, je m'adresse aux martyrs et aux souffrants de la Forteresse.

Ces mots n'avaient pas quitté ses lèvres qu'une flèche partie du rempart s'enfonça dans sa poitrine. Il resta un court instant debout et s'écroula. Sur la muraille il y eut une certaine confusion, des bagarres, ce qui témoignait que tous n'étaient pas d'accord avec ce qu'avait dit Oreste.

Une semaine plus tard, l'évêque Anastase vint à la Forteresse. Il rencontra le prince Floire et lui proposa de laisser partir ceux qui le désiraient. Mais Floire refusa, car il savait que ceux qui voulaient quitter la Forteresse étaient trop nombreux.

Tu fais de ces gens des otages, dit Anastase au prince.

Tu te trompes, évêque, répondit Floire. C'est Constantin qui fait d'eux des otages en les vouant à la famine, et chaque vie perdue sera pour lui un péché mortel.

Après un silence l'évêque dit :

Le péché mortel sera partagé entre vous deux, mais ta part n'en sera pas plus légère.

Un mois passa encore, et des émeutes éclatèrent dans la Forteresse, car le prince Floire ne laissait partir personne. Alors une immense colère s'empara des gens, et c'était la colère du désespoir. Les émeutes furent cruellement réprimées par l'armée que Floire nourrissait avec le peu qui lui restait. Quand même ces dernières provisions furent épuisées, la colère, comme une peste, s'étendit à l'armée. Et il fut clair pour le prince Floire que le plus grand danger pour lui ne se trouvait pas à l'extérieur de la Forteresse, mais à l'intérieur.

Floire envoya chercher l'évêque Anastase et lui annonça qu'il était prêt à se rendre si le prince Constantin lui accordait vie et liberté. Constantin devait jurer sur la Croix qu'il laisserait partir son prisonnier, après que ce dernier eût lui aussi baisé la Croix en reconnaissant sa suzeraineté.

À son retour, l'évêque transmit au prince Constantin les paroles de Floire. Après réflexion, Constantin baisa publiquement la Croix en jurant qu'il laisserait partir le prisonnier, et Floire en fut averti sans délai.

Alors les portes furent ouvertes et l'armée entra dans la Forteresse, et à sa tête chevauchait le prince Constantin. Ils furent accueillis en grande liesse, en libérateurs, et on posa sur le chef de Constantin une couronne de laurier. L'armée jeta à la foule des pains qui furent immédiatement mis en pièces et disparurent dans les bouches affamées des assiégés. Les gens ramassaient même les miettes tombées à terre et se battaient en roulant sur le sol.

Quand on fit sortir Floire des appartements princiers pour l'amener devant Constantin, il s'inclina jusqu'à terre devant lui.

Il dit :

Souviens-toi, Prince, que tu as fait serment sur la Croix de me laisser partir quand j'aurai reconnu ta suzeraineté.

Et Constantin de répondre :

Floire, je me souviens de mon serment, mais je n'attendrai même pas ton aveu : je te libère en cette heure.

Ayant dit, il fit signe à sa garde et elle s'écarta du prisonnier. Alors la foule se referma d'un coup autour de Floire comme elle s'était refermée autour des pains qu'on lui avait jetés. Et les gens qui avaient souffert dans la Forteresse haïssaient tellement Floire qu'en un instant il fut massacré. La garde n'eut pas le temps d'intervenir, mais, d'après les témoins, elle ne fit pas vraiment preuve d'empressement, car elle n'avait pas reçu l'ordre direct de le faire.

Constantin, à cheval, couronné de laurier, regardait le corps mutilé de son ennemi, quand soudain, de la foule, vola une lance. Le prince ne portait pas d'armure car il n'était pas venu pour combattre, et sa poitrine était sans défense. Il mourut sur le coup, suspendu à ses étriers. Dans le désordre, personne ne vit qui avait jeté la lance, mais certains dirent qu'elle avait été envoyée par la main d'un ange, en châtiment de son parjure.

Ainsi prit fin le grand conflit entre Constantin et Floire, entre le Nord et le Sud.

Parthène

Une tendance générale à l'unification s'est manifestée lors de l'édification des grands empires, et à chaque fois les historiens ont trouvé des raisons à cela. Mais par la suite ils ont avancé ces mêmes raisons pour expliquer la dissolution de ces mêmes empires, déclarant à chaque fois que *les raisons étaient apparentes*. C'est possible – en tout cas ces raisons étaient toutes très superficielles.

Les raisons profondes, nul ne les connaît. Nous ne faisons que tâtonner, percevant confusément le rythme des attirances et des répulsions. Jusqu'à présent, hélas, nous étudions les guerres en oubliant les flux et les reflux.

Il est un temps pour ramasser des pierres et il est un temps pour les jeter. Si l'on veut, on peut déclarer (*les raisons sont apparentes*) que tel homme ramasse les bonnes pierres et jette les mauvaises – mais cela n'explique en rien son activité bizarre. Il le fait par amour non des pierres, mais du rythme.

Certaines choses cessent d'exister, et ce n'est pas parce qu'elles sont mauvaises : simplement, leur temps est passé. Et elles naissent non parce qu'elles sont bonnes : c'est que leur temps est venu. Il y a un temps pour ramasser les pierres et un temps pour les disperser. Peut-être que la réponse, c'est le temps ? Le temps et le rythme.

Le Paradis était le lieu de l'harmonie absolue, mais cette harmonie, les hommes l'ont brisée, se condamnant à la sueur, au sang et à la mort. Y avait-il à cela des raisons valables ? Sans doute que non : je n'y vois qu'un trop-plein de tranquillité et un désir de fuite. Mais le balancier est reparti dans l'autre sens et les descendants des fuyards rêvent du Paradis perdu.

La plus haute harmonie entre les pièces du jeu d'échecs existe dans leur disposition initiale ; le premier mouvement la brise. Chaque nouveau coup ne fait qu'empirer les choses, mais ne pas bouger est impossible. C'est là l'impitoyable loi des échecs, et ce ne sont pas les joueurs qui l'ont inventée.

Le Sud de l'Île n'avait pas été persécuté par le Nord, et le prince Floire n'était pas particulièrement cher à ses habitants. Ils avaient pris son parti parce qu'ils avaient cédé à l'étrange rythme de l'Histoire et à leur désir inconscient de bouger. Mais quand le vent de la vitesse siffla à leurs oreilles, c'est la paix qui recommença à les attirer.

Constantin et Floire étaient faits l'un pour l'autre et ils ont accompli œuvre commune. Ils constituaient en quelque sorte un couple inséparable, et ils moururent le même jour.

C'est notre rêve, à Xénie et à moi : mourir le même jour.

Chapitre trois
Michel

À la mort du prince Constantin c'est son fils, le prince Michel, qui gouverna l'Île. Le début de son règne ne fut pas sans nuages, car Andronic, fils de Floire, le prince massacré, n'était pas pressé de reconnaître sa suzeraineté. Il déclara que l'aveu par son père de la primauté de Constantin ne l'engageait pas, et exigea de rencontrer Michel.

Lors de cette rencontre les princes parlèrent de leurs généalogies, puisque c'est à cause d'elles qu'avait débuté leur malheureuse confrontation. Après des semaines de discussions fut trouvé l'accord suivant : les deux princes reconnaissaient que l'empereur Auguste avait passé la première nuit avec la princesse Mélanie, la plus belle de leur noble famille. Auguste, cependant, cherchait la profondeur dans ses relations avec les autres, et c'est pourquoi il passa la seconde nuit avec la princesse Hilarie, et sa quête ne fut pas vaine.

Bien qu'il eût trouvé ce qu'il cherchait, le lendemain matin l'empereur Auguste quitta l'Île pour ne plus y revenir.

Hilarie accoucha la première, ce qui – les princes étaient d'accord sur ce point – donna à sa lignée la primauté sur celle de Mélanie. Et le prince Andronic confirma ce droit, bien que l'expression de son visage fût, à cet instant, pensive.

Parthène

Après la Guerre des lignées, les princes parvinrent à un accord. Il fut établi qu'Auguste était resté dans l'Île deux jours et non trois. L'idée de Michel et d'Andronic, c'était qu'en éliminant le troisième jour on éliminait aussi la possibilité d'une troisième dynastie.

On peut voir une certaine, disons, naïveté dans cette tentative de se prémunir contre une troisième force. C'est vrai : l'argument ne tient pas devant la critique. Un homme qui, en deux jours, se retrouve le fondateur de deux dynasties peut très bien, semble-t-il, durant ces deux mêmes jours, donner naissance à une troisième et même plus. Ça, c'est le point de vue physiologique. Si l'on considère cette histoire d'un point de vue métaphysique, la fondation d'une dynastie ne se résume pas à la conception et exige, c'est indiscutable, un jour à part, parce que ce jour-là est en lui-même une époque.

Il est intéressant de remarquer que, lors de l'établissement du compromis, la beauté d'une des aïeules a été opposée à la profondeur de l'autre. On peut bien sûr s'étonner qu'au moment de l'accord entre les princes aucun nouveau détail sur ces femmes n'ait été révélé : durant de nombreux siècles Clio resta muette sur les passions insulaires d'Auguste.

Ce qui est manifesté ici, c'est la relation au monde comme à une œuvre d'art. Seul le beau est vrai ou, pour s'exprimer dans l'esprit des chroniques, seul le beau est profond. Et à l'inverse : seul ce qui est profond est vraiment beau. Pour qu'on croie en un texte, il doit être beau. C'est cette particularité qui rend inutile la question : pourquoi Auguste, ayant trouvé la profondeur, est-il parti immédiatement ? Qu'il parte, ce n'est pas important : l'essentiel, c'est qu'il ait trouvé ce qu'il cherchait.

L'expression pensive du prince Andronic sembla de mauvais augure au prince Michel. Il comprenait que leur accord était fragile et s'écroulerait au moindre souffle, comme une maison construite sur du sable. Alors il s'adressa à l'évêque Anastase et lui confia ses inquiétudes pour l'avenir.

Inquiète-toi pour le présent, Prince, conseilla l'évêque à Michel, car c'est sous l'aspect du présent que l'avenir arrive. Seul peut t'aider Agathon le Préviseur qui, méprisant le temps, ne s'inquiète pas pour l'avenir.

Entendant cela, le prince Michel fit venir Agathon et lui fit part de son inquiétude.

Et Agathon lui dit :

Prince, tu auras un fils du nom de Parthène, ce qui signifie *vierge*. Chez le prince Andronic naîtra une fille, Xénie, c'est-à-dire *étrangère*, ce que l'on peut comprendre comme *étrangère au monde*. Et ils seront unis par le mariage, et avec cette union la guerre intestine prendra fin dans l'Île.

Cela arrivera-t-il dans un avenir prévisible, demanda le prince Michel.

Seule l'éternité est imprévisible, répondit Agathon le Préviseur.

Quand il apprit ce qu'avait dit Agathon, le prince Andronic fit montre d'un plus grand enthousiasme pour le traité. Il avait davantage confiance en les prédictions d'Agathon qu'en les promesses de Michel.

En la cinquième année du règne de Michel, un forgeron arriva sur l'Île avec un chien parlant, qui était aveugle. Ce forgeron prenait aux gens des anneaux d'or et des colliers, les enterrait puis disait à son chien de les retrouver. Le chien déterrait joyau après joyau, les prenait dans sa gueule, les rendait à leurs propriétaires et parlait de chacun d'eux : un tel est bon et miséricordieux, alors que tel autre, au contraire, est fornicateur et adultère.

Convaincus de la clairvoyance du chien, certains préféraient se séparer de leurs richesses et s'éclipsaient pour ne pas subir ses paroles dures à entendre. Et comme il ne se trompa pas une seule fois, tous disaient que ce chien, quoique sorcier, avait l'humeur bien indiscrète. Avant de s'embarquer avec le forgeron pour une direction inconnue, le chien prédit l'arrivée sur l'Île d'une épidémie de peste.

Voyant qu'auparavant le chien ne s'était jamais trompé, tous s'inquiétèrent grandement et demandèrent à Agathon le Préviseur si cette prédiction était ou non mensongère.

Agathon leur dit, répondant à leur question par une autre :

À quoi sert de connaître ce contre quoi on ne peut rien ?

Pourquoi donc, le Préviseur, ne veux-tu pas nous prévenir d'une épidémie mortelle, rétorquèrent les gens. Nous pourrions prendre des mesures pour notre survie, même s'il n'y en a pas.

Agathon répondit avec tristesse :

N'est-ce pas moi qui vous dis tous les jours que boire est dangereux et qui vous indique les mesures efficaces pour vous sauver ? Alors, répondez-moi, en avez-vous beaucoup essayé jusqu'à présent ?

Xénie

C'est avec réticence qu'Agathon le Préviseur parlait aux princes de la future épidémie, et il ne dit rien de leur mort. Il n'aimait pas regarder en avant. En fait, son surnom, le Préviseur, n'était pas vraiment adéquat : Agathon ne regardait pas seulement devant lui, mais simultanément de tous les côtés.

Il voyait les événements à venir aussi clairement que ceux qui étaient advenus. Les premiers plus nettement, peut-être, car ils n'étaient pas encore déformés par l'imperfection de la mémoire humaine. L'Histoire, enseignait Agathon, raconte moins le passé que le présent.

Dans une de ses homélies il analyse la prédestination des événements. Il affirme que rien n'est prédéterminé. Ce qui existe, c'est le libre choix de l'homme, qui conduit à tel ou tel événement.

Ainsi parlait Agathon.

Quand nous avons discuté de ce chapitre, Parthène et moi avons abordé le thème de la liberté de choix. Je ne comprenais pas comment la liberté illimitée de choix pouvait ne pas transgresser la toute-puissance de Dieu.

Parthène a dit :

Pourquoi, ma joie ? Cela est possible. Simplement, n'importe quel choix, même le plus libre qui soit, est d'avance connu de Dieu.

J'ai pensé : mon époux m'appelle *ma joie*. Cela fait déjà une éternité que nous sommes la joie l'un de l'autre. Nous sommes le libre choix l'un de l'autre, bien qu'on nous ait mariés sans demander notre avis. On pourrait dire que le choix s'est fait ensuite, au cours de notre vie commune, mais cette explication n'aurait guère de poids. Elle n'aurait sûrement pas plu à Agathon, lui qui méprisait le temps. Le choix n'a pas été fait après, mais à l'intérieur de notre mariage.

Je suis en harmonie avec Agathon sur bien des points. Parfois je devine quelque chose de l'avenir, mais je n'en parle pas. Je ne me compare absolument pas à lui : il *prévoyait*, et je *pressens*. Cela ne peut se mettre en mots.

En la septième année du règne de Son Altesse Sérénissime Michel, son épouse, la princesse Zoïa, sentit qu'elle était grosse. C'était au mois de mai, et dans le même temps la princesse Eupraxie conçut des œuvres du prince Andronic.

Au mois d'août de l'an sept, la peste envahit la principauté de Michel. Elle avait commencé sur la Grande Terre et avait été apportée sur l'Île par les rats des navires.

Alors les princes Andronic et Michel demandèrent à Agathon :

Pourquoi, on se le demande, nos enfants ont-ils été conçus s'ils doivent mourir de la peste ?

En tout ce qui concerne la conception, questionner un tiers ne se justifie pas vraiment, car elle est réalisée par deux personnes, répondit Agathon. Je ne dirai qu'une seule chose : vos enfants seront sauvés.

En une semaine la peste se répandit dans toute l'Île, et il n'y avait nul endroit où trouver son salut. Certains partaient dans la Forêt, espérant que l'horrible maladie ne les y atteindrait pas, d'autres construisaient des cabanes sur une rive déserte. Mais les nécessités de la vie les forçaient à revenir dans leurs maisons ne serait-ce que de loin en loin, et quand ils repartaient ils portaient en eux les germes de l'infection mortelle qui se révélait à leur retour.

Celui qui était frappé par la peste sentait tout d'abord comme un coup d'épieu sous l'omoplate ou dans la poitrine, près du cœur, et il tombait malade, commençait à cracher du sang. Ensuite c'était comme s'il brûlait, et puis il était pris de frissons. Des glandes commençaient à gonfler en différents endroits, chez les uns au cou, chez les autres à la hanche, certains en avaient sous l'aisselle ou la pommette, ou encore sous l'omoplate ou à l'aine.

Au premier mois de l'épidémie mourut le prêtre Jean qui avait courageusement confessé les mourants et avait célébré pour eux l'offices des morts. Pendant une de ces célébrations il s'affaissa lentement, on le rattrapa sous les bras pour le conduire à un banc, et même pendant qu'on le portait chez lui il n'interrompit pas son chant, et il se présenta bientôt devant le Seigneur avec sa prière aux lèvres.

Mourut l'orfèvre Euloge, dont les bijoux étaient portés par la noblesse de l'Île. Ses mains avaient forgé les chandeliers de l'église de la Transfiguration et doré les coupoles qui, par beau temps, semblent briller comme du feu pour réjouir les bons chrétiens et terroriser les infidèles.

Mourut le chef des collecteurs d'impôts Eumène – homme incorruptible qui œuvrait avec beaucoup de zèle, ce qui fait qu'on le respectait, mais, pour être franc, on ne l'aimait pas.

Après lui partit le chef des gardes de la Ville Bessarion, dont le poing lourd était connu de nombreux habitants. Et telle est la force de l'habitude que même lorsqu'on chanta sur lui les prières des morts, la dextre de Bessarion prit inopinément la forme d'un poing. Je pense qu'à sa mort beaucoup auraient eu un soupir de soulagement s'ils n'avaient été face à celle qui est plus épouvantable que tous les gardes.

Nombre d'autres moururent, quant à leurs noms, Dieu les connaît.

Les vivants n'avaient pas le temps d'enterrer les morts et il n'y avait pas assez de valides pour soigner les malades, si bien qu'un seul avait à s'occuper de dix. Beaucoup de maisons étaient déjà vides, ou bien il n'y restait qu'un seul occupant, parfois un enfant.

Le gouverneur de la Ville, autrement dit l'éparque, était à ce moment un homme du nom d'Ambroise. Chaque jour il parcourait quartier après quartier pour déterminer où la situation était la plus difficile et y envoyer de l'aide. Il ne s'appropria pas un seul dinar sur l'argent qu'on lui confiait, ce qui était chose rare dans l'Île, mais il y ajouta de sa poche : il donnait tout pour lutter contre le fléau.

Cet Ambroise inspectait lui-même les maisons vides pour s'assurer que personne n'avait été oublié, et il n'avait pas peur de toucher les corps morts pour savoir s'il y restait ou non un souffle de vie. Les habitants honoraient Ambroise comme un juste, tel qu'on en rencontre peu parmi les éparques. Grand fut son mérite : les morts furent enterrés, même avec retard, les vivants furent aidés. Il fit son devoir sans faiblir, et grâce à lui beaucoup furent sauvés, bien que beaucoup, naturellement, ne le furent pas.

La peste se déchaîna pendant trois mois et personne alors ne comptait les morts, mais il fut clair pour tous que le nombre était de plusieurs dizaines de milliers.

Au début du mois de septembre, ayant revêtu le Grand Schème[1], le prince Michel quitta ce monde.

---

1. La tradition veut que les souverains prennent l'état monastique sur leur lit de mort. *(Toutes les notes sont de la traductrice.)*

Et au début du mois d'octobre, lui aussi revêtu du grand habit angélique, le prince Andronic rendit son âme à Dieu.

L'Île resta désertée et décapitée.

À ces morts s'en ajouta encore une autre. Au milieu du mois de septembre, alors que l'épidémie commençait à faiblir, mourut Agathon le Préviseur. À en juger d'après le fait que, durant les derniers mois de sa vie, il redoublait de zèle dans la prière et dans le jeûne, il savait qu'il allait mourir. Mais il n'avait rien dit à personne. Et son corps très précieux fut enterré dans l'église du Monastère, dédiée à la Transfiguration.

Sa mort causa une grande douleur dans l'Île, car Agathon était un homme juste. Les Îliens étaient attristés aussi d'avoir perdu quelqu'un qui connaissait l'avenir. Et bien qu'il ne fût pas capable d'empêcher quoi que ce fût, la seule pensée que quelqu'un sût ce qui allait arriver apportait à tous un peu de soulagement.

Se rappelant l'accord entre les deux princes défunts, et aussi ce qu'avait prédit Agathon aux dynasties des Romanides et des Héraclides issues des fils d'Auguste, on décida de repousser la question du pouvoir jusqu'à ce que les enfants princiers fussent nés et eussent atteint l'âge d'une année. Quand on serait sûr que les nouveau-nés étaient fortement ancrés dans ce monde, il faudrait nommer un régent.

Pour qu'en ces temps difficiles l'Île ne fût pas, en plus, frappée par la peste de l'anarchie, le peuple de l'Île, sous l'égide des deux dynasties, s'adressa à l'évêque Théophane en le priant d'accepter jusque-là la charge de gouverner l'Île. Ayant entendu cette requête, Théophane s'enferma dans sa cellule et, à genoux, pria toute la nuit. Aux premiers rayons du soleil il sortit, alla vers les gens qui l'attendaient et dit :

Si Dieu le veut, qu'il en soit ainsi.

Chapitre quatre
Justin

Aucune plume ne sera sans doute digne de décrire le règne de Justin le Pieux, le prince régent, qui, après s'être fait longuement prier, accepta la charge de tuteur auprès du petit Parthène, le fils mineur de son frère défunt Michel. Et même si cette plume existe, il lui sera difficile, ô combien difficile, de tracer les mots officiels *tuteur* ou *régent*, alors que le pieux Justin devint pour le jeune garçon, dès le premier jour, un *second père*.

Cette plume grincera comme un essieu mal graissé, elle griffera le papier, bronchera comme un cheval qui a senti le loup et préférera au terme officiel le doux nom de *père*. Premier père, second – qui va se soucier de compter, qui s'en préoccupera ? L'essentiel, c'est que ce fût un *père*. C'est ce mot-là qui fut le premier à sortir de la bouche de l'orphelin quand l'enfant, l'âge venu, commença à parler.

Le second mot fut *mère*, adressé à la bonne princesse Glycère, l'épouse du prince Justin. Ayant connu une jeunesse pleine d'alarmes – pauvre mais honnête, difficile mais belle –, la princesse fut pour l'enfant l'exemple de l'immarcescible. Une source inégalée de lumière, un exemple indépassable.

Xénie

À propos du choix. Ce chapitre est écrit par un homme qui a fait simultanément deux choix incompatibles. Il s'agit de Procope le Bredouillard, qui a relaté le règne du prince régent Justin. La description est caractérisée par un style narratif particulier que quelqu'un a qualifié très justement de style élevé. Il est très différent du style des autres chroniqueurs.

Il y a bien des années, un manuscrit étonnant – sensationnel, pourrait-on dire – a été découvert. Il a pour titre *La Véritable Histoire du prince Justin, écrite par Procope le Bredouillard.* On l'a trouvé dans la cellule de Procope, dans une fente du conduit de cheminée.

Depuis qu'on avait commencé à chauffer le Monastère au moyen d'un grand poêle situé dans la cave (c'était avant l'époque de Procope), le poêle de sa cellule ne servait plus, et le chroniqueur, apparemment, avait décidé de l'utiliser comme cachette. Je ferai une remarque : on procède de temps en temps à la restauration du Monastère du Sauveur-en-l'Île – Dieu seul sait à quelles trouvailles on peut encore s'attendre…

Ce n'était pas par pur caprice que le chroniqueur gardait le manuscrit dans sa cachette : il contient, c'est le moins qu'on puisse dire, des informations qui contredisent ce qu'il avait écrit lui-même dans la chronique. À en juger par le document découvert, Procope se préparait à le diffuser. Il est vraisemblablement resté dans sa cachette en raison de la mort soudaine de l'auteur.

La dernière page du manuscrit porte un ajout mystérieux. Publié, il se présente ainsi :

Près du tombeau d'Agathon ne recevra la voix de la prophétie personne existe une source d'informations sur l'avenir de l'Île.

La construction de la phrase est bizarre et son sens, obscur. On comprend seulement qu'elle est liée d'une façon ou d'une autre à la prophétie d'Agathon le Préviseur. Mais comment ?

Ainsi, ayant volé à l'Île les prédictions concernant l'avenir, Procope l'a enrichie de ce qu'il connaissait du passé. Rien que d'après le titre du texte découvert on pouvait conclure que l'histoire rapportée dans la chronique n'était pas *véritable*. Puisque les deux histoires avaient été écrites parallèlement, il en découlait que le choix de Procope se portait en même temps sur le vrai et le faux.

Ayant dissocié le vrai du faux dans ses écrits, Procope semble ne pas avoir posé de point final. Il est même possible qu'il ait admis qu'avec les années la vérité et le mensonge échangeraient leurs places (c'était arrivé de son vivant), et qu'il ait laissé à la postérité le soin d'en juger en toute indépendance.

Les enfants promis au mariage furent fiancés à l'âge de trois ans. Ils devinrent véritablement l'ornement de l'Île, les deux plus belles fleurs de notre terre. Tous avaient l'impression qu'un rayonnement émanait de leurs têtes : ils étaient comme deux petits soleils. Quand le temps était gris, leur apparition à l'extérieur dissipait les nuages, alors on pouvait dire que trois soleils brillaient en même temps, qui dispensaient à tous leur chaleur. Parthène et Xénie, ces enfants bénis, étaient de leur côté réchauffés par leur amour pour Justin et Glycère.

Si Parthène, par sa conduite, rappelait les autres enfants de son âge, il n'en était pas de même pour Xénie. Elle n'aimait pas les jeux enfantins et s'en écartait, alors elle pouvait sembler insociable et même un peu sauvage aux ignorants et aux gens privés de délicatesse. En fait cette fausse insociabilité reflétait son attention aux choses du Ciel et non à celles de la Terre. Depuis sa prime enfance son modèle était Glycère, flambeau de chasteté et de pureté.

Glycère était la deuxième épouse de Justin. Il advint que sa première femme, Agathe, était stérile, c'est pourquoi le prince avait dû s'en séparer. Avant cela, Justin et Glycère avaient essayé de la guérir de son infécondité, mais leurs efforts, pas plus qu'Agathe, ne portèrent de fruits. À contrecœur, Justin dut prendre Glycère pour femme.

Claudie, une tante de Xénie qui coulait ses jours sur le Rivage, se chargea de la fillette. On décida pourtant de ne pas séparer les enfants et ils passaient généralement leur temps ensemble, soit au Palais, soit près de la Mer.

Je ne peux que regretter mon incapacité à décrire la bonté et la sagesse des gens qui assurèrent la tutelle des jeunes enfants. Comment puis-je ne pas gémir sur mon sort, moi qui ne suis pas allé à Athènes, qui n'ai pas étudié dans les académies, qui ai l'esprit grossier et des sentiments bas ? Au début, en observant leurs jeux, je ne comprenais même pas leur essence éducative – par exemple, lorsqu'en jouant avec le couple princier à *pair ou impair*, les merveilleux enfants apprenaient dès leur plus jeune âge à distinguer l'un de l'autre, alors que même certaines gens haut placés ne font guère la différence.

En la huitième année de la régence du vertueux Justin, son pupille Parthène prit l'habitude de jouer à *plante-couteau*. Ce jeu développait la précision et l'habileté, si utiles à un futur souverain. L'art de lancer le couteau en rotation, que la prudente Glycère enseignait à Parthène, était un moyen de lutter contre une certaine gaucherie qui était propre à l'orphelin, d'ailleurs, à ce qu'on dit, cet art n'est jamais inutile dans la vie publique. On commença à initier l'enfant au jeu de plante-couteau à l'âge où tout apprentissage est facile.

Pour nous autres, adultes, c'est tout autre chose : nous sommes incapables non seulement d'apprendre à lancer un couteau en rotation, mais de retenir une petite quantité de mots étrangers. C'est pourquoi, devant les arrivants de la Grande Terre, nous sommes privés de langue, muets, incapables même de les saluer, et je ne parle pas d'aborder des sujets plus complexes comme un raisonnement philosophique ou, par exemple, la construction d'un syllogisme. Privé de langage, on ne peut ni se lier d'amitié, ni entretenir de relations plus intimes, c'est pour cela qu'il y a si peu chez nous de mariages avec des étrangers. Mais ne digressons point et retournons à notre propos.

Au cours du jeu, Glycère, comme une vraie seconde mère, veillait sans répit à ce que nul couteau ne partît en direction de l'héritier du trône princier. Et quand, par les œuvres du Diable, un couteau vola de son côté, le petit Parthène fut sauvé par le cri de sa promise, Xénie, une enfant aussi jeune que lui. À cet instant elle se promenait près de la Mer avec sa parente. Passant près d'un rocher qui ressemblait à une tour, elle poussa un cri bref :

Le couteau !

Et cela suffit. Surmontant sa maladresse, le garçonnet put se détourner et le couteau qui visait son cœur se planta dans son avant-bras.

C'était un couteau de grande taille, il avait été lancé avec art et donc, sans ce cri, tout aurait pu mal finir pour Parthène. Furieuse, hors d'elle-même, la sage Glycère ordonna de trancher la tête du garçon qui avait imprudemment lancé le couteau. Quelques menteurs, ou simplement des ignorants relatent que la tête coupée aurait parlé. Si l'on considère ce qu'elle a dit exactement (et je ne veux pas le répéter), cette histoire de tête parlante n'est absolument pas crédible.

Xénie

Je n'avais pas vu le jeu de plante-couteau (nous étions trop loin), mais j'avais senti ce qu'ils faisaient, là-bas, dans le nord de l'Île.

Nous nous promenions au bord de la Mer près de notre château. Ma tante Claudie, la sœur de mon père qui s'occupait de mon éducation, allait devant. Elle marchait à la lisière des vagues, retroussant sa jupe. Elle la soulevait à deux mains, bien haut, au-dessus des genoux, mais malgré cela un pan traînait sur le sable mouillé, plongeant de temps en temps dans la frémissante écume marine. Ce jour-là j'ai remarqué les jambes de Claudie. Dans le langage actuel, on dirait qu'elle avait les jambes en X. J'ai ressenti une inquiétude soudaine et, sans savoir ce que je faisais, j'ai crié :

— Le couteau !

— Pourquoi as-tu crié « le couteau » ? a demandé ma tante sans ralentir le pas.

— Et pourquoi avez-vous les jambes en X ? ai-je rétorqué, rendant question pour question.

Claudie n'a compris ni mon cri, ni ma question, et moi non plus – c'était sorti comme ça. En fait, je n'étais pas là. Je voyais Parthène dans la Ville lointaine, j'entendais des mots prononcés dans un avenir impénétrable. Cela arrivait aussi à Claudie qui un jour avait dit à mon propos : *c'est une enfant à problèmes*. Je pense que c'est de famille.

Mon cri a sauvé Parthène. Bizarrement il l'a entendu (mon promis entendait mes paroles à n'importe quelle distance) et s'est tourné de mon côté. Cela a suffi pour que le couteau n'atteigne pas son cœur, mais son avant-bras. Des deux versions de l'événement proposées par Procope le Bredouillard, la plus proche de la vérité est celle de *La Véritable Histoire*.

En la douzième année de la régence de Justin, Glycère, son épouse dévouée, ce vase de chasteté, fonda la Maison de la Vertu dans laquelle elle logea des femmes qui faisaient auparavant commerce de leur corps, mais étaient à présent sur le chemin de la résipiscence. Pour qu'elles ne fussent pas tentées de retomber dans leur ancien péché, on avait banni les hommes de la Maison, sauf Eulampe, le portier de 92 ans. Les pénitentes (qui entre elles se donnaient le nom de sœur) confectionnaient des vêtements de tous les jours. Une fois par semaine, le dimanche, une des sœurs allait au marché où ces habits étaient vendus, et l'argent obtenu servait à leur entretien.

En la quatorzième année de la régence du prince Justin, Glycère, ce flambeau de philanthropie, fonda une autre maison semblable, puis d'autres encore. Les mœurs de l'Île s'améliorèrent au point que certains eurent peur que ce fût la fin de toute procréation. Ou qu'elle se fît d'une façon plus innocente – par bourgeonnement, par exemple. Entre-temps, la mission principale du couple régnant – l'éducation des deux enfants princiers – s'accomplissait au plus haut degré de responsabilité, bien que lentement.

En la dix-huitième année du règne de Justin le juste, les événements se déroulaient, comme toujours, sans hâte. Au cours des huit ans passés depuis le mémorable jeu avec les couteaux, les jeunes Parthène et Xénie n'avaient vieilli que de dix-huit mois environ. Cela montre à quel point était difficile le rôle éducatif des pieux Justin et Glycère.

Ils décidèrent avec raison qu'en la circonstance il ne fallait pas se hâter, et qu'on ne devait en aucun cas empêcher artificiellement le ralentissement naturel du temps qui affectait Parthène et Xénie. Justin et Glycère avaient remarqué que, dans l'enfance, le temps coule sans hâte. Cette découverte leur permit de compter les années de Parthène et de Xénie d'une façon particulière, en les divisant par trois, parfois même par quatre. Bien sûr, cela les contraignait à rester au pouvoir plus longtemps que prévu, mais ces gens étaient ainsi faits qu'ils ne pouvaient laisser leurs pupilles incomplètement éduqués.

S'il faut cent ans pour leur donner une bonne éducation, disait parfois Justin, nous nous y emploierons durant cent ans.

Je suis convaincu qu'il ne faut pas comparer le temps des différentes personnes ou dire: celui-ci a vécu longtemps, et celui-là, non. Chacun a vécu autant qu'il fallait pour atteindre ce pour quoi il était au monde. Tout le monde sait quel imbroglio surgit dès qu'on se met à parler du temps, de l'âge où autres sujets semblables. On s'aperçoit alors que chacun a son temps bien à lui, et cela explique pourquoi les gens ont tant de mal à trouver un langage commun.

C'est pour cela que tout le monde ne connaît pas son âge. Les familles où personne ne sait quel âge il a ne sont pas rares, bien que leurs membres aient une idée, disons, de qui est l'aîné. S'ils sont dans l'ignorance même sur ce point, ils discutent. Ce qu'il y a de bien avec le temps, c'est qu'il est toujours négociable.

En la vingtième année du règne du très sage Justin, il alla chasser le lièvre. Avant qu'il ait posé ses rets, un énorme dragon tomba du ciel et tous furent frappés d'horreur. Et le tonnerre gronda, et la terre gémit, alors les gens s'enfuirent. Et le prince comprit que c'était un signe d'En Haut pour le détourner de la chasse au lièvre, car c'était une occupation impie. Depuis lors il ne chassa plus.

En la vingt-cinquième année du règne du très noble Justin, le philosophe grec Eusèbe arriva sur l'Île. Voyant la vie vertueuse du prince, Eusèbe changea sa façon de penser et reçut le baptême. N'étant pas dans le besoin, il donna au prince trois cents dinars pour l'aménagement de l'Île. Mû par l'amour pour son peuple, Justin l'anargyre se hâta de les dépenser en bonnes œuvres, et il donna à Eusèbe une charte où il était stipulé que son argent lui serait rendu au centuple dans l'autre monde.

Un an après, Eusèbe mourut subitement et, quand on l'enterra, on lui mit la charte entre les mains. Quelques semaines après il apparut en rêve à Justin et lui dit : prends ta charte. Et alors on ouvrit sa tombe, et on trouva Eusèbe assis, tenant un rouleau de parchemin. Lorsqu'on essaya de le lui prendre, le défunt ne le donna à personne d'autre qu'au prince. Lorsque Justin l'eut pris, Eusèbe se recoucha. Et tous lurent ce qui était écrit : *Moi, Eusèbe le philosophe, confirme au prince croyant Justin, par ma signature autographe, que j'ai reçu au centuple ce qu'il me devait.* Ayant appris cet événement stupéfiant, beaucoup de gens riches donnèrent de l'argent au prince Justin, sans crainte et même, on peut le dire, avec joie.

En la vingt-sixième année du règne de Justin, un serpent entra dans une cruche de vin et le but entièrement. Cela le fit tellement enfler qu'il ne put plus sortir. Quand on apporta la cruche au très sage Justin, le prince dit au serpent avec un doux sourire :

Commence par nous rendre le vin que tu as bu, et alors tu pourras sortir.

Au bout d'un certain temps le serpent vomit le vin et se libéra. Ceux qui se trouvaient là tombèrent face contre terre et glorifièrent la grande sagesse du prince.

En la trentième année du règne de Justin arriva un grand malheur : une nuit de septembre, le Palais prit feu. On mit longtemps à l'éteindre, et quand enfin on y parvint, on trouva dans la chambre princière deux corps carbonisés. Ainsi brûlèrent deux flambeaux de vertu, et leur chambre fut leur tombeau.

Parthène

Il ne faut pas croire que tout est mensonge dans la chronique de Procope. Il a raison de montrer que chaque personne possède une temporalité qui lui est propre, et qui peut même changer à différentes époques de sa vie. Il a aussi raison de dire que la longueur et le rythme du temps est donné à chacun selon ses besoins. Il faut parfois plus de temps pour comprendre quelque chose ou, au contraire, pour l'expliquer aux autres.

Oui, un temps commun existe pour tout le monde, mais il n'est que la ligne en pointillé où se rejoignent les temps personnels de chacun d'entre nous. C'est pourquoi d'aucuns vivent vingt ans et d'autres deux cents. Ou neuf cents. Leur temps personnel est une réalité, et le temps commun, une pure convention. Le désir de prétendre que tout est lié. C'est un peu inattendu que Procope l'ait compris.

Quant au désir illégitime de Justin et de Glycère de régner le plus longtemps possible, cela n'entame pas la justesse de leurs calculs. Xénie et moi, comme si nous avions senti (elle, elle le sentait, c'est sûr) que notre vie durerait un peu plus que prévu, nous n'étions pas pressés de devenir adultes.

À la différence d'autres chroniqueurs, Procope s'efforçait d'être le plus près possible de la cour, expliquant que, en tant qu'historien, il lui était indispensable de recevoir l'information à sa source. De temps en temps il montrait même au prince ce qu'il avait écrit, ce qui, disons-le tout net, est difficilement explicable par une quelconque nécessité.

Procope se justifiait en disant qu'il le faisait sous la dictée de son cœur, qu'il n'avait pas la force de cacher son amour pour les personnes régnantes. D'ailleurs, comme le montra le manuscrit secret de Procope, ce que son cœur lui dictait pouvait changer en un jour jusqu'à en être méconnaissable.

Oui, il y avait en Procope une certaine duplicité, et même ses contemporains, qui ignoraient *La Véritable Histoire*, l'appelaient *l'homme aux deux langues*. Comme la plupart des assertions artistiques, cette image ne tenait aucun compte de la réalité puisque l'historien, comme on le sait, n'en avait pas une seule. En dehors des problèmes de langue, la réalité n'était pas si simple qu'il le semblait au premier regard. Le libéralisme n'était pas le fort du Moyen Âge, et l'expérience de ce même Procope montre que parfois une seule langue, c'est déjà beaucoup.

Bien sûr, un écart aussi radical entre les deux versions de l'histoire produit une mauvaise impression. On s'attendrait à ce que les deux versions se complètent, mais les réunir ne profite pas à la vérité car ni l'une ni l'autre ne se donnent pour tâche de chercher la vérité. Ce qui diffère sensiblement de ce à quoi nous (je veux dire Xénie et moi) étions habitués au Moyen Âge.

À cette époque éloignée, l'histoire était l'Histoire au plus haut degré, parce qu'elle avait sur les choses un regard moins préconçu. La pensée historique contemporaine se forme au gré de circonstances éloignées des événements décrits. Elle dépend d'une logique politique, ce qui transforme les traités historiques en armes de combat. C'est pourquoi l'historien actuel est plus ou moins acteur des événements, et il en a une vue latérale. L'historien du Moyen Âge regardait d'en haut.

Procope le Bredouillard ne regardait pas d'en haut et, par conséquent, il était en avance sur son temps. C'est peut-être pour cela que les éditeurs de l'*Histoire de l'Île* ont pris la décision de publier aussi, en annexe au chapitre concernant le prince Justin, sa *Véritable Histoire*. Une bonne décision.

JUSTIN

Ce qui est curieux, c'est que Procope lui-même considérait que, dans son histoire officielle, seul le récit sur Xénie et moi était véridique. Dans la mesure où il parle de nous avec sympathie, cela m'est, je ne le cache pas, agréable. Je lui adresse, à l'endroit de l'autre monde où il se trouve (il y a plusieurs possibilités), mes sincères salutations.

Annexe au chapitre quatre

La Véritable histoire du prince Justin, écrite par Procope le Bredouillard

Oh oui, il doit posséder une plume solide, celui qui s'apprête à décrire les faits commis par Justin et Glycère. Faits-forfaits. N'importe quelle plume s'y briserait. J'écris l'histoire de ce couple impie la nuit, quand personne ne me voit. Après tous mes panégyriques écrits au grand jour, je dis ce qu'ils étaient en vérité : des serpents à figure humaine.

Les rares paroles véridiques de ma chronique concernent les enfants, Parthène et Xénie. Ces mots-là, moi indigne, je ne les renie pas ici. On ne peut pas ne pas aimer ces petits, surtout Xénie, cette enfant étonnante et étrange qui connaît l'inconnu et voit l'invisible. Elle se tient toujours à l'écart des jeux enfantins, comme seuls les saints le font dans leur enfance. S'il est donné à Parthène et Xénie de monter un jour sur le trône princier, ils seront des gouvernants bons et sages. Pas comme Justin et Glycère.

Justin. Adultère sans cervelle, concussionnaire et usurpateur. Il avait été décidé qu'après la naissance des enfants l'évêque Théophane dirigerait l'Île pendant un an. Ce Justin ne put même pas attendre une année : sans pitié, il se mit à persécuter Théophane.

Il s'entretenait avec lui, l'exhortait, lui représentait que, de toute façon, il serait régent dans un an, alors pourquoi faire traîner les choses et ne pas lui transmettre le pouvoir tout de suite ? L'évêque l'écoutait sans rien dire, le regardait en haussant et baissant les sourcils, et un mois plus tard, toujours sans rien dire, il quitta le Palais princier et retourna dans son monastère.

Glycère. Une traînée comme on en fait peu, et c'est ce qu'on peut dire de mieux sur elle, parce qu'en un sens elle était pire encore que son époux.

Si quelqu'un savait que j'écris tout cela, je ne survivrais pas une seule heure. Mais c'est bien pour cette raison que mon désir d'écrire est si fort, et je ne peux pas y résister. Et puis, j'ai honte devant la postérité : les gens pourraient bien croire toutes les élucubrations que j'ai été obligé d'inclure dans ma chronique.

Par exemple, quand j'évoque des premiers mots prononcés par Parthène. Aucun enfançon de ma connaissance n'a commencé à parler en disant *père* et *mère*. Il existe pour cela *maman* et *papa* – et précisément dans cet ordre-là.

Glycère veut dire douce au goût… Je dirai qu'ils furent très nombreux à goûter à ses délices, dès ses quatorze ans, car dans l'histoire de l'Île il n'y eut pas de plus grande p… On pourrait penser que mes mots sont trop forts, inadmissibles, mais il n'en est rien. Quoi que je dise, ce sera toujours trop bénin.

Elle faisait commerce de son corps dans les rues et sur les places publiques, chez les aristocrates et dans les casernes. Surtout dans les casernes où l'attirait le nombre des participants, et elle était la dernière à se fatiguer de ces orgies. Quand les soldats n'avaient pas d'argent pour payer son corps complaisant, elle le leur donnait pour rien. Et il se tromperait, celui qui prendrait cela pour du désintéressement : la seule explication était son irrépressible lubricité.

Les débauchés les plus expérimentés de l'Île s'étonnaient de ses connaissances dans le domaine des jeux amoureux et, en sa présence, ils avaient l'impression d'être de piteux ignorants. De temps en temps, quand Glycère s'apercevait qu'elle était enceinte, elle essayait par tous les moyens connus d'elle de se débarrasser de son fruit. Elle échoua deux fois, et accoucha.

Ce qu'il advint de ces enfants, on ne le sait pas au juste. On raconte cependant qu'après bien des années, alors qu'elle était déjà princesse, un homme se présenta aux portes de la Ville, affirmant être son fils. Les gardes voulaient le chasser, mais Glycère les en empêcha. Au contraire, elle ordonna de conduire cet homme dans une des salles souterraines où elle avait soi-disant l'intention de lui parler. Personne ne le revit plus jamais.

Ce n'était pas le désintéressement qui guidait Glycère : à ce propos, je rappellerai simplement que c'est elle qui fonda dans l'Île les bordels dont elle recevait les profits en personne. Par une ironie amère, ces établissements reçurent le nom de « Maisons de la Vertu », où les prêtresses de l'amour étaient censées se rééduquer.

Quand, dans une de ces maisons, trois de ces pensionnaires tombèrent enceintes en même temps et que l'Île entière l'apprit, Glycère mena l'instruction en personne. Les soupçons tombèrent sur le portier de 92 ans, Eulampe. Lors de sa comparution publique, ledit Eulampe n'avait aucun souvenir, non seulement des femmes avec lesquelles il aurait péché, mais non plus de la façon dont on s'y prend.

Pourtant, les futures mères se souvenaient de lui et déclarèrent qu'au moment où il les avait séduites c'était un vrai gaillard, entreprenant et imaginatif. En voyant Eulampe – qui avait l'air d'une branche sèche dans le vent – beaucoup doutèrent de sa gaillardise. Les yeux larmoyants du séducteur étaient fixés sur le nuage le plus proche. Tout en lui témoignait qu'il ne comprenait pas grand-chose à ce qui se passait. Eulampe fut reconnu coupable et exécuté.

D'ailleurs pourquoi parler d'Eulampe, quand Glycère fit plusieurs tentatives pour tuer son pupille Parthène. Heureusement, à chaque fois, l'ange gardien de l'enfant détourna sa main. Le cas le plus connu est lorsque la princesse, lors du jeu de plante-couteau, incita un des garçons à viser Parthène. Glycère lui avait dit que Parthène avait une cotte de mailles sous sa chemise (mais qui porte une cotte de mailles sous sa chemise?) et qu'il ne lui arriverait rien, mais qu'un prince doit s'habituer à tous les imprévus et que le lancer de couteau était le meilleur remède à la célèbre gaucherie de l'enfant. Elle savait embrouiller les cerveaux, cette Glycère.

Quand, grâce au cri de Xénie venu de l'autre extrémité de l'Île, le meurtre fut évité, la princesse se hâta de faire décapiter le garçon, lui fermant la bouche au vu de tous avant l'arrivée du bourreau. Mais Glycère ne s'attendait pas à ce que la tête, même coupée, se mît à parler. Tombée à côté du corps malingre de l'enfant sur les marches rouges de sang (comme il n'y avait pas d'échafaud, l'exécution avait eu lieu sur l'escalier), la tête révéla ce que lui avait demandé Glycère, elle parla aussi de la cotte de mailles et de bien d'autres choses encore.

C'est étonnant, s'exclama Glycère, c'est étonnant le nombre de bêtises que peut dire cette tête! Ce garçon est fou, c'est sûr.

Il a simplement perdu la tête, approuvèrent les flatteurs et les pique-assiettes en regardant le sang qui continuait à s'écouler de l'aorte, par saccades, sur les marches.

Et personne n'osa fermer cette bouche, et alors Glycère se jeta vers l'escalier: elle ne craignait ni les têtes parlantes ni le Prince de ce monde en personne. Alors qu'elle se penchait vers la tête, son pied glissa sur une marche gluante de sang. En tombant, la princesse toucha du front la tête coupée, et son front fut taché de rouge. On dit que ce sang ne put être effacé pendant quarante jours, sinon comment expliquer que, pendant tout ce temps, elle ne quitta pas le Palais et ne se montra à personne?

Glycère haïssait-elle Parthène? Je pense que non, même si elle voulait le tuer. Après la lubricité, sa passion principale était l'ambition, et toutes les autres étaient plus ou moins les prolongements des deux premières. Parthène était un gentil petit garçon et il n'aurait pu, en tant que tel, provoquer en Glycère le désir de tuer, mais il était sur la route qui la menait au pouvoir : c'était là sa faute principale.

Je suis sûr qu'elle n'aurait pas hésité, qu'elle aurait fini par tuer Parthène, mais elle changea d'avis quand elle constata que le garçon vivait dans une autre dimension temporelle, beaucoup plus vaste et moins limitée que la sienne. Glycère comprit que Parthène n'était pas pour elle un obstacle mais une protection.

Le temps de Parthène faisait de son accès au pouvoir une échéance lointaine, alors qu'à sa mort tous les princes auraient recommencé à se battre pour le pouvoir et le petit peuple s'en serait mêlé, or le peuple (Glycère, là non plus, ne se faisait pas d'illusions) n'était pas de leur côté, à Justin et à elle.

En me relisant, j'apporte une correction : la soif de pouvoir était quand même chez elle plus forte que la lubricité. Quoi qu'il en soit, la jonction de ces deux passions contribua à son ascension à nulle autre pareille.

Elle s'immisça dans la confiance de l'épouse de Justin, Agathe, qui était stérile. Glycère assura la malheureuse qu'elle la guérirait facilement et détournerait ainsi d'elle le danger d'être répudiée par son mari. Disant qu'elle devait faire des fumigations spéciales dans la chambre princière, elle fit prendre à Agathe un bain de décoction d'herbes et la prévint qu'elle viendrait elle-même la chercher en temps voulu.

La fausse guérisseuse, comme elle l'avait planifié, attendit l'arrivée de Justin dans sa chambre. Si elle ne connaissait rien aux plantes médicinales, la science de l'amour, par contre, n'avait pas de secrets pour elle. Le chambellan du prince raconte que si les mouvements de Glycère étaient lascifs, plus lascifs encore étaient ses regards. Ils enflammèrent Justin, et entre eux se passa ce à quoi la naïve Agathe, dans sa baignoire où l'eau s'était depuis longtemps refroidie, ne s'attendait absolument pas. Cette nuit-là, c'est Glycère qui partagea la couche de Justin, et Agathe n'y retourna plus. On dit que

Glycère avait ensorcelé Justin, bien qu'il soit plus probable que le prince ait surtout été charmé par son savoir-faire au lit.

Agathe, comme un fantôme, erra encore une semaine dans le Palais. Le soir elle se montrait à la porte de la chambre et restait là, versant des larmes, jusqu'à ce qu'un jour Glycère la frappât au visage avec un chandelier d'argent. Ce coup lui cassa le nez et lui ouvrit l'arcade sourcilière, et sur son visage les larmes se mêlèrent au sang.

C'est ainsi, près de la chambre princière, que la trouva Justin. Glycère frappa encore une fois Agathe en sa présence, lui fendant la lèvre et lui cassant les dents de devant. Elle aurait continué à frapper la malheureuse, visant l'œil pour l'éborgner, si le prince n'avait arrêté cette engeance de l'enfer.

Alors Glycère cria qu'il devait immédiatement faire exécuter son ex-femme, parce qu'Agathe ne les laisserait jamais vivre en paix. Tout le monde craignait que Justin, complètement tombé sous la coupe de Glycère, lui obéît, mais lui, ne désirant pas la mort de son ancienne épouse, la fit enfermer dans un monastère.

Agathe, en larmes, le remercia de sa générosité, répéta que telle qu'elle était à présent, édentée, elle ne pouvait plus être l'épouse d'un Prince Sérénissime, et qu'elle lui souhaitait bonheur et prospérité avec Glycère, car le bonheur de son seigneur comptait pour elle plus que tout.

Quelques jours après, Justin ordonna à l'évêque Théophane de célébrer son mariage avec Glycère. Théophane lui répondit que cette union était illégitime et qu'il ne recevrait pas sa bénédiction épiscopale. Justin jeta à l'évêque un regard d'airain mais ne dit rien, et tous pensèrent que ce silence était de mauvais augure.

Les pires suppositions se confirmèrent, car une semaine plus tard l'évêque Théophane mourut subitement et fut remplacé par Philarète. Et lui, il était plus muet qu'une carpe, et il célébra le mariage. Mais Glycère fut punie pour son forfait car, comme Agathe, elle ne put pas tomber enceinte. Elle avait interrompu trop de grossesses dans sa jeunesse pour être encore capable d'enfanter.

Après Théophane, c'est l'éparque Ambroise, dont le dévouement pendant la peste avait sauvé beaucoup de vies, qui eut à souffrir.

À la différence des autres notables, il ne donnait pas d'or à Justin pour rester dans ses fonctions. Le souvenir de ses actes héroïques durant l'épidémie ne s'était pas effacé du cœur de ses concitoyens, il était toujours bien vivant, de plus Ambroise continuait à exercer sa charge de façon irréprochable.

Ne recevant pas de présents de sa part, Justin était de plus en plus irrité. Et je ne dirai rien de la grande jalousie qu'il éprouvait envers l'éparque aimé de tous. Mû par ces sentiments bas, Justin cherchait depuis longtemps un prétexte pour destituer Ambroise. Comme il ne trouvait pas ce prétexte dans la réalité, il l'inventa.

À cette époque, on apprit que la bible princière, ornée de pierres précieuses, sur laquelle les princes prêtaient serment en montant sur le trône, avait disparu du Monastère. On accusa Ambroise. Cette accusation était fondée sur le témoignage de deux moines qui avaient prétendument vu l'éparque sortir du Monastère en emportant le livre précieux à la faveur de la nuit.

Un des témoins était le cellérier du Monastère, un homme capable de témoigner de n'importe quoi devant n'importe qui, sans honneur et cupide, qui n'avait rien de sacré en son cœur.

Le deuxième témoin, c'était moi…

Il m'est pénible d'avouer ce mensonge, mais que pouvais-je faire ? Lorsque Justin m'interrogea si je n'aurais pas vu Ambroise sortir du Monastère avec la bible princière, j'ai répondu que non. Je lui ai même demandé comment l'éparque aurait pu se trouver, la nuit, dans la bibliothèque du Monastère. Après un silence, le prince dit :

Qui d'autre pouvait s'y trouver, la nuit ? Toi, et toi seul. Faire sortir le livre de la bibliothèque, toi seul le pouvais, et le père cellérier confirmera qu'il a tout vu.

Pouvais-je ne pas donner un faux témoignage ?

Justin rassembla les Îliens sur la Grand-Place et proclama que l'activité de l'éparque avait toujours visé la destruction de l'Île par son engloutissement sous les eaux, et que cette affaire révoltante était un des maillons de la chaîne de ses crimes. Justin démontra que ce maillon était décisif, car sur quoi les princes pourraient-ils dorénavant prêter serment lors de leur intronisation ? Le résultat, c'est que plus personne ne pourrait monter sur le trône et que Justin, bien à contrecœur, devrait y rester. En entendant cela, je compris, dans toute son envergure, le plan qu'avait fomenté Justin.

Ambroise fut condamné à mort, mais cette sentence souleva sur la place une tempête d'indignation. Voyant pour la première fois son peuple dans un tel état, Justin se hâta de commuer la peine, ce qui apaisa un peu les gens.

Glycère lui conseillait de le faire mourir secrètement, mais le prince craignait toute action irréversible, car il avait conscience qu'un jour viendrait où la foule exigerait qu'il leur montrât l'éparque vivant. À tout hasard, on n'exécuta pas Ambroise. Le soir de ce même jour on lui creva les yeux et on le conduisit dans le sud de l'Île. Le destin ultérieur de cet homme m'est inconnu.

Plus tard, sur son lit de mort, le père cellérier se confessa devant les moines du Monastère et avoua que c'était lui, sur l'ordre de Justin, qui avait pris la bible dans le Monastère et l'avait apportée au Palais, et qu'ensuite il avait fait un faux témoignage contre l'éparque.

Justin et Glycère, que l'on ne peut nommer autrement qu'engeance de démons, étaient cependant ignobles chacun à sa manière. Glycère, comme on l'a dit, était l'incarnation de la lubricité, alors que Justin était obsédé par sa passion de l'argent. S'étant nommé juge suprême de l'Île, il confirmait n'importe quelle décision de justice prise sur les terres qui lui étaient confiées. Mais il ne les confirmait qu'après avoir reçu un pot-de-vin, donnant la préférence à la partie qui lui apportait le plus d'argent. Les gens s'étonnaient et ne comprenaient pas, car cela ne s'était jamais vu dans l'Île qu'un prince fût concussionnaire.

De plus Justin imagina de demander de l'argent aux riches, prétendument pour de bonnes œuvres, leur promettant que dans l'autre monde leur obole leur serait rendue au centuple. C'est bien ce qui était arrivé au philosophe Évagre, à Alexandrie, et le prince l'apprit dans un manuscrit que je lui avais apporté. Ce récit lui plut tellement qu'il m'ordonna de le recopier sur une feuille à part. Il choisissait un donateur (une victime ?), il lui lisait ce récit à haute voix, puis exigeait de l'argent. Je ne sais pas si tous croyaient à ce qui était écrit, mais personne ne refusa de payer.

J'écris ces lignes quelques jours après le grand incendie où brûlèrent Justin et Glycère, haïs de tous. On dit qu'il y eut cinq départs de feu dans le Palais, et c'est très plausible. Il est significatif qu'ils brûlèrent dans la chambre où avait commencé leur union pécheresse.

Trois ans avant l'horrible mort de Justin et de Glycère s'était produit le célèbre événement que beaucoup appelaient plaisamment *le miracle de Justin et du serpent.* Je l'ai décrit dans ma chronique sur l'ordre de Justin lui-même. Lui, cet imbécile, croyait que cette histoire démontrerait brillamment sa sagesse. En fait c'était l'image même de leur règne, à Glycère et à lui.

C'étaient eux le serpent à deux têtes qui avait bu tous les sucs de l'Île : dans une cachette derrière leur chambre on trouva de nombreux coffres pleins de pièces d'or. Sur l'un des coffres était posée la bible princière, miraculeusement épargnée par le feu. C'est peut-être pécher que de le dire, mais je le ferai : réjouissons-nous car, si le serpent est sorti de la cruche, Justin et Glycère ne sortiront jamais de leur tombeau.

Chapitre cinq
Eustache

À la mort de Justin et de Glycère c'est le bon prince Eustache, frère cadet de Justin, qui fut régent auprès de l'enfant mineur Parthène.

En la première année de son règne, des marins firent cadeau au prince de poissons extraordinaires. Eustache voulut les regarder, alla au bassin de marbre près du Palais, tomba à l'eau et se noya. La durée totale de son règne fut de trois jours.

Parthène

Le communiqué est bref, il n'a pas l'air de correspondre au style bavard de Procope le Bredouillard. D'un autre côté, que peut-on écrire de plus sur ce genre d'événements ? D'aucuns pourraient dire qu'il eût été plus simple de ne rien écrire du tout, que trois jours de règne, ça ne compte pas – mais ils auraient tort. Il ne s'agit pas ici d'Eustache et de ses trois jours : ils n'ont, c'est vrai, aucune importance historique.

Le fait que le règne d'Eustache fasse l'objet d'une note à part a un autre sens. Le Moyen Âge ne supportait pas qu'il manquât un maillon à la chaîne chronologique. À n'importe quelle chaîne : celle des Olympiades qui servaient à dater les événements dans certaines chroniques, celle des empereurs, ou simplement celle des années. Les maillons perdus brisaient l'intégrité du temps qui organisait le monde de Dieu et marquait le début de l'éternité. Les Russes et les Irlandais indiquaient même les années *vides*: celles qui n'avaient pas connu d'événements. Année tant: il ne s'est rien passé. *Et il y eut un grand calme.*

Cette note sur les trois jours du prince Eustache, à présent oublié de tous, fut l'année *vide* de Procope le Bredouillard. Oui, je le répète, le texte est lapidaire, il n'est pas dans la manière de Procope. Peut-être le chroniqueur voulait-il, par un style inhabituel, souligner l'étrangeté de ce qui était arrivé au prince: c'est ce qui s'appelle aller voir ses poissons... L'écriture est celle de Procope, la note est bien de lui.

C'est aussi sa main qui, en son temps, a noté la prophétie de saint Agathon. Agathon avait-il prévu le destin du texte qu'il a dicté? Si oui, pourquoi l'a-t-il dicté justement à Procope, alors qu'il y avait d'autres scribes dans le Monastère? Il me semble parfois qu'en confiant la prophétie à Procope, Agathon voulait que son contenu restât inconnu jusqu'à ce que son temps fût venu. Le temps où il serait indispensable et serait trouvé. Qui vivra, verra.

Un jour, sans la moindre raison, Xénie me dit que la prophétie serait retrouvée.

— Comment le sais-tu? demandai-je.

— Je le sens.

Pour moi, c'est un argument de poids. D'habitude, ce que (pres)sent Xénie se réalise. J'y suis habitué depuis l'enfance.

Dans l'annonce de la nouvelle régence, je suis mentionné comme *l'enfant mineur Parthène* – c'est amusant. À vrai dire, Xénie et moi étions alors trentenaires. Mais c'est vrai que nous avions notre temps à nous, alors, dans les grandes lignes, il n'y a pas d'erreur.

Ce fut la dernière chose qu'écrivit Procope le Bredouillard. Il fit cette note le jour de la mort d'Eustache, qui fut aussi le jour de sa propre mort. Vraisemblablement, la joie qu'il avait éprouvée à la mort de Justin et de Glycère était si forte que son cœur ne le supporta pas.

Durant tous les jours qui suivirent l'incendie, il ne touchait plus terre. À l'office du soir célébré pour le repos de l'âme du serviteur défunt Eustache, il porta soudainement la main à son cœur et glissa pesamment le long du mur, sur le sol. Frère Mélèce, qui était à côté de lui, le retint sous les bras et le traîna vers la sortie, à l'air libre.

Nous assistions à cet office et, avec quelques moines, nous sortîmes en toute hâte. Procope était allongé sur l'herbe. Le frère Mélèce lui soutenait la tête, mais le regard fixe de Procope ne laissait pas d'espoir. Des bribes de chant parvenaient par la porte ouverte. Nous restions là, choqués, parce que c'était la première fois que nous voyions mourir un homme.

L'évêque Philarète sortit tout de suite après. Il regarda attentivement le gisant, lui ferma les yeux. Il les lui ferma de son pouce et de son annulaire, d'un geste assuré et précis, comme s'il n'avait fait que ça toute sa vie. Il récita une prière puis dit à Mélèce qu'à partir de cet instant c'est lui qui serait chroniqueur à la place de Procope. Mélèce, qui soutenait toujours la tête de Procope, inclina la sienne pour que l'évêque le bénît.

Au bout d'un mois, l'évêque dut se retirer parce qu'on ne lui pardonnait pas le mariage de Justin et de Glycère, même après toutes ces années. L'évêque partit mais sa bénédiction demeura, et personne ne l'ôta à Mélèce.

À propos, c'est justement Mélèce qui établit que la prophétie d'Agathon concernant l'Île avait été ôtée du manuscrit de la chronique. Au début, il avait seulement remarqué une feuille manquante, puis, en parlant avec les frères (il orientait les conversations), il découvrit que le texte enlevé était bien la prophétie.

Procope prononçait souvent des phrases mystérieuses : il disait que parfois des textes disparaissaient, que toutes les prophéties ne parvenaient pas à leurs destinataires ou, par exemple, que les prophéties sont quelquefois bien utiles quand elles sont transmises à l'ennemi au bon moment. Procope disait différentes choses à différentes gens, c'est pourquoi il n'éveillait aucun soupçon.

Le chantre de Justin et de Glycère semblait n'être qu'un moulin à paroles – dans la mesure, évidemment, où c'était possible dans sa situation. On pensait en général qu'il avait sur la langue ce qu'il avait à l'esprit, et comme la langue était son point faible, on avait transféré cette infirmité à son intelligence.

Pourtant Procope n'était pas si naïf. Quand il eut réuni les propos décousus de l'homme à la langue coupée, Mélèce reconstitua la succession des événements – c'est ainsi que, ramassant les petites pièces dispersées, on restaure une mosaïque. Il comprit que le défunt n'avait pas seulement enlevé la feuille du manuscrit mais l'avait envoyée quelque part sur la Grande Terre.

Ce que Mélèce avouait ne pas comprendre, c'est pourquoi Procope faisait ces allusions dangereuses qui auraient pu, pour peu que les circonstances s'y fussent prêtées, le démasquer. Il faut supposer que c'était pour lui un jeu de plus en plus excitant à mesure qu'il s'approchait d'une autodénonciation. Cela lui chatouillait les nerfs – comme, vraisemblablement, d'écrire *La Véritable Histoire* en même temps que la fausse. Plus nous avançons en âge, Xénie et moi, plus nous nous étonnons de voir à quel point la vérité et le mensonge s'entremêlent en ce monde.

Ainsi était Procope le Bredouillard, connu pour sa langue double (lui qui n'en avait pas une seule), qui haïssait le pouvoir mais cherchait à en être proche, qui écrivait en secret mais en parlait à tout le monde – qui était vivant jadis, et mort aujourd'hui. Avec lui s'en est allée sans retour une partie de notre vie, parce qu'il ne sera jamais plus.

Xénie

Ce qui est le plus étonnant, c'est que nous vivions encore. En ce moment, dans une maison de campagne où nous avons emménagé pour l'été. Le soir, nous nous promenons sur les plages désertées.

EUSTACHE

Aujourd'hui est venu Philippe, l'éditeur de l'*Histoire de l'Île*. Philippe vient nous encourager en moyenne une fois par mois. Il propose que nous ne nous limitions pas aux commentaires déjà rédigés, mais que nous écrivions aussi sur autre chose. Sur ce que nous voulons.

Nous avons promis d'y réfléchir. En fait, nous écrivons, mais ce sont plutôt des remarques personnelles. Doit-on vraiment les publier ?

Quand nous nous sommes dit au revoir, j'ai montré à Philippe le rocher qui ressemble à une tour – en haut on dirait des créneaux. C'est près de ce rocher que j'ai crié jadis :

— Le couteau !

Quand Parthène et moi passons à côté, je chuchote :

— Le couteau !

Et chaque fois Parthène se tourne vivement vers moi – pas aussi vivement qu'alors, c'est vrai. Ce qui l'étonne le plus dans cette histoire, c'est ma remarque sur les jambes en X.

Pendant que nous parlions avec Philippe, une femme est sortie de derrière le rocher. Avec, mais oui ! ces jambes-là. Elle a vu que nous la regardions et a agité la main en notre direction. Parthène a plissé les yeux en l'examinant.

— C'est tante Claudie, trait pour trait. Quelque chose les attire ici.

Nous avons agité nos mains en retour. Il me semble parfois que chaque siècle nouveau engendre les mêmes gens. Ou des gens qui leur ressemblent beaucoup.

Philippe a passé un appel avec son portable, et sa voiture est arrivée presque tout de suite. Il s'est assis sur le siège arrière et a de nouveau agité la main – dans notre direction, cette fois. C'est fou comme tout le monde agitait les mains ce soir-là. Quand sa voiture eut disparu, Parthène et moi sommes restés encore quelques instants près de l'autoroute. Des voitures de marques étrangères défilaient devant nous. La femme qui était près du rocher s'est approchée.

— Nous avons appris à distinguer les camions des voitures, lui a dit Parthène, mais nous sommes incapables de faire plus. Impossible d'apprendre les marques.

— C'est la vieillesse, a répondu la femme. Vous êtes si vieux que c'est même gênant de dire votre âge.

Parthène a baissé la tête, comme vexé. Quand il l'a relevée, on a vu qu'il souriait.

Il a dit :

— Nous avons l'impression d'avoir 120 ans. Pas plus.

Chapitre six
Gabriel

Ce n'est pas sans trembler que je me mets à écrire.

Peu avant sa mort, saint Agathon le Préviseur s'est adressé à moi, pécheur :

Réjouis-toi, Mélèce, car tu seras le chroniqueur des temps passés.

Je me prosternai devant lui. Je répondis :

Gloire au Créateur.

Alors il me dit :

Rassemble tes forces, car la plume n'est pas donnée à l'homme pour qu'il reste dans l'oisiveté.

Je me prosternai derechef.

Il m'appela encore une fois quand il était sur son lit de mort :

Observe, Mélèce, l'unité du temps qui passe.

Je le promis et, bien que je ne comprisse pas exactement de quoi il était question, son exigence me semblait justifiée.

Le jour de la mort de Procope le Bredouillard, on me donna l'obédience de décrire la succession des années et des événements. J'ai beaucoup réfléchi à ma mission. Je me suis demandé si cela serait arrivé si je n'avais pas soutenu la tête de Procope et si, ce faisant, je n'avais pas attiré l'attention de l'évêque Philarète. Je me suis répondu : oui, sinon pourquoi Agathon m'aurait-il donné ses instructions ?

À la mort d'Eustache, c'est le prince Gabriel, oncle des princes Michel et Eustache, qui fut régent auprès de Parthène, enfant mineur. Et bien que l'âge de Parthène ne correspondît plus depuis longtemps à la minorité dans le sens habituel du terme, tous comprenaient qu'est enfant celui qui a vécu peu d'années. Peu et beaucoup sont des notions labiles. Pour certains, cent ans, ce n'est pas assez, alors que pour d'autres, un an, c'est beaucoup. À ceux qui demandaient quand les fiancés monteraient sur le trône, on répondait : en temps voulu.

En la première année du règne de Gabriel, Théopempte fut nommé évêque. Sous Philarète l'Église avait vécu une période difficile, et Théopempte décida de lui rendre sa beauté première.

En la cinquième année du règne de Gabriel, pour nos péchés, les ténèbres ne se dissipèrent pas durant six semaines : le soleil était invisible, les poissons crevaient dans l'eau, les oiseaux tombaient sur le sol car ils ne voyaient pas où aller.

En la septième année du règne de Gabriel, au marché, quelqu'un lui donna une pomme d'une taille inhabituelle, apportée des terres de Phrygie. Gabriel, émerveillé par la grosseur et la beauté de cette pomme, la donna à son épouse, la princesse Arcadie.

En recevant la pomme, Arcadie pensa à Paulin, un dignitaire qui était leur ami commun et désintéressé. Paulin était malade et Arcadie lui envoya le cadeau du prince, car elle pensait que les grosses pommes apportaient un gros soulagement aux malades.

Paulin, en bon féal, décida de donner ce fruit remarquable à son prince et seigneur.

Reconnaissant son cadeau, Gabriel fit venir la princesse et lui demanda où était la pomme qu'elle avait reçue. Arcadie répondit qu'elle l'avait mangée. La menaçant de châtiments terrestres et célestes, le prince répéta sa question et demanda à sa femme d'avouer. Mais, folle de terreur, elle répéta ce qu'elle avait dit et même jura sur la Croix qu'elle ne mentait pas. Lorsque Gabriel lui montra la pomme, Arcadie tomba à genoux et raconta ce qui s'était passé. Mais comme il n'avait plus confiance en elle, il fit exécuter Paulin le jour même.

Quelque temps après Arcadie pria son époux de la laisser faire un pèlerinage en Terre sainte, et il ne s'y opposa pas. Elle mourut à Jérusalem, y laissant le souvenir de ses bonnes œuvres. Avant de mourir la princesse se confessa et communia, et il fut clair qu'elle était restée fidèle à son époux.

En la quinzième année de son règne Gabriel se souvint de Paulin et regretta amèrement sa mort, car Paulin était son ami d'enfance. Le prince se plaignit à son entourage de ce que le sort se jouait cruellement de lui en lui ôtant ses proches, et il n'y avait personne qui ne fût d'accord avec lui.

Pour l'édification de la postérité, Gabriel ordonna qu'on abattît tous les pommiers de l'Île, puisque (dit-il) tout le mal venait de cet arbre. Même en cela le prince reçut le chaleureux soutien de son entourage, sauf de l'évêque Théopempte qui dit :

Les pommiers ne sont pas coupables.

Sur l'Île, ils furent nombreux à répéter à voix basse après Théopempte :

Les pommiers ne sont pas coupables.

Et d'autres le répétaient à voix haute, si bien que ce devint un proverbe. Jusqu'à présent nous vivons sans pommiers.

En la dix-septième année du règne de Gabriel il y eut un terrible tremblement de terre, même la Mer déborda. La vague prit des vaisseaux près de la rive et les emporta à l'intérieur des terres où ils demeurent encore aujourd'hui, car il n'y a aucun moyen de les remettre à flot. Avant l'arrivée de la vague, la Mer, au contraire, recula de quelques milles, découvrant le fond. Beaucoup, pensant que la Mer ne reviendrait pas, allèrent s'y promener avec insouciance, ramassant les bizarres créatures des profondeurs que seul peut voir un plongeur expérimenté.

Bientôt une vague apparut à l'horizon, dont la hauteur rappelait une chaîne de montagnes. Elle s'approcha à une vitesse effrayante et engloutit non seulement ceux qui marchaient sur le fond, mais aussi beaucoup d'habitants du Rivage, car peu nombreux sont ceux qui réussirent à courir jusqu'à un endroit sûr.

En la dix-huitième année du règne de Gabriel, il lui arriva de chevaucher dans une rue à la périphérie de la Ville, et il vit un homme assis près d'une maison en ruine. Cet homme était misérable et aveugle. Il était sale, et ses habits étaient si vieux que des trous laissaient voir son corps miné par l'ascèse. En entendant des cavaliers passer dans la rue, le miséreux cria :

Faites l'aumône au défenseur de la grande Ville !

Étonné par ces paroles étranges, Gabriel s'arrêta et demanda :

Qui est cet homme, et que signifient ces mots ? Je soupçonne qu'elles cachent un mystère.

Ceux qui entouraient le prince examinèrent attentivement l'aveugle, et l'un d'eux reconnut soudain l'éparque Ambroise. Alors le prince se rappela sa vie de douleurs, incluant la peste et ses yeux cruellement crevés. Le prince et sa suite ne savaient pas qu'il était actuellement dans la Ville, car d'habitude ils ne passaient pas par ces rues écartées. D'après ce que disaient les voisins, sa présence était ancienne, et on ne pouvait pas dire qu'elle fût discrète. Le miséreux criait sa phrase étrange plusieurs fois par jour, mais jusque-là personne n'avait soupçonné en lui l'éparque.

Alors Gabriel mit pied à terre et dit au miséreux :

Ô éparque, parce que tu as enduré des souffrances nombreuses et imméritées, je te prendrai dans mon Palais, je te revêtirai des habits les plus beaux et je te ferai asseoir à ma table, comme il convient à ton rang. Tu seras mon sage conseiller, et après ta vie de martyr tu jouiras d'une paix profonde.

Notre vie, ô Prince, est un banquet funèbre, répondit l'éparque, et qui jouirait d'un tel banquet ? De plus, je suis le défenseur de la grande Ville, comment pourrai-je abandonner mon poste ?

La Ville a beaucoup d'autres défenseurs, alors, j'en donne ma parole, tu peux te reposer.

Avec un sourire d'aveugle, l'éparque répondit :

Je parle de la Ville céleste, et elle n'a aucun défenseur superflu.

Le prince s'émerveilla de la constance de ce grand homme et le laissa au destin qu'il avait choisi. Gabriel talonnait déjà son cheval quand Ambroise lui demanda si la prophétie perdue avait été retrouvée.

Non. Gabriel fit un signe d'impuissance. Tu sais, on ne la retrouvera sans doute pas.

En la dix-neuvième année du règne de Gabriel, la nuit, un dragon passa dans le ciel. Et il fit clair comme en plein jour, et même plus clair, car l'éclat du dragon était si vif que tout le monde plissait les paupières. Le dragon se dirigeait vers la Mer et fut longtemps visible. Tout le monde priait que cette apparition laissât l'Île sans victimes ni destructions. Le dragon vola au-dessus de la Ville et s'abattit dans la Forêt, et les arbres de cet endroit furent calcinés sur quelques stades. Et bien qu'il n'y eût aucune victime, tous comprenaient que l'apparition du dragon était un mauvais présage.

En le regardant, le prince Gabriel dit :

Il n'annonce rien d'autre que ma mort.

Il dit :

Le temps est venu de marier Parthène et Xénie, pour qu'ils aient réuni les deux branches régnantes avant de monter sur le trône.

Xénie

Ce qui est intéressant dans ce chapitre, c'est qu'il est le premier de la chronique à être accompagné d'une miniature. Naturellement, Mélèce a illustré le récit de la comète sous l'aspect d'un dragon ailé. Le chroniqueur l'a dessiné à la plume et peint en ocre, dans un cadre en forme de bulbe, avec des nuages.

Aujourd'hui Philippe, en visite chez nous (il vient souvent à présent), a longuement admiré la miniature. L'idée lui est venue de la mettre sur la couverture de la prochaine édition de la chronique, celle avec nos remarques. Testant l'effet de la miniature sur un livre pris au hasard sur la table, il s'est étonné de la naïveté du Moyen Âge. Sans cacher un sourire progressiste.

Plus tard, alors que nous prenions le thé, Philippe a demandé comment nous réagissions au changement radical de vue sur la création du monde. Parthène (la bonté même) lui a répondu qu'il n'avait remarqué aucun changement radical. Philippe (tout entier politesse et patience) a remis de l'eau chaude dans son thé. Il ne comprenait pas comment on ne pouvait voir aucune différence entre le Moyen Âge et l'époque actuelle. Lesquels donnent des réponses diamétralement opposées à toutes les questions de fond.

— Il n'y a qu'une seule question de fond – Parthène a porté sa tasse à ses lèvres – et elle concerne les circonstances de la création du monde. Le Moyen Âge répondait : le monde est créé par Dieu. Que dit à ce sujet l'époque actuelle ?

— Eh bien, tout d'abord… (La main de Philippe a décrit une courbe.)

— Elle dit : je ne sais pas, souffla Parthène. Et j'ai bien l'impression que la science n'aura jamais d'autre réponse.

Dehors a retenti le vrombissement d'un avion, l'aéroport n'était pas loin. Philippe dut élever la voix, et soudain la discussion a dégénéré en dispute :

— Pas d'autre réponse ? Et pourquoi donc ?

— Simple logique. La science ne s'occupe que du monde physique, mais pour expliquer ce monde dans son ensemble, il faut sortir de ses limites. Et la science n'a pas où aller.

C'était comme si l'avion s'était figé en l'air. Il restera suspendu là tant que le progrès ne sera pas évident pour tout le monde. Philippe s'est renversé sur le dossier de sa chaise. Son regard a glissé sur la miniature.

— J'ai une question toute simple. Au Moyen Âge, ne prenait-on pas une comète pour un dragon ? C'est ce qu'on faisait, non ? Vous n'allez pas le nier ?

— Je ne peux pas nier l'évidence.

— Et maintenant ?

— Maintenant on prend un dragon pour une comète.

Le mariage et sa célébration triomphale suivirent les paroles de Gabriel. L'Île n'avait jamais connu de telles fêtes et tous comprenaient que ces noces seraient inscrites dans l'Histoire en lettres d'or.

Les fiancés vinrent à l'église dans un carrosse attelé de trois paires de chevaux blancs. À leur arrivée trois colombes blanches se posèrent sur le toit du clocher, et tous se réjouirent, car ils pensaient que c'était de bon augure.

C'est l'évêque Théopempte qui, surmontant le poids des ans, mariait le jeune couple. Et là se passa quelque chose qui plongea tout le monde dans la stupéfaction.

Quand l'évêque demanda si la servante de Dieu Xénie voulait être l'épouse du serviteur de Dieu Parthène, elle hésita un peu et répondit :

Oui.

Mais à la question : s'était-elle promise à un autre fiancé, la fiancée ne répondit rien, comme si ses lèvres étaient scellées.

Un soupir où se distinguait le mot *non* passa dans toute l'église. C'est ce que prononça, dans un chuchotement appuyé, le prince Aberce, l'oncle paternel de Xénie. Il s'approcha d'elle par-derrière, roulant des yeux furieux et répétant son *non* comme si c'était lui la fiancée.

Ou bien *oui*, siffla l'oncle après réflexion. L'essentiel est que tu répondes quelque chose.

À cet instant quelques chauves-souris s'envolèrent de la coupole. Elles survolèrent l'assemblée et disparurent dans le narthex. Tous y virent un mauvais signe, et un deuxième soupir parcourut l'assemblée. Et beaucoup levaient le sourcil, perplexes et alarmés, seul l'évêque restait calme. Il lui demanda de nouveau si elle s'était promise à un autre fiancé, soit îlien, soit habitant de la Grande Terre. Alors la fiancée dit tout bas :

Non.

Dans l'église retentit un troisième soupir, qui était un soupir de soulagement.

À la sortie de l'église l'oncle de Xénie se renseigna auprès de l'évêque : pourquoi y a-t-il eu ces colombes et ces chauves-souris qui volaient, et, surtout, qu'est-ce qu'elles annonçaient ? Théopempte regarda l'oncle en souriant.

Il dit :

Elles n'annonçaient rien du tout. Elles volaient, c'est tout.

Étonné de la légèreté de l'évêque, le prince Aberce, rétorqua :

Elles volaient à l'extérieur de l'église et à l'intérieur, ça ne peut pas ne pas être un signe.

Les créatures de Dieu en question volent, c'est leur nature, répondit l'évêque, comme c'est ta nature de marcher. Toi, tu marchais dans l'église, mais est-ce que tu annonçais quelque chose ?

Ce jour-là il y eut d'autres histoires avec des animaux. En l'honneur des réjouissances populaires on apporta un chat parlant qui, en miaulant, ouvrait et fermait la gueule, si bien que l'on entendait des phrases distinctes. Beaucoup s'en émerveillaient, bien que d'aucuns affirmassent que l'animal miaulait plus qu'il ne parlait, et puis chacun comprenait à sa manière ce qu'il disait. Mais lorsqu'on mentionna Parthène et Xénie et que le chat souhaita *amour et bonne entente !* même les plus sceptiques crurent en la force de ces paroles.

Soutenu par le public, le chat se mit à débiter des proverbes convenant à la situation. *Époux accordés, richesse assurée. Sans mon chéri, fi de la vie.* Après une hésitation, il ajouta : *Qui tombe en amour tombe dans un piège.* Après cela, cependant, après que les auditeurs lui eussent apporté une décoction de racines de valériane, des assertions moins festives coulèrent de ses lèvres.

Renfrogné, le chat ronronna : *J'allais juste couper du bois, me voilà la bague au doigt.* Et puis : *L'amour est malicieux, tu aimeras un bouc merdeux*, ainsi que d'autres expressions inconvenantes. Après ces proclamations on emmena le chat au plus vite, car, comme les hommes, les animaux quand ils sont ivres ne maîtrisent plus leurs paroles et sont capables d'offenser gravement leur entourage.

Toute la communauté conduisit Parthène et Xénie à la chambre nuptiale décorée de fleurs et d'herbes dont le parfum se répandait dans l'Île entière. Noyée dans cette odeur merveilleuse, la population de l'Île glorifiait l'union nuptiale de deux cœurs aimant Dieu.

Ce soir-là fut organisé un grand banquet pour tous. Le crépuscule fit place à la nuit et tous étaient heureux car le mariage de Parthène et de Xénie renforçait l'union de deux dynasties, ce qui laissait espérer une paix durable et solide.

Cinq cents béliers furent abattus, certains disent un millier, quatre cents cochons et des volailles sans nombre. Du Rivage on amena vingt chariots de ces poissons dont notre Mer abonde. Et tout cela était rôti ou grillé dans les rues, mis sur des tables dressées sur place. On y disposait aussi des cruches pleines de vin provenant des raisins les plus sucrés de l'Île. Et il ne se trouva personne qui, bénissant Parthène et Xénie, s'abstînt de festoyer ou de partager la joie de tous.

Le lendemain matin, la parenté et la noblesse de l'Île attendaient les nouveaux mariés à la porte de la chambre princière. Les époux sortirent tard et tous comprirent que la nuit avait été sans sommeil, et ils s'en réjouirent. Quand, à la suite des époux, fut apporté le drap rouge de sang, tous furent persuadés de l'innocence de Xénie, dont d'ailleurs personne n'avait douté auparavant. Connaissant sa grande piété et sa pureté angélique, certains se demandaient même si une union conforme à la nature humaine entre cette vierge et son époux était possible.

Le prince Gabriel mourut six ans après, en la vingt-cinquième année de son règne. Et il est difficile de savoir si l'apparition du dragon avait été un signe annonçant sa mort, puisqu'indépendamment du dragon il devait bien mourir un jour. On ne peut affirmer qu'une chose, c'est que le Prince Sérénissime mourut. Avec lui s'acheva la longue époque de la régence, ce qui fut proclamé le jour même de sa mort.

Parthène

Restés seuls dans la chambre, nous étions assis l'un à côté de l'autre sur l'immense lit nuptial. Les cris des fêtards nous parvenaient de la rue, mais le silence de la chambre n'en était que plus assourdissant. Ni Xénie, ni moi ne le brisions.

Quelque part, en bas, des gens marchaient avec des flambeaux, et des reflets pourpres balayaient le plafond. Ils ne faisaient que souligner l'obscurité de la chambre. On ne nous avait laissé qu'une faible veilleuse, pour que nous ne puissions voir que le contour des choses sans être troublés par la vue de notre nudité. Le mot *nudité* battait dans mes oreilles comme un métronome, et ce rythme se répercutait dans mon corps en vagues voluptueuses. Nudité. Nu-di-té.

Nous étions habillés. Je posai ma main sur l'épaule de Xénie. Elle tremblait. Même sous l'étoffe épaisse de sa robe je sentais sa chaleur. Et sa fragilité. Et sa nudité.

Xénie

Parthène a posé sa main sur mon épaule. Elle tremblait. J'éprouvais pour lui une tendresse brûlante. Et de la pitié. J'ai enlevé doucement sa main de mon épaule. J'ai effleuré ses doigts de mes lèvres. J'ai dit :

— Non.

Puis nous sommes restés longtemps silencieux. Il m'a demandé :

— Je te suis odieux ?

Je lui ai dit que j'avais choisi un autre fiancé. Que ma servante Photine allait m'apporter une mante dissimulant mon visage et me ferait sortir du Palais. Une calèche couverte nous attendrait.

J'étais prête à ce qu'il se mette en colère, à ce qu'il m'interdise de partir, j'étais même prête à ce qu'il me frappe. Cela ne s'est pas produit. Simplement, il s'est mis à pleurer.

Ensuite il m'a demandé ce qu'il adviendrait de l'Île où la paix, d'après la prophétie d'Agathon, dépendait de notre mariage. Je voulais répondre que c'est en me souvenant de la prophétie que j'avais décidé de me marier et de partir ensuite. Mais après sa question je ne savais plus si ma réponse était juste ou non.

Parthène

Elle retira sa main de mon épaule et se leva.

J'ai pensé que mon contact lui était insupportable et tout en moi fut brisé. Le fait que la rue était dans l'allégresse me rendait les choses encore plus pénibles. Même dans la chambre on sentait l'odeur de la viande rôtie.

Xénie alla prendre un sac de voyage dans un coin. Elle dit qu'elle devait me quitter.

— Comment pourrais-tu me quitter, demandai-je, puisque tu es ma femme ?

Pour la première fois, elle me regarda dans les yeux :

— Je suis fiancée au Christ, et Il m'attend au monastère. Pardonne-moi.

Je voulais dire quelque chose, mais j'avais la gorge nouée, parce que Xénie était mon grand amour. Je restais silencieux et je sentais mes larmes couler sur mes joues. Elle les essuyait. Je ne sais pas combien de temps nous sommes restés ainsi, parce que la douleur m'avait fait perdre le sens de la durée. Comme dans un rêve, je vis sa servante Photine entrer, l'envelopper dans une mante noire.

Lorsque Xénie s'approcha de la porte, je lui rappelai la prédiction d'Agathon. Je n'espérais plus la retenir, je lui demandais simplement ce que je devais faire.

Je vis le doute dans ses yeux, alors je me mis à genoux devant elle. Je dis que si seulement elle restait je ne la toucherais jamais. Je lui promis que nous vivrions dans le pur amour : nous resterions frère et sœur, comme avant notre mariage. Et Photine était aussi à genoux à côté de moi, et elle aussi la suppliait. Et nous pleurions tous.

Alors Xénie emmena Photine à l'écart et lui dit quelque chose. Puis elle se tourna vers moi et dit :

— Promets devant mon Fiancé céleste que tu préserveras toujours ma virginité et que tu ne me désireras pas, ni ne me toucheras jamais.

Je promis. Je ne pouvais pas ne pas la désirer, parce que cela dépasse la nature humaine, mais je ne l'ai jamais touchée.

Xénie

Aujourd'hui je remercie le Seigneur de n'être pas partie. Les nombreuses années vécues avec Parthène ont été un temps de bonheur. De bonheur supérieur.

Je dirai quelque chose d'inattendu, et peut-être d'incroyable. Je pense parfois que la voie que j'ai choisie n'était pas la seule possible. En insistant sur la vie selon le pur amour, je nous ai privés, Parthène et moi, de quelque chose d'important.

Je ne regrette rien – ni ma foi brûlante d'alors, ni la façon dont s'est déroulée notre vie. Ma foi est toujours ardente, mais à présent ce feu est intérieur et n'exige plus d'actions brutales. Après des années (des siècles), je comprends qu'il y a aussi de la sagesse à suivre la voie commune. À sa façon, elle n'est pas plus simple que la voie des élus. Parfois, elle est plus compliquée.

Cette nuit-là Photine nous a été d'un grand secours – et pas seulement en soutenant Parthène. En sortant du Palais avant l'aube, ma fidèle servante trouva une rue où l'on abattait un bélier et elle recueillit de son sang frais dans une cruche. C'est ce sang que nous versâmes sur notre drap.

Nous nous souvenons de Photine avec tendresse mais aussi, bien sûr, avec le sourire, car le dévouement de cette femme était à la mesure de son inventivité. On apprit avec amusement que les trois colombes qui avaient volé avec tant d'à-propos sur le toit du clocher avaient été dressées et lâchées par Photine. En comparaison (les colombes, à ce qu'elle racontait, étaient restées longtemps sans vouloir s'envoler), le travail avec le bélier ne lui avait pas demandé grand effort.

Ses ossements, où gisent-ils à présent ? Nulle part, c'est le plus probable. Je pense qu'ils sont déjà réduits en poudre.

Le drap ensanglanté confirma alors nos relations conjugales, et ma virginité que j'avais préservée pour mon mari. Elle est préservée jusqu'à aujourd'hui.

Chapitre sept
Parthène

À la mort du prince Gabriel, Parthène monta sur le trône.

En la première année du règne de Parthène, les Îliens éprouvèrent une grande peur. Tous, et surtout ceux qui vivaient au bord de la Mer, virent s'approcher un nuage sombre qui venait de la Grande Terre. Il occupait tout l'horizon et masquait le soleil levant. Et son aspect indiquait que ce n'était pas un nuage d'orage, mais un essaim de sauterelles. En le voyant passer lentement au-dessus de la Mer, beaucoup pleuraient, car l'apparition des sauterelles ne promettait rien d'autre que la famine, la souffrance et la mort.

Quand ils apprirent que les sauterelles s'approchaient, Parthène et Xénie montèrent avec l'évêque Théopempte en haut du clocher de l'église de la Transfiguration et prièrent le Seigneur et sa Très Pure Mère de leur épargner cette attaque. Et tôt le matin tout fut recouvert d'une nuit impénétrable où l'on n'entendait plus que prières et gémissements.

L'essaim de sauterelles survola le clocher et toute l'Île, se posa sur la Mer à dix stades de la Ville et fut englouti par les vagues. Et durant quelques semaines des cadavres boursouflés de sauterelles furent rejetés sur l'Île, et la Mer ressembla à une bouillie. Les sauterelles recouvrirent la rive sur une épaisseur d'une coudée et, en pourrissant, empuantirent toute l'Île.

Lorsque le danger fut passé, on fit des prières d'action de grâces dans toute l'Île, car tous comprenaient qu'ils avaient assisté à un miracle. Ce salut miraculeux ayant eu lieu pendant la première année du règne de Parthène, on vit en lui un élu de Dieu dont le pouvoir était béni.

On dit que les sauterelles, créatures grégaires, n'ont pas de volonté propre mais uniquement celle de l'essaim conduit par l'une d'entre elles. Lorsqu'elles se posent sur terre, elles dévorent tout ce qui y pousse. Pourtant, il arrive que leur guide se trompe et alors tout l'essaim, en boule compacte, se noie en mer, et nul insecte n'est sauvé parce que nul ne peut quitter l'essaim. Ne sont-ils pas semblables aux sauterelles, les gens qui dissolvent leur volonté dans la volonté de la foule et se perdent sans laisser de traces dans l'océan de la vie ?

En la septième année du règne de Parthène le prince Aberce, l'oncle de Xénie, s'inquiéta de ce que les époux n'avaient pas d'enfants. Il prit l'habitude d'exprimer cette inquiétude en public, affirmant que cette infertilité menaçait l'accord entre la dynastie des Romanides, représentant la partie septentrionale de l'Île, et la dynastie méridionale des Héraclides. Il disait qu'à la mort de Parthène et de Xénie il ne resterait aucun descendant commun aux deux dynasties et que le pouvoir irait aux Romanides.

Quelque temps après parvinrent aux oreilles du couple régnant certains propos tenus par Aberce, disant que Xénie, épouse stérile, devait laisser sa place à une autre femme capable d'enfanter. Cette idée sembla bonne à beaucoup, et Aberce eut des partisans. Parthène et Xénie semblaient ne rien remarquer, et le silence qu'ils opposaient aux rumeurs était plein de dignité.

Le jour saint de la Nativité, Aberce décida d'agir au grand jour. À la fin de l'office il monta soudainement en chaire et demanda l'attention de tous.

Noël, dit Aberce, est le jour où la stérilité du couple régnant apparaît particulièrement malheureuse. En parlant du couple, je veux dire de Xénie, car la capacité de procréation du prince a été clairement prouvée par le drap. En tant que proche parent, je vous dis, le cœur brisé : Xénie doit se retirer dans un monastère et y passer le reste de ses jours à prier pour ses péchés, car la stérilité est un châtiment, et la cause du châtiment est le péché.

Xénie regardait son oncle Aberce avec calme. Parthène, comme s'il n'entendait pas, s'entretenait à voix basse avec un de ses assistants.

Théopempte était assis sur le trône épiscopal, les mains croisées sur son bâton pastoral, le menton appuyé dessus. Beaucoup pensaient qu'il ne comprenait plus grand-chose. Théopempte était vieux.

Et une bonne partie de l'église, instruite, comme cela s'est su plus tard, par le prince Aberce, se mit à crier qu'une autre femme des Héraclides devait représenter la lignée. Des voix s'élevèrent pour dire que Parthène était obligé de prendre pour femme Aglaé, la fille d'Aberce.

Eh bien, elle y est prête, répondit Aberce. La parole est à notre évêque. S'il est le pasteur de notre communauté, il nous soutiendra.

Et la joie régnait dans l'église, parce que le discours du prince Aberce était beau et se tenait au nom de tous, et tous étaient conscients de leur propre importance.

Théopempte se leva. Le silence se fit, et il se dirigea lentement vers la chaire.

Sans regarder Aberce, il demanda :

Tu dis que ta fille Aglaé est prête à devenir l'épouse du prince Parthène ?

Oui, seigneur évêque, dit Aberce en s'inclinant.

Théopempte pointa son bâton vers lui.

Cet homme nous a lui-même exposé son dessein et sa façon d'agir. Je trouve l'un et l'autre méprisables.

Aberce dit à voix très basse, mais on pouvait entendre chacun de ses mots :

Seigneur évêque, tu sèmes de futures discordes. Ma nièce Xénie est la honte de notre lignée dont toutes les femmes ont mis des enfants au monde dès qu'elles ont été mariées.

Et même sans être mariées, comme ta fille Aglaé, dit une voix dans la foule.

Qui ose mentir ici, s'exclama Aberce.

La foule s'écarta et tous virent Photine, la servante de Xénie.

Je sers cette famille depuis bien des années et je connais ses secrets, pourtant mes lèvres ont toujours été scellées. Mais quand je vois que tu veux la perte de ma maîtresse, je sens qu'il est temps que je parle. Réponds-moi, ô Prince, quel enfant cache-t-on à l'endroit où notre Fleuve, se divisant en bras nombreux, se jette dans la Mer ? C'est la vérité, je suis prête à le jurer sur la Croix. Et toi, es-tu prêt ?

Mais le prince Aberce n'était pas prêt.

L'évêque, après réflexion, dit :

C'est bien qu'au moins tu n'aies pas juré sur la Croix.

Ceux qui assistaient ce jour-là à l'office s'étonnèrent ensuite d'avoir soutenu Aberce, parce qu'en leur cœur ils aimaient Xénie pour sa bonté et sa pureté.

Ils disaient :

On a dû être poussés par le démon.

Et ils répétaient aussi, après l'évêque :

C'est bien qu'au moins il n'ait pas juré sur la Croix. Il aurait pu.

XÉNIE

Ce jour-là j'espérais secrètement que mon oncle perfide réussirait sa petite révolution de palais. À cette époque je n'avais pas encore renoncé à l'idée de prononcer mes vœux monastiques, et il me semblait que c'était une bonne occasion. Le principal, c'est que Parthène n'aurait pas été humilié : le prévoyant Aberce n'avait pas oublié de lui faire un compliment. Il avait seulement sous-estimé Théopempte – et Photine, bien sûr.

De toute façon cela n'aurait rien donné. Pendant que mon oncle discourait, Parthène, le doux Parthène avait chuchoté l'ordre d'arrêter le conspirateur à sa sortie de l'église. Ensuite, c'est vrai, il donna le contrordre, puisque ce n'était plus nécessaire.

Voilà comment il est, mon Parthène.

En la vingtième année du règne de Parthène, des nouvelles arrivèrent de la Grande Terre : sa plus grande partie avait été conquise par l'empereur d'Apagonie Nicéphore et personne n'était capable de s'opposer à lui, certains États se rendaient même sans résistance. Les Îliens se réjouirent d'être séparés de la Grande Terre par la Mer.

Quant à notre territoire, rien ne s'y produisit qui fût digne d'être noté. N'est-ce pas là le signe de la sagesse des pouvoirs ? Heureux sont les temps qui n'entrent pas dans les annales. Béni est celui dont le règne n'est marqué d'aucun événement historique, car presque chacun d'entre eux naît dans le sang et la souffrance.

En la vingt-deuxième année du règne de Parthène l'évêque Théopempte, de lumineuse mémoire, s'endormit dans le Seigneur. À son enterrement se virent ses bonnes actions, car il y avait là, réunis, un grand nombre de ceux qu'il avait aidés en secret. Les adieux à celui qui partait pour son dernier voyage furent pleins de chagrin et de larmes, mais chacun comprenait que l'évêque allait dans sa Patrie céleste, tandis que ceux qui le pleuraient étaient encore en lieu étranger.

Après Théopempte, l'évêque de l'Île fut Eusèbe.

En la vingt-cinquième année du règne de Parthène, des bruits étranges et effrayants se firent entendre dans un château abandonné situé près du Fleuve, dans la partie méridionale de l'Île. Comme il convient à un château, il était construit sur une haute colline, position qui permettait à ces bruits de se répandre sans obstacle. On les entendait surtout la nuit et ils étaient si forts que les habitants de ce secteur faisaient un détour de plusieurs stades pour éviter le château.

En fait ils n'en avaient pas souvent l'occasion, la forteresse était loin des routes et il suffisait de ne pas s'en approcher. Mais ceux qui passaient en bateau près du château racontaient qu'ils étaient horrifiés par les gémissements et les coups souterrains qui s'en échappaient. Il était évident pour tout le monde qu'une force démoniaque essayait de sortir de terre et qu'elle gémissait parce qu'elle n'arrivait pas à se frayer un chemin vers la surface.

Une nuit la terre trembla plus fort que d'habitude et les gémissements étaient tellement désespérés que personne ne put s'endormir dans les villages voisins. Là où il y avait une église, les gens se rassemblèrent pour prier et demander aux forces célestes de ne pas laisser les forces souterraines sortir à la surface de la terre et se répandre dans la contrée en causant des dommages aux villageois. À minuit précis retentit un coup d'une telle force que la terre vacilla sous les pieds de ceux qui étaient en prière. À ce moment le château et la colline s'effondrèrent dans le Fleuve et en barrèrent le cours. L'eau déborda et inonda beaucoup de villages et de champs attenants, mais dès lors les gémissements et les coups souterrains cessèrent. À l'endroit de la colline qui s'était effondrée dans le Fleuve, on trouva des filons de cuivre et de fer.

L'évêque Eusèbe arriva bientôt sur les lieux et examina la base de la colline, c'était tout ce qui en restait. Son aspect le convainquit que l'endroit était à présent sans danger et que les forces hostiles à l'homme, grâce au cuivre et au fer, étaient solidement enfermées sous la terre.

Ce qui inquiétait l'évêque, c'était la Montagne qui se trouvait dans le Sud et qui était silencieuse depuis plusieurs siècles. Les traditions rapportaient cependant qu'il fut un temps où elle avait tremblé, où des rivières de feu avaient coulé sur ses flancs et où l'Île entière avait chancelé.

Eusèbe dit :

J'ai peur que plus tard la Montagne se réveille aussi, car toutes les hauteurs communiquent sous terre, et si cette petite colline a fait tant de bruit, qu'en sera-t-il de la grande Montagne ?

Il dit :

En ce qui concerne le Fleuve, bien qu'il ait provisoirement débordé, il va bientôt creuser un nouveau lit puisque ce terrain lui en donne toutes les possibilités. Je veux simplement avertir ceux qui ont besoin de métaux de ne pas venir les chercher ici. L'état de la roche montre qu'il faut s'abstenir de les extraire, car c'est une activité mortellement dangereuse.

Pourtant, quelques habitants qui manquaient de fer et de cuivre n'écoutèrent pas l'évêque. Ils vinrent avec des pelles et des pioches et se mirent au travail. Alors la terre se fendit avec un horrible grincement et les engloutit tout vivants.

En la vingt-septième année du règne de Parthène, des ambassadeurs de l'empereur Nicéphore arrivèrent sur l'Île. L'empereur adressait au grand prince Parthène ses vœux de bonne santé et lui apprenait qu'il avait réuni sous son sceptre tout le monde civilisé. Il manquait cependant une perle à sa couronne, l'Île, confiée à son frère Parthène par Dieu et par les hommes. Son Altesse Impériale était prête à soulager Parthène du poids de la responsabilité qui pesait sur ses épaules, et à prendre le pouvoir dans l'Île. Parthène aurait un rang plus élevé que sa condition actuelle, il serait nommé vice-empereur, représentant dans l'Île de Son Altesse Impériale.

Le prince Parthène écouta les envoyés de Nicéphore et leur dit de transmettre à l'empereur l'expression de sa reconnaissance fraternelle pour le souci qu'il prenait de lui. En même temps, ne désirant pas augmenter le labeur infini que donnaient à Nicéphore ses obligations impériales, Parthène lui fit savoir qu'il était prêt à supporter encore les charges liées au gouvernement de l'Île. En ce qui concernait son éventuelle promotion, Parthène répondit qu'il se sentait indigne de cette faveur et préférait demeurer dans sa modeste condition actuelle. Dès la fin de l'entrevue avec le prince, les ambassadeurs de Nicéphore furent, avec tous les honneurs, renvoyés en Grande Terre.

En la vingt-huitième année du règne de Parthène, des ambassadeurs furent de nouveau envoyés par Nicéphore. Leur aspect était moins amical et il n'était plus question de fraternité dans leurs discours. L'empereur portait à la connaissance du prince que ce n'était pas un hasard s'il avait créé un empire, et qu'il voyait, dans la soumission à sa personne d'États proches et lointains, le signe indubitable que ce n'était pas un accident de l'Histoire. D'après Nicéphore, les grands empires se créent pour porter de grandes idées, c'est dans ce but que les petites nations se fondent en une seule grande, et ce n'est que quand elles y seront toutes entrées que le processus s'arrêtera.

Prévoyant la réplique de Parthène, l'auguste philosophe indiqua qu'il ne pouvait pas y avoir trop d'États ainsi réunis, puisque, d'après l'Ecclésiaste, *tous les fleuves coulent à la mer et la mer n'est point remplie*. Et tant qu'un seul fleuve ne se jettera pas dans la mer, elle n'aura pas assez d'eau, et c'est pourquoi l'empereur ne renoncera pas à son but.

Poussé par un sentiment d'humanité, Nicéphore proposa à Parthène de ne pas faire couler le sang et de ne pas lutter contre l'inévitable. Il prévint le prince de l'Île que c'était son dernier message, et qu'ensuite il n'y aurait plus que la guerre et des victimes innombrables.

Le prince Parthène dit aux ambassadeurs qu'il était d'accord qu'un empire avait ses avantages, et aussi que les grands empires se créent pour de grandes idées. Tous les arguments qu'ils avaient présentés étaient indubitablement exacts pour la Grande Terre. Mais Parthène présenta aussi ses objections. Il parla de la principale particularité de l'Île qui, à son avis, consiste en ce qu'elle est entourée d'eau de tous côtés. L'isolement naturel de son pays était le signe que lui est destiné un chemin particulier, et négliger ce signe semblait à Parthène inconsidéré. Quant à la grande idée, malgré toute sa grandeur elle pouvait être fausse. Pour toutes ces raisons, lui, prince Parthène, ne se sentait pas autorisé à accepter la généreuse proposition de l'empereur et à rejoindre son empire.

Il n'y eut pas de réponse de la part de l'empereur Nicéphore. Plus exactement, sa réponse consista en la venue de vaisseaux de guerre, qui apparurent près de l'Île en la vingt-neuvième année du règne de Parthène. Il y en avait tant qu'on avait l'impression que la Mer était trop petite. C'était comme si elle avait rétréci, elle rappelait une mare jonchée de feuilles d'automne. Ce n'étaient pas des feuilles mais de menaçants navires de combat. Sur l'ordre de Parthène la flotte de l'Île sortit à leur rencontre, très petite en nombre, mais prête à se battre jusqu'au dernier combattant.

Les vaisseaux de Nicéphore jetèrent l'ancre à deux stades de l'Île. Ils se balançaient sur les vagues, et les casques des guerriers impériaux étincelaient au soleil. Cet éclat aveuglait Parthène, debout sur le navire de tête. Les yeux plissés, il comptait les vaisseaux impériaux mais se trompait constamment. Puis il se tourna vers ceux qui se tenaient sur le pont et demanda :

Êtes-vous prêts à mourir pour notre Île aimée de Dieu ?

Et ceux qui étaient là répondirent :

Oui, nous sommes prêts.

Il ne prononça plus un seul mot.

Quand Parthène débarqua sur la rive, une foule de femmes l'accueillit, elles criaient et s'arrachaient les cheveux. Elles le suppliaient d'épargner leurs maris, leurs fils et leurs frères, disant que l'empereur était puissant et que toute résistance était vaine. Elles tendaient les bras vers la Mer et demandaient à Parthène de comparer les deux flottes, et elles disaient qu'à côté de la flotte impériale celle de l'Île était invisible. Alors Parthène leur demanda :

Êtes-vous prêtes à vivre sous le pouvoir des étrangers ?

Nous sommes prêtes à vivre, tout simplement, répondirent les femmes.

Parthène les regarda, et nul ne savait ce qu'il pensait.

Deux jours durant les deux flottes restèrent l'une en face de l'autre, et le troisième jour arrivèrent les ambassadeurs de Nicéphore. L'empereur avertissait Parthène que son armée ne resterait pas éternellement inactive et qu'elle était prête à prendre l'Île. Il proposait au prince une rencontre, en le prévenant que ce serait la première et la dernière.

Bientôt après, un vaisseau se détacha de chacune des flottes et, s'étant approché l'un de l'autre, se tinrent bord à bord. Le prince Parthène et l'empereur Nicéphore se parlaient chacun depuis son bateau et personne n'entendit leur conversation car, par souci de sécurité, ils s'étaient mis d'accord pour que les ponts fussent déserts. Depuis les autres vaisseaux on les voyait près de leurs bastingages, mais le vaisseau impérial était plus beaucoup plus grand, ce qui fait que Nicéphore regardait Parthène de haut en bas, et il y avait là quelque chose de plus que la hauteur plus ou moins grande des bastingages. L'empereur disait quelque chose, montrant l'Île, et Parthène se tenait immobile, seuls ses cheveux étaient agités par le vent. Ils parlèrent ainsi longtemps, puis le prince inclina la tête et son bateau se dirigea lentement vers la rive.

Sur la rive, Parthène fut accueilli par la foule qui attendait ses paroles. Mais nul mot ne franchit ses lèvres. Et tous pensèrent que la guerre allait commencer, et une femme cria :

Ne nous laisse pas périr, toi qui nous sers de père !

Alors Parthène dit :

Vous ne périrez pas. Mais à présent votre père est l'empereur Nicéphore.

En partant, il montra la Mer. Et tous virent que les bateaux de l'Île avaient viré pour rentrer, et que les vaisseaux impériaux s'étaient mis en mouvement. Très vite on comprit que la flotte de Nicéphore avait mis le cap sur l'Île.

Le lendemain matin, les troupes impériales quittèrent le port et firent mouvement vers la Ville. Ils furent accueillis en silence, et dans ce silence il n'y avait aucune joie, mais pas de haine non plus, seulement de l'étonnement. Les portes de la Ville étaient ouvertes et les soldats y entrèrent en même temps que la poussière soulevée en chemin, et leurs casques ne brillaient déjà plus comme avant : brillaient leurs visages que la sueur inondait.

Au-delà des portes, seul les accueillit Ambroise qui se présenta à l'armée comme l'éparque de la Ville. À la vue d'Ambroise les guerriers impériaux s'attristèrent, se disant l'un à l'autre que si c'était à cela que ressemblait l'éparque de la Ville, à quoi pouvaient ressembler ses mendiants ?

Ambroise dit :

Quelque chose me souffle que ces porteurs de casque sont ici pour longtemps, mais, par tous les saints, où pourrons-nous loger une telle quantité de métal et de poussière ? J'ai peur que beaucoup dans cette Ville soient obligés de se serrer.

Ce qui fut confirmé dans les plus brefs délais.

Parthène

Je me rappelle ces journées comme les plus douloureuses, peut-être, de ma vie. Tous les malheurs et les humiliations que Xénie et moi avions dû endurer il y a longtemps étaient des malheurs privés et ne concernaient que nous. Mais cette fois je répondais de l'Île tout entière.

Je dus faire un choix là où, pour parler net, il aurait mieux valu ne pas en faire. C'était un choix de dupes. Malheureusement je n'avais même pas le droit de le refuser. Comme il se doit, il s'agissait de *souffrir la fronde et les flèches d'une injurieuse fortune, ou, en les affrontant, y mettre fin*[1]. Je remarque que la citation existait déjà de mon temps.

Dans le premier cas il fallait simplement laisser les vaisseaux ennemis entrer dans le port et ouvrir les portes de la Ville. *Simplement*, quel mot ! Consentir *simplement* à être éternellement commandé depuis l'étranger, consentir au pillage systématique, et, ce qui est le pire de tout, à l'humiliation constante de mon peuple.

Dans le second cas nous attendaient la guerre et la mort – beaucoup de morts. Et ensuite, vraisemblablement, tout ce qui nous menaçait dans le premier cas, parce que nous n'aurions pas pu combattre longtemps contre Nicéphore. Si cela n'avait concerné que moi, j'aurais résisté – au moins pour m'éviter la honte.

J'ai beaucoup réfléchi avant de prendre ma décision et j'ai continué à y penser après. Ma décision fut de livrer l'Île à l'empereur.

L'empereur était un homme volontaire. Il désirait obtenir l'Île et il l'a eue. Maintenant il est mort et n'éprouve plus de désir. Les femmes qui m'avaient demandé de livrer l'Île craignaient pour leurs hommes. À présent tous ces gens sont morts aussi, et ne craignent plus rien.

XÉNIE

Je suis prête à confirmer qu'il n'y a pas eu de pire moment dans la vie de Parthène. Dès avant la première visite des ambassadeurs de Nicéphore, la suite des événements était parfaitement prévisible. Quand Parthène dit qu'il a beaucoup réfléchi à sa décision, il veut parler des années qui vont de l'établissement de l'empire de Nicéphore à l'invasion de notre Île. Et il continuait à soupeser sa décision bien des années après. Je crois même qu'il le fait toujours.

1. Citation tirée de *Hamlet* de William Shakespeare, acte III, scène 1.

Sa décision a été définitive quand il a vu cette foule de femmes qui le suppliaient de ne pas leur enlever leurs maris.

Ensuite ces femmes l'ont accusé de trahison et d'avoir passé un accord avec l'empereur. Sur quoi, on se le demande, Parthène pouvait-il passer un accord avec l'empereur ? Sur sa destitution ?

Ces femmes ont rendu Parthène responsable de tous leurs maux sans exception. Elles disaient que jamais on n'avait vécu aussi mal dans l'Île que sous Nicéphore, et elles en accusaient mon mari. Elles oubliaient seulement le fait qu'elles étaient vivantes. Simplement vivantes. Et que c'était justement cela qu'elles avaient demandé à Parthène. Et s'il y avait eu la guerre, beaucoup auraient pu ne pas vivre.

Chapitre huit
L'empereur Nicéphore

À son entrée dans la Ville, Son Altesse Impériale Nicéphore fut proclamé chef suprême de l'Île et le prince Parthène nommé vice-empereur. Certains disent qu'à l'origine Parthène avait refusé ce titre et voulut quitter l'Île. Mais l'évêque Eusèbe aurait rappelé au prince les paroles d'Agathon le Préviseur concernant leur vocation pacificatrice, à lui et à la bonne princesse Xénie. Cela s'est-il passé ainsi, seuls le savent le prince et l'évêque, mais le prince resta.

Il gouvernait l'Île comme avant mais à présent, pour les décisions plus ou moins importantes, il sollicitait à chaque fois l'agrément de l'empereur. Parmi les changements visibles, je ne mentionnerai que l'intégration de l'armée princière dans l'armée impériale et le changement d'uniforme. Pour être plus exact, l'armée en reçut un, car jusque-là elle n'en avait eu aucun et ne connaissait que la variété, chacun s'habillant comme il voulait. On avait averti les guerriers de l'Île que, faisant partie de l'armée impériale, ils pouvaient en cas de guerre être envoyés n'importe où dans le monde. Mais il n'y avait pas de guerre et personne avec qui se battre puisque le monde entier appartenait à la Couronne impériale.

Aux changements visibles il conviendrait de rapporter le renforcement de la liaison maritime avec le Continent. On pouvait voir de plus en plus souvent des vaisseaux sortir du port et se diriger vers la Grande Terre, chargés de bois, de produits ali…

Parthène

ali, c'est *alimentaire*. Sur ce mot, riche en substance, la chronique s'interrompt pour cent cinquante ans. Les cent cinquante années suivantes ont tout simplement été enlevées. J'ai failli dire *coupées par une main qui ne tremblait pas*, mais ici la main n'y était pour rien – et je pense qu'elle tremblait, au contraire. Mais ce n'était déjà plus la main de frère Mélèce, c'était celle de frère Galaction. Le peu qui reste des pages pointe de la reliure comme les moignons d'un cul-de-jatte.

C'est Athanase, ministre du gouvernement de l'Île, qui ordonna d'ôter les feuilles où était décrit le temps de *l'occupation impériale*. Il s'avérait que ces feuilles n'étaient pas des pages d'héroïsme. Pour Athanase, il était impensable que la chronique pût contenir quatre-vingt-quinze pages d'un passé non héroïque.

Les circonstances avaient voulu que le ministre vînt visiter le Monastère et qu'on lui montrât la chronique. Il y avait mis le nez, et était tombé sur un passage consacré à l'Île quand elle faisait partie de l'empire. Plus tard frère Galaction, le chroniqueur d'alors, décrivit la scène. Le ministre se redressa, les moustaches frémissantes. Ce genre d'histoire ne lui convenait pas.

— Ciseaux, commanda-t-il, le visage figé.

On apporta des ciseaux, et Athanase fit signe à Galaction :

— Coupe !

Galaction, stupéfait, regardait le ministre.

— Mais c'est, comme on dit, l'Histoire… Elle est comme elle est – c'est pour cela qu'elle est intéressante…

— Alors, ça vient ?! cria le ministre.

Galaction se mit au travail. Il ouvrit le manuscrit en faisant craquer le dos qui se bomba de façon anormale. Ce qui se passe est anormal, pensa-t-il. C'est ainsi qu'on tord les bras d'un homme qu'on arrête. Il plaqua le livre contre la table et posa dessus deux bûches pour qu'il ne se refermât pas. Il prit les ciseaux, comme prend son couteau celui qui va castrer un étalon… À cet instant Galaction avait l'impression de castrer l'Histoire.

Il coupa quatre-vingt-quatorze pages, mais la première d'entre elles resta dans le manuscrit parce qu'au recto il y avait la fin du chapitre précédent.

Athanase, le ministre, désigna le poêle allumé :

— Brûle !

Feuille après feuille, le frère Galaction les jeta dans le poêle. D'abord elles se tordaient de douleur dans les flammes, elles leur résistaient. Elles brillaient d'un éclat insupportable comme si elles restituaient toute la lumière qu'elles avaient accumulée, si bien que les lettres étaient parfaitement lisibles même à distance, mais ensuite la flamme les dévorait sans rien en laisser.

Le ministre ne pressait pas Galaction : le spectacle du martyre et de la mort du texte lui plaisait.

— Si l'histoire n'est pas héroïque, ce n'est pas l'Histoire…

Il se retourna vers ceux qui l'accompagnaient et s'exclama, content de sa trouvaille :

— Vous entendez, connards ? Si l'histoire n'est pas héroïque, ce n'est pas l'Histoire. Notez-le !

La destruction des pages consuma Galaction de l'intérieur. À présent il est dans la tombe, et ce feu est éteint. Le ministre Athanase aussi est mort. Et on peut dire qu'il eut une mort exotique, puisqu'y est impliqué un crocodile. Le crocodile aussi est mort.

XÉNIE

Quand on y réfléchit, notre peuple a supporté *le pesant joug apagon* avec un calme relatif, et même avec dignité. Sans la différence substantielle qui existe entre les langues apagonne et insulaire, ce joug, à vrai dire, ne se serait guère fait sentir.

Oui, nous avons appris l'apagon – connaître une langue étrangère n'a jamais fait de mal à personne. Je dirai même que c'est une très belle langue. Elle est moins rude que l'insulaire et, par sa douceur, semble s'excuser de jouer le rôle d'occupant : elle n'est pas faite pour cela.

Je ne ferai pas de l'occupation apagonne un tableau trop noir. Nous étions *les confins* de l'empire, c'est vrai. Mais on peut mettre l'accent différemment : nous étions les confins *de l'empire*. Tout ce qu'il y avait de nouveau dans le monde, nous le recevions en même temps que l'empire. Il faut dire que les conquérants faisaient preuve d'une certaine largesse.

Nous comprenions tout cela. Et nous les détestions de tout notre cœur.

Lorsque les troupes de Nicéphore occupèrent l'Île, Parthène me dit qu'il renonçait au pouvoir. Il jugeait qu'il n'avait plus le droit de participer au gouvernement de l'Île. Il avait même l'intention de la quitter. Il le dit à l'empereur.

Connaissant l'honnêteté irréprochable de Parthène, Nicéphore lui demanda de rester. Il ne fait aucun doute que l'empereur, n'étant pas lui-même irréprochablement honnête, prisait cette qualité chez les autres. L'expérience lui soufflait que les hommes de cette sorte sont prévisibles et qu'on n'a pas à en attendre de mauvais coups. Et puis, pensait Nicéphore, pour les affaires courantes, c'est mieux pour les insulaires d'avoir affaire à quelqu'un à qui ils sont habitués.

Parthène n'avait pas l'intention de se plier à l'avis de l'empereur. C'est l'évêque qui lui fit changer ses plans initiaux. Eusèbe rappela au prince que la prophétie d'Agathon liait la prospérité de l'Île à notre mariage, et que rien n'avait changé avec l'arrivée de l'empereur. C'est ainsi que Parthène devint vice-empereur.

Pendant toutes ces années nos conversations ont été espionnées. En l'absence des étonnants appareils électroniques d'aujourd'hui, on obtenait d'assez bons résultats avec une simple tasse appuyée au mur. Pourtant la pêche aux renseignements n'était pas bien riche, car nous conversions surtout pendant nos promenades. C'est alors que nous y avons pris goût, parce que nous ne pouvions parler librement qu'en dehors du Palais. Notre Palais grouillait d'espions, et leurs oreilles, à force d'écouter sans mesure, étaient enflées et rouges. C'était en tout cas mon impression.

En ce temps-là les insulaires ne soupçonnaient pas l'existence de la police secrète, ni des dénonciations régulièrement envoyées à la Grande Terre – ils ignoraient tout ce à quoi l'empire s'employait sans relâche, désirant durer le plus longtemps possible. Cela fonctionna cent cinquante ans : à l'échelle historique, ce n'est pas si long.

Lors des dernières années de la domination étrangère, il était clair que l'empire craquait aux coutures. Comme d'autres terres qui en faisaient partie, l'Île connut une révolte. Ce fut l'une des dernières révoltes contre l'empire, et l'une des plus pacifiques. Une révolte, si l'on peut dire, pour la forme. Pour en avoir fait une avant la chute de l'empire.

Parthène interdit aux troupes impériales de réprimer le soulèvement par la force, et elles lui obéirent. Quand l'empire n'exista plus, il appela ses concitoyens à se comporter humainement envers les soldats apagons, puis leur fournit des vaisseaux et de la nourriture pour rentrer chez eux.

Mon regard est tombé sur ce qu'a écrit Parthène. Il a mentionné le ministre Athanase. Ministre de quoi ? Aujourd'hui on a du mal à s'en souvenir. C'était une personnalité marquante – mais pas dans le meilleur sens du terme.

Un jour j'ai demandé à Parthène :

— Athanase pensait-il vraiment qu'en ôtant le texte il cacherait l'Histoire ? Il existe beaucoup d'autres sources. Pensait-il vraiment que personne ne saurait rien des cent cinquante ans de règne des Apagons ?

— Non, bien sûr, répondit Parthène. Il donnait un signal : une telle histoire ne doit pas exister.

En partant, le ministre avait voulu savoir si l'on avait retrouvé la prophétie enlevée par Procope. Galaction avait eu un geste d'impuissance.

— Dommage, avait dit Athanase. Dommage que Procope ait été un traître.

Mon regard survole l'écriture petite et régulière de Parthène... Et voilà ce que j'ai écrit: nos écritures se sont mises à se ressembler. Cela arrive à ceux qui vivent longtemps ensemble. L'écriture, l'aspect, les sensations, les pensées s'uniformisent. Et en général les gens. L'un des deux s'en va, laissant à l'autre toutes ces choses qu'ils ont amassées ensemble. L'autre s'en va – et il ne reste d'eux que les feuilles remplies de leur écriture. Feuilles qui peuvent tout simplement brûler.

[...]

Chapitre quatorze
Parthène et Xénie

Moi, moine et grand pécheur Nectaire, je continue le long récit et, le cœur empli de joie, j'annonce que l'empire apagon est tombé. Lorsque l'Île recouvra son indépendance, les citoyens de notre terre désirèrent que le prince Parthène les gouvernât comme avant, parce qu'ils l'aimaient.

Il s'était montré un chef d'État plein de sagesse et un homme de cœur, aussi bien durant les années où il avait régné seul que lorsqu'il était vice-empereur. Nombreux sont ceux qui, dans l'Île, sont demeurés saufs uniquement grâce à ses intercessions, mais cela a été relaté par mes prédécesseurs dans leurs écrits sur le règne des empereurs.

Après la libération de l'Île, à la demande de Parthène, il fut annoncé que la princesse Xénie et lui régneraient conjointement. Et bien qu'auparavant le pouvoir ne lui appartînt pas non plus à titre personnel, l'annonce de la dyarchie correspondrait davantage, pensait-il, à la prophétie d'Agathon le Préviseur. De plus, puisque leur mariage avait scellé l'union de deux branches princières, la dyarchie en était l'incarnation visible.

Les troupes apagonnes partirent, et leur départ fut aussi calme et non sanglant que jadis leur venue. Ceux qui avaient été les témoins de leur arrivée puis, bien longtemps après, de leur reconduite dans leurs foyers, constatèrent avec chagrin qu'ils avaient cent cinquante ans de plus. Mais ils étaient très peu, car la plupart des témoins, selon l'ordre naturel des choses, étaient depuis longtemps au cimetière. D'ailleurs ceux qui montèrent sur les bateaux n'étaient pas du tout les mêmes que ceux qui, jadis, avaient débarqué. Les vaisseaux, en conséquence, étaient eux aussi différents : c'étaient à présent des steamers. Même les empereurs successifs changeaient, et à chacun d'entre eux, en tant que dirigeant de l'Île, était consacré un chapitre spécial dans la chronique.

Xénie

Hélas, hélas. Après le huitième chapitre on saute au quatorzième, et on ne peut rien y changer. Le pauvre Mélèce, ainsi que ses successeurs qui écrivaient les chapitres confisqués, ne pouvaient pas s'imaginer que, des années après, quelqu'un brûlerait des pages de la chronique.

La mort affreuse que connut Athanase n'est-elle pas son châtiment pour avoir brûlé l'Histoire ? D'avoir méprisé une tranche de vie qui, bien sûr, n'est pas l'éternité, mais avait eu quand même sa raison d'exister ? Sans parler du fait qu'Athanase veut dire « immortel ». Avec un nom pareil il avait des chances de vivre, sinon éternellement, en tout cas longtemps.

Dans les chapitres précédents nous avons parlé aussi d'équipages, de coiffures, de vêtements et d'autres sujets de peu d'intérêt. Ils n'ont en eux-mêmes aucune signification et n'acquièrent un sens que comme marqueurs de leur époque. Ainsi, les poteaux qui jalonnent les routes, même peints de couleurs vives, n'ont qu'une seule fonction : indiquer le chemin.

Ce qui entra dans nos vies sous la brève désignation de *mode* est destiné à montrer à tous à quel point le temps passe rapidement. J'appartiens à ceux pour qui la mode est nulle et non avenue, dans le sens littéral du terme : elle n'existe pas. Mon habit est toujours de la même couleur, sauf s'il est taché, bien sûr, et de la même coupe, sauf si par malheur les coutures ont craqué.

Que pensé-je, moi, Nectaire, moine indigne, en regardant le temps qui passe ? Sa course est surtout sensible quand on voit la fin d'événements qui n'ont pas commencé hier, ni aujourd'hui mais, disons, il y a cent cinquante ans. Hier encore on pensait que l'Histoire s'était figée pour toujours, qu'elle se limiterait dorénavant à des événements minimes puisque l'essentiel était établi depuis longtemps. Mais deux siècles n'ont pas passé que l'empire qui avait englouti le monde entier s'écroule, et de son ventre, comme de celui d'un animal légendaire, sortent intacts les petits États. Il n'y a pas eu de guerres cruelles, il n'y a pas eu de perfides complots, mais l'empire est tombé.

C'est le temps qui l'a détruit. Comme les montagnes sont érodées par le vent, comme les rocs aigus sont usés par les vagues, les empires sont détruits par le temps qui passe. Le mouvement du temps ressemble au déferlement des vagues. Combien en faut-il pour qu'un fragment de rocher devienne un galet ?

La question est superflue, car il y en aura autant qu'il faudra : le temps est patient. Il n'a aucune raison de se presser. C'est le propre de l'homme de se hâter, bien que, si l'on prend la vie dans sa dimension historique, nous ne nous soyons pas pressés non plus.

Faisions-nous tout notre possible pour nous débarrasser du pouvoir apagon ? Non, parce que nous ne ressentions pas notre servitude : c'est le prince Parthène qui en avait pris le fardeau, lui seul dans notre pays. Et ainsi, derrière ses larges épaules, chacun de nous était libre. À présent que le temps de la liberté est venu pour l'Île entière, pourquoi ne savons-nous qu'en faire ? La vieillesse impitoyable m'étreint, et ce n'est plus à moi de donner la réponse.

En la deuxième année du règne conjoint des pieux Parthène et Xénie, le très sage starets Nectaire, affaibli, me confia, à moi l'indigne Hilaire, le soin d'observer les temps et les années.

Il me dit :

L'Histoire devient de plus en plus capricieuse, je n'arrive plus à en faire façon. Toi, frère, tu es philosophe : peut-être y comprendras-tu quelque chose.

Moi, un philosophe ? Et que puis-je y comprendre ? C'est ce que j'ai dit au starets, et beaucoup d'autres choses, mais il est resté sourd à mes arguments. Il n'entendait presque plus rien depuis longtemps.

La même année arriva ce qui n'avait jamais été vu dans l'Île : les forces de l'Enfer attentèrent à la vie du couple princier. Cela se passa sur le Rivage où les époux se rendaient pour l'été. Ayant tout appris de leurs habitudes, un scélérat du nom de Léonide les guetta lors de leur promenade vespérale au bord de la Mer. À vrai dire, il n'avait même pas eu besoin de se renseigner, parce que tout le monde savait que Leurs Altesses Sérénissimes allaient, le soir, respirer la fraîcheur de l'air marin. On savait aussi qu'ils ne prenaient pas de gardes en sortant.

Léonide attendit ses victimes derrière le tronc d'un vieux chêne et sortit à leur rencontre, armé d'une bombe artisanale. Mais comme, à la différence des pieux époux, il était troublé, la bombe lui tomba des mains et explosa.

Parthène et Xénie, sans encore comprendre ce qui se passait, s'élancèrent vers le blessé dont les deux pieds avaient été arrachés. Xénie ôta le voile qui couvrait sa tête, le déchira en deux et voulut lui bander les jambes, du moins ce qui en restait, mais Léonide ne la laissa pas s'approcher de lui. De toutes ses forces il lançait des ruades, criait quelque chose d'incompréhensible, et entre les lambeaux de chair et de toile on voyait le blanc de ses os dénudés. Ensuite la douleur lui fit perdre connaissance, et quand il reprit conscience on lui demanda pourquoi il avait refusé toute aide. Le dénommé

Léonide répondit que c'était parce qu'il avait peur du châtiment : il croyait qu'on allait le tuer.

Par la suite, Leurs Altesses Sérénissimes le visitèrent à l'hôpital. Elles lui apportèrent de l'argent pour les soins, des friandises, et lui demandèrent pourquoi il les haïssait. Léonide répondit qu'il n'éprouvait aucune haine envers eux, et que c'est le sens du devoir qui l'avait conduit à jeter la bombe. Il considérait que tout pouvoir, tout détenteur de pouvoir étaient la manifestation du mal et méritaient d'être anéantis. Le fait que le couple princier jouît de l'amour de tous était aux yeux du malade une circonstance aggravante, car cela pouvait causer une hésitation alors qu'il s'agissait d'un ennemi à détruire.

Parthène

Je me rappelle notre rencontre avec Léonide, le raccourci des pieds. L'expression *raccourci des pieds* fut prononcée par Léon, le médecin de l'hôpital. Elle avait l'air de beaucoup lui plaire parce qu'il la répétait tout le temps. À un moment donné nous comprîmes, Xénie et moi, que le médecin était fortement ivre. Je ne suis pas enclin à surestimer sa faute : Xénie et moi, c'est vrai, étions arrivés sans prévenir. Il répéta plusieurs fois que si son patient n'avait pas été raccourci des pieds il aurait mené son entreprise à bien et il nous aurait fait sauter.

— Fait sauter, dit en écho Léonide.

— Mais maintenant qu'il est raccourci, il ne le fera plus, sourit Léon.

Léonide haussa les épaules. Xénie prit sa main dans les siennes :

— Nous avons pris un arrêté de grâce.

Une larme coula sur la joue de Léonide. Quelques larmes roulèrent aussi sur les joues du docteur :

— Ça, c'est tout simplement… Pour ça, nous tous… On en a les jambes coupées.

Léonide ne disait rien.

— Un geste comme ça… (Le docteur Léon se moucha bruyamment.) À présent il ne vous lancera plus de bombe, pour rien au monde.

— Si, dit Léonide.

Ce triste événement ouvrit une série d'attentats dans l'Île. Autrefois, les criminels tuaient les gens qu'ils détestaient en leur tirant dessus au coin d'une rue ou, disons, en versant du poison dans leur coupe. Ils étaient poussés par un sentiment vivant, quoique pécheur. Dans les attaques qui avaient affecté l'Île ces derniers temps, le sentiment n'était plus là : la pensée avait pris le pouvoir, mauvaise, insensible.

Le sentiment et la pensée doivent être en harmonie pour se tempérer mutuellement. Si l'un des deux manque, il faut s'attendre à de grands malheurs.

Un des poseurs de bombes dit à son procès :

Je suis froid comme une machine.

D'où nous vient ce malheur ? Comment est-il apparu ? Serait-ce avec ces innombrables mécanismes entrés dans notre vie, détruisant la bénignité habituelle des Îliens ? Les lanceurs de bombes tuèrent un colonel de gendarmerie, un général d'armée, le rédacteur de *La Feuille de l'Île* qui soutenait qu'il fallait faire confiance au pouvoir en place, ainsi que le directeur de la Poste qui permettait la diffusion des journaux. Mais le but principal des scélérats était de tuer Leurs Altesses Sérénissimes qui étaient l'incarnation du pouvoir dans le pays.

Le plus triste, c'est que dans les cercles *progressistes* on se faisait un devoir de ne pas appeler « scélérats » les scélérats, mais des « combattants pour une vie meilleure ». En quoi consisterait cette vie, et, surtout, en quoi la vie actuelle était-elle mauvaise, personne ne le savait, y compris les combattants susnommés. C'est peut-être pour cela que les combattants cessèrent de parler d'une vie « meilleure », la remplaçant par une vie « nouvelle ». Qu'elle serait meilleure, beaucoup alors en doutèrent, mais qu'elle serait nouvelle, nul n'en douta.

Le couple régnant fut visé par neuf attentats. Des engins explosifs furent lancés ou posés, mais avec le temps les lanceurs de bombes se mirent aussi à tirer à courte ou à longue distance, ce qui auparavant n'était pas vraiment admis parmi eux. Or, depuis qu'on avait commencé à les appeler des combattants, le choix des moyens de tuer s'était considérablement élargi : on pouvait utiliser des fusils, des pistolets, des couteaux, des haches, sans oublier les bombes mentionnées ci-dessus. Ce n'était pas exclu.

Mais, loué soit le Créateur, des anges gardiens suivaient les combattants, ils détraquaient les bombes avec abnégation ou les faisaient exploser plus tôt que prévu. Grâce à leurs efforts, les mains des tireurs se mettaient à trembler, ou bien ils recevaient une poussière dans l'œil. Les combattants, eux, n'étaient jamais à court quand il s'agissait d'inventer encore plus d'engins de mort, ce qui faisait d'eux de vrais scélérats – soit dit sans offenser les progressistes. Mais cette vague d'attaques commença toutefois à faiblir avec le temps.

Parthène

Il est intéressant de voir comment le frère Hilaire parle du progrès. À l'époque ce mot commençait juste à devenir à la mode et le chroniqueur fait tout pour l'éviter. Il ne l'aime pas, c'est évident : dans l'Île, le mot est apparu avec les premières bombes.

Je me souviens d'une de nos conversations. Hilaire avait dit alors que le principal événement historique était l'incarnation du Christ. Elle s'est déjà produite, et l'histoire universelle n'a plus rien à faire de sérieux.

— À présent c'est l'histoire universelle de notre éloignement du Christ, dit Hilaire.

— Éloignement, dans tous les sens du terme ? lui ai-je demandé de préciser.

Il hocha la tête :

— Peut-être même plus : c'est l'histoire de l'éloignement universel du Christ. À présent l'espoir est mis en l'histoire personnelle.

Quand, une autre fois, Hilaire dit que l'Histoire s'était trompée de chemin, Xénie lui demanda pourquoi il la notait.

— J'écris l'histoire de cette erreur, répondit le frère Hilaire.

Nous nous sommes souvenus de lui aujourd'hui, Xénie et moi. Il est pour toujours sorti de nos vies. Petit, rouquin, avec une barbe qui poussait mal. C'est à cela que ressemblaient les ennemis du progrès.

En la neuvième année du règne conjoint de Parthène et de Xénie, on construisit sur l'Île un chemin de fer. La ligne allait du Nord au Sud, reliant les deux parties de notre État. Le couple régnant m'invita, moi, humble chroniqueur, à l'inauguration, et nous employâmes le voyage à converser. La voie passait par la Forêt qui, jadis, fut un champ de bataille entre le Nord et le Sud.

Et je me disais : comme il est facile à présent de franchir cette Forêt. Par la fenêtre elle a l'air sage comme une image, alors qu'elle était dangereuse et mortelle pendant cette guerre lointaine. Et voilà, me disais-je, que les descendants de ceux qui se haïssaient voyagent dans un seul train, et à présent il ne reste plus trace de cette haine. Il n'y a plus que la joie de rouler ensemble. Notre wagon était tiré par un cheval de fer qui nous envoyait vapeur et fumée. Sa puissance effrayait les voyageurs, mais en même temps ils étaient fiers de la hauteur de l'esprit humain qui avait, par cette invention, réuni tant de gens différents.

Sept ans sans explosions, comptais-je en route, et si pour le maintien de la paix il faut s'unir autour d'une locomotive, alors qu'il en soit ainsi. Finalement, tout le monde parle de *progrès*, de nos jours. Peut-être que, contre toute attente, les avancées techniques adouciront les cœurs durs et éclaireront les esprits enténébrés ?

En la douzième année du règne des pieux Parthène et Xénie, un certain Maxime s'établit comme menuisier dans le Palais princier. Maxime savait sculpter des chaises en bois massif, et jusqu'à présent son art est resté inégalé en ce domaine.

Récemment on s'est mis à préférer les chaises viennoises en bois courbé, mais cela n'enlève rien à la beauté de celles de Maxime, au contraire, cela la met en valeur. Quant à leur solidité, inutile d'en parler, que n'ont-elles pas subi de la part du ci-nommé Maxime : les instants de colère où il les projetait d'un coin à l'autre, et même une explosion qu'il avait lui-même déclenchée.

Mais pourquoi le cacher : pour rendre hommage à l'engouement général, lui aussi fabriqua des chaises viennoises. Il apprit à bien courber le bois et acquit une parfaite maîtrise dans l'art de produire ce genre d'articles, mais cela n'éteignit pas en lui l'amour des chaises en bois massif.

À la différence des chaises viennoises, ces dernières ont survécu. Le menuisier, lui, n'est plus de ce monde, mais ses œuvres sont toujours en place dans les salles du Palais et dans l'atelier où il a fabriqué tant de choses merveilleuses. Ses assistants lui apportaient des matériaux de toutes sortes : différentes essences de bois, des pierres et même les os pétrifiés d'animaux qui ne hantent plus la face de la Terre.

Ce qu'ils ne lui fournissaient pas, c'est la poudre qui, en fait, a explosé. Comme on l'apprit par la suite, c'est Maxime lui-même qui l'avait introduite petit à petit dans le Palais. Il travaillait alors à des panneaux sculptés dans la salle qui se trouvait sous la salle à manger princière.

Refusant la présence de ses aides, le menuisier Maxime, à l'insu de tous, mettait la poudre dans des sacs qu'il plaçait à des endroits propices à ses desseins. Il voulait faire coïncider l'explosion avec le repas des princes, qui avait lieu à peu près toujours à la même heure.

Le jour où le scélérat avait fixé l'attentat, Xénie se sentit légèrement souffrante. Leurs Altesses Sérénissimes ne parurent pas à l'heure au repas, mais le menuisier Maxime n'en savait rien. L'explosion retentit alors que seuls des domestiques se trouvaient dans la salle à manger. Vingt-six personnes furent tuées. Barbouillé de sang, le meurtrier s'agitait parmi les ruines de la salle. Parmi les bras et les têtes recouverts de plâtras, il espérait trouver ce qui devait rester de Parthène et de Xénie, mais il ne trouva rien.

Voyant s'approcher la garde, le scélérat partit en courant. S'il ne l'avait pas fait on aurait pris Maxime, couvert de sang et de plâtre, pour une victime et non pour le responsable de l'explosion. Mais il se trahit lui-même par sa fuite et fut bientôt arrêté. Apprenant que les Leurs Altesses Sérénissimes étaient saufs, il n'essaya pas de nier et s'effondra. Avant la fin de la journée il avait tout avoué et même indiqué comment il avait fait entrer la poudre et où il l'avait entreposée.

D'après les lois de l'Île, Maxime devait être jugé par le tribunal princier. Il attendit ce jugement sept semaines, mais n'arriva pas jusque-là. Le jour où l'on mena le scélérat au tribunal, la foule l'arracha aux mains des gardes, en pleine rue. Quelques instants plus tard le prévenu était mort. Ainsi se termina la vie de Maxime, un homme qui reçut la rétribution de ses péchés sur la Terre et dans le Ciel, quant à son talent enfoui, en témoignent ses chaises et les autres meubles qui ont survécu.

Et, voyant ce qui était arrivé à Maxime, j'ai douté que le progrès technique permît le progrès des hommes. Le second est indépendant du premier, et même, la main sur le cœur, je dirai qu'il n'existe probablement pas. La locomotive rend les voyages plus confortables, mais les voyageurs n'en deviennent pas meilleurs.

XÉNIE

Parthène et moi aurions dû juger cet homme. Dans notre histoire il y avait eu peu de condamnations à mort, mais c'est ce qu'exigeaient les citoyens de l'Île. Malgré le dégoût que nous inspirait Maxime, nous étions convaincus qu'un homme, en tant que créature de Dieu, ne pouvait pas être privé de la vie. Ce n'est pas nous qui la lui avions donnée et ce n'était pas à nous de la lui ôter.

D'un autre côté, vingt-six morts, c'était en soi quelque chose de monstrueux. De plus chaque victime avait une parenté nombreuse qui, sans relâche et – ce qui est important – bruyamment, réclamait vengeance. Tout cela concourait à l'inclémence de l'opinion publique. Parthène et moi ne savions comment la surmonter, d'ailleurs, pour être franche, nous ne faisions pas beaucoup d'efforts en ce sens.

La solution s'est présentée d'elle-même. Alors qu'on menait le prisonnier au tribunal, dans une des rues le convoi a été désarmé par la foule, et Maxime tué sur place. Son corps – nu, on ne sait pourquoi – est resté gisant sur les pavés ensanglantés. Il était impossible de reconnaître le défunt : je peux le dire parce que nous l'avions rencontré plusieurs fois de son vivant. Nous lui avions remis des cadeaux à Noël, à lui et aux autres serviteurs, et avions même échangé avec lui le baiser de Pâques. Il se distinguait des autres par une élégance particulière, et aussi par une mèche blanche qui faisait un beau contraste avec sa chevelure de jais. C'est grâce à cette mèche que nous l'avons reconnu quand il était nu. Semblable à un morceau de viande crue.

Nous avions dû venir parce que la foule ne voulait pas rendre le corps aux gardes. Même à notre venue les gens continuaient à donner des coups de pied au corps, et la mèche blanche volait à chaque coup. Les gardes étaient nombreux mais ils ne faisaient aucune tentative pour leur enlever le corps par la force. D'ailleurs quand ce corps était encore une personne vivante, l'escorte, comme il a été établi, était très réduite : deux hommes seulement.

J'ai demandé au chef de la garde pourquoi il n'avait pas prévu l'attaque du convoi et avait envoyé le prisonnier avec seulement deux hommes. Le chef a commencé à répondre, mais un sifflement assourdissant retentit et une locomotive s'est engagée sur le viaduc. On ne sait pourquoi, les bouffées de vapeur ne montaient pas mais tombaient doucement et se dissipaient à nos pieds, comme les mots du chef.

Il allait continuer ses explications lorsque la locomotive fut passée, mais Parthène l'a arrêté d'un geste. Il m'a dit à voix basse qu'au contraire, le chef de la garde avait tout prévu. Il avait pensé qu'il nous évitait un choix difficile. C'est peut-être vrai.

En regardant Maxime, je me suis rappelée le moment où nous avions échangé le baiser de Pâques. Je m'en souvenais parce qu'à la différence de tous ceux dont j'avais ce jour-là effleuré les joues, sa barbe était étonnamment douce. La seule à ne pas m'écorcher la peau. Je l'avais dit à Parthène, alors, et il avait souri. Et ce n'est qu'après que j'avais compris la raison de son sourire, et souri à mon tour. Puis rougi. Et le lendemain j'étais allée me confesser.

Parthène s'est approché de ce qui restait de Maxime et lui a chuchoté quelque chose que personne n'a entendu. Sauf moi, qui étais à côté. *Pourquoi?* Et, en pensée, je lui ai posé la même question. Après cette nuit tiède d'avril, l'odeur des cierges, après ces douces étreintes – pourquoi ? À cette question Maxime, mort, ne pouvait pas répondre, mais je soupçonne qu'il n'aurait pas pu répondre non plus quand il était vivant.

— Dans quels temps vivons-nous ? m'a demandé Parthène ce soir-là. Ils aiment et haïssent des idées. Pas des hommes.

— Et on ne sait pas ce qu'on peut y opposer, ai-je dit. La répression ? D'autres idées ?

— La patience, je crois.

— Ils attendent de nous des mesures pratiques.

Il a posé ses mains sur mes épaules :

— Aussi bizarre que cela paraisse, la patience me semble la mesure la plus pratique qui soit.

demanda d'où ces gens tiraient leurs informations. Alors la foule s'écarta et laissa Cassien aller vers lui.

Les journaux du Continent, dit Cassien d'une voix fluette, portent à la connaissance du public des données sur la richesse accumulée dans l'Île par le pouvoir en place. Il y est dit que la fortune du prince est incroyablement petite. Un homme de haut rang, comme, disons, ce même prince, ne peut avoir si peu de biens. La conclusion s'impose : il dissimule les données concernant sa fortune véritable, de peur que ne soient découvertes les causes de son enrichissement.

Le prince pâlit et dit à Cassien :

C'est vrai, ma fortune n'est pas grande, car il y a eu beaucoup d'occasions où j'ai dû dépenser mon propre argent pour subvenir aux besoins de l'État.

Cassien embrassa l'assemblée du regard, comme s'il parlait pour eux et non pour lui seul :

Alors, Prince, peut-être préciseras-tu ces occasions ? Et pourquoi n'en as-tu pas parlé plus tôt ?

Parce qu'il y a des choses dont on ne doit pas parler, répondit Parthène. Mais puisque mon argent est devenu pour toi une tentation, je dirai qu'il a été dépensé dans les jours de sécheresse et d'inondations, quand le trésor public était vide. La trésorerie a tenu les comptes des dépenses et ils seront publiés demain.

Le lendemain les comptes des dépenses faites dans les jours d'épreuve parurent dans les journaux, d'où il ressortit que l'argent personnel du prince avait servi à acheter du blé, à construire des maisons pour les sinistrés et à beaucoup d'autres objectifs dont l'énumération demanda dix-sept pages supplémentaires.

Ces données sapèrent le moral des combattants pour une vie nouvelle, produisant, selon leur expression favorite, l'effet d'une bombe. On les commenta, on s'en étonna et l'amour pour le couple princier grandit sans mesure. Ce que voyant, les combattants se soumirent et pensèrent leur affaire perdue.

En la quinzième année du règne de Parthène et de Xénie, Pierre, un paysan, allait de ville en village montrer sur les foires son fils Eusèbe, gagnant ainsi leur pitance. Pierre déclarait qu'il allait montrer à son honorable public un homme à la tête de chien, car le visage d'Eusèbe était entièrement couvert de poils.

Sur les champs de foire beaucoup doutaient cependant qu'Eusèbe fût un véritable cynocéphale. Malgré un pelage abondant sur son visage, Eusèbe avait les oreilles d'un homme, alors que sur les icônes, les oreilles de saint Christophe étaient bien celles d'un chien. De plus, bien qu'Eusèbe aboyât sur le champ de foire, ensuite, au cabaret, il passait au langage humain, assez grossier de surcroît, et puis ce n'était pas comme un chien qu'il embouchait sa bouteille. Cela suscitait bien des discussions, beaucoup ne reconnaissant pas en Eusèbe un présage.

Le second cas était indiscutable et n'annonçait rien de bon. Une ânesse arriva sur la Grand-Place et prononça d'une voix humaine :

Les révolutions sont les locomotives de l'Histoire.

Après réflexion, elle ajouta :

Nous n'avons rien à perdre que nos chaînes.

Voyant en cela un mauvais signe et une menace, certains voulaient abattre l'ânesse mais, sur l'ordre du prince et de la princesse, on donna l'animal à un cirque où il ne parla plus qu'une seule fois. Ce qu'il dit fut mystérieux, mais pas aussi effrayant :

La raison a toujours existé. Mais pas toujours sous une forme raisonnable.

Les paroles de l'ânesse s'arrêtèrent là, et de sa bouche ne sortirent plus que des braiments. Ce n'était pas des braiements ordinaires, on y percevait clairement le désir de se battre.

En la vingtième année du règne de Parthène et de Xénie commencèrent les manifestations, des *démonstrations* de force jusque-là inconnues. Comme dans le terme qui désignait ces événements les Îliens entendaient clairement le mot *démon*, au début on n'arrivait pas à rassembler un nombre significatif de participants. Mais ce mot était à l'évidence plein d'une force surnaturelle, car le phénomène sortit progressivement du néant. Ou peut-être au contraire s'y dirigea-t-il : tout ici dépend du point de vue.

Ayant compris qu'on n'arriverait pas à construire le nouveau monde uniquement en faisant exploser des bombes, les combattants pour une vie nouvelle s'aperçurent que leurs démonstrations de force causaient des déflagrations beaucoup plus destructrices. Peu de gens approuvaient leurs bombes, car la nature humaine rejette le meurtre. Il est bien plus intelligent, jugèrent les combattants, de s'occuper de la nature humaine.

Elle est très difficile à transformer chez une personne, mais elle varie facilement chez les gens. Il suffit de les rassembler pour qu'ils soient dociles. Les volontés particulières n'existent pas dans la foule, elle n'a qu'une volonté collective que l'on peut diriger.

C'est leur façon de penser.

Ce sont les démons qui dirigent ces démonstrations. C'est ce que je pense.

Au fil du temps, les démonstrations se firent plus fréquentes, presque quotidiennes. Le nombre des manifestants augmenta aussi. Voyant que personne ne les en empêchait, les combattants commencèrent à hausser le ton et à fixer leurs lieux de rencontre de plus en plus près du Palais princier. Comme si elles ne voyaient pas ce qui se passait, les autorités ne faisaient rien.

Un jour des pierres furent lancées sur le Palais, alors des gardes municipaux furent postés autour de l'édifice. Le même jour, bien qu'on l'eût supplié de ne pas le faire, le prince Parthène alla au-devant du rassemblement. Quelqu'un dans la foule jeta une pierre qui atteignit le prince à l'épaule. Le capitaine de la garde donna l'ordre de capturer le coupable. On n'eut pas à le chercher longtemps, parce qu'il fut dénoncé par des participants. Ils ne s'attendaient pas à ce qu' arrive à lancer des pierres, mais comment se limite simples pourparlers ?

La garde voulait continuer à ramener l'ordre Parthène l'arrêta. Il entra au plus épais de la foule et de ce qui troublait tant les gens. Quelques voix s'élevère demander que Parthène quittât le trône princier. il leur demanda quel pouvoir ils voudraient et ce c attendraient, il ne reçut aucune réponse claire.

On commença à évoquer les mois de sécheress contraire, les mois pluvieux, les incendies de forê mauvaises récoltes. Alors le prince Parthène s'avanç hommes qui lui avaient répondu et demanda :

Connaissez-vous un pouvoir, autre que céleste, c pu épargner à l'Île les malheurs que vous énumérez

Et pendant que les hommes qui avaient pris la répondaient, dans la foule on se mit à sourire, p ouvertement, car tous comprenaient que jamais s n'y avait encore eu un tel pouvoir. Après cela, l dispersa paisiblement. Mais le lendemain elle revi plus nombreuse, au Palais princier.

Et elle était plus grande à chaque fois, et les a étaient de plus en plus graves. On accusait le coup d'avoir dilapidé les finances de l'État. Après de te personne ne souriait plus, et des pierres volèrent dans les fenêtres du Palais.

Petit à petit ce fut clair pour tous que la foule a du nom de Cassien, surnommé le Bigle. C'est vr chait. Et il était en grande partie chauve, Mais pl il était méchant. Cassien ne jetait pas de caillo discours étaient plus lourds que des pierres, parce avoir entendus les yeux des auditeurs s'emplissaie

Lors d'une journée parmi les plus agitées, Pa une fois de plus rejoindre la foule. Ayant écou tions de détournement de bien public et de ma

Quel étonnement fut le leur quand, lors de la manifestation suivante, il y eut autant de monde qu'avant.

Trois mois plus tard advint un nouveau malheur. Devant tout le peuple assemblé Cassien accusa Parthène d'adultère et d'avoir séduit la jeune Mélitine, mineure, et de plus simple d'esprit. Cette fois-ci la place ressemblait à une mer infinie de gens. Ce n'étaient plus seulement des pierres qui volaient de la foule : on entendit quelques coups de feu.

Malgré les remontrances de la garde, le prince se présenta devant les manifestants. Parthène entra dans la foule et se retrouva encerclé, parce que la garde avait été empêchée de le suivre. Trois fois il essaya de parler, mais les gens de Cassien, dans la foule, le huaient et sifflaient. Le peuple, qui attendait sa réponse, les fit taire.

Parthène ne pouvait espérer qu'en une seule chose : que ces gens rassemblés lui fissent confiance. Il avait le droit d'espérer, ne les ayant jamais trompés. Lorsque le silence se fit, il dit :

Ce dont on m'accuse est faux.

L'ayant dit, Parthène se retourna pour rentrer dans le Palais, et la foule s'écarta devant lui. Il marcha dans le silence le plus complet. Et ce silence ressemblait à un miracle. Le fait qu'on lui avait permis de partir semblait un salut miraculeux.

Le lendemain Mélitine fut soumise à un examen médical. Il s'avéra qu'elle était vierge.

Les manifestations se poursuivirent. Au sixième mois des troubles, Parthène alla pour la dernière fois à la rencontre de la foule, sur la place. Il demanda :

Qu'attendez-vous ?

Et les milliers de gens répondirent d'une seule voix :

Du nouveau !

Parthène inclina la tête pour montrer qu'il avait compris.

Deux jours après, dans la soirée, Leurs Altesses Sérénissimes rencontrèrent dans le Palais princier les représentants des mutins. On peut les appeler ainsi, car des exactions avaient commencé autour du Palais et la garde n'avait pas reçu l'ordre d'y mettre fin. La rencontre dans le Palais dura toute la nuit et tout le jour suivant, et les gens sur la place ne se dispersèrent pas.

Le troisième jour, à la nuit tombante, sur le perron du Palais apparurent Parthène, Xénie, le Bigle et quelques-uns de ses compagnons de lutte. Parthène attendit que le silence se fît et s'adressa à la foule.

Gens de l'Île, vous voulez du nouveau. N'ayant pas entendu d'opinion contraire, j'estime que c'est là la volonté du peuple et j'abandonne le pouvoir dont j'ai été revêtu. Selon la proposition de vos représentants, à partir de ce jour c'est la princesse Xénie qui gouvernera l'Île.

Quand le bruit monté de la foule se calma, Xénie s'inclina devant elle. Après une minute de silence la princesse dit :

J'accepte ce pouvoir pour le bien de l'Île.

Ensuite parla Cassien, qui n'avait pas la dignité du couple princier debout à côté de lui. Et ses paroles étaient, comme lui, mesquines et rapides. Avec une flamme inattendue, il affirma à la foule que cette décision satisfaisait le peuple révolté.

Il pouvait sembler à d'aucuns que le nouveau était arrivé sous l'aspect de l'ancien, mais dès cet instant il apparaissait clairement que ce n'était pas comme cela, pas du tout. Beaucoup dans la foule pleuraient. Surtout ceux dont les voix n'avaient pas été entendues, car la peur avait empêché qu'elles s'élèvent. Mais il n'y avait pas qu'eux qui pleuraient.

Les larmes des gens rassemblés là venaient de leur amour et de leur compassion envers le prince, de l'inconnu qui s'annonçait et on ne sait pourquoi de ce verbe qui avait retenti : *satisfaire*. Plus que tout, ce mot parlait de l'avènement de la nouveauté.

Chapitre quinze
Xénie

En la première année du règne de Xénie revint le calme longtemps attendu. Il était évident que, n'ayant pas réussi à s'accorder avec ses compagnons d'armes sur un nouveau gouvernement, Cassien surnommé le Bigle voyait dans la souveraineté de Xénie une manière de salut. À la grande joie de beaucoup, il n'y avait plus de manifestations. Peut-être les combattants pour une vie nouvelle avaient-ils perdu toutes leurs forces, mais peut-être craignaient-ils d'être écartés du pouvoir en cas de victoire immédiate. En tout cas, tous jugeaient ce calme précaire.

Xénie gouverna avec sagesse. Pendant des décennies elle s'était délibérément tenue dans l'ombre de son mari, mais même alors, ce n'était pas un secret, ses avis étaient déterminants pour Parthène. Et si les combattants s'imaginaient avoir fait un pas décisif vers la prise de pouvoir en acceptant le règne d'une femme, ils se trompaient. Ils avaient fait un pas dans la direction opposée, peut-être même plus d'un.

Peu après l'accession de Xénie au trône, il fut clair pour tous qu'elle était plus dure que son mari. Xénie prenait ses décisions avec davantage de prudence que Parthène, parfois même, semblait-il, avec une prudence excessive, mais une fois qu'elle les avait prises elle ne s'en dédisait jamais et veillait à ce qu'elles fussent toutes strictement exécutées.

Xénie

Voilà comment je suis – et les combattants pour une vie nouvelle ne le savaient pas. Hilaire le chroniqueur non plus.

J'ai vu Parthène sourire en lisant ces lignes. Lui, il savait.

Moi, je voyais que tout allait à vau-l'eau. Et qu'un jour viendrait où personne n'obéirait plus ni à moi, la dure (dixit Hilaire !), ni à mes ordres. Nul besoin d'être prophète : le mouvement de l'Histoire était prévisible dans ses grandes lignes. On pouvait le ralentir, mais non l'arrêter.

Ce triste soir, nous avons eu une réunion. Cassien parla beaucoup. Il y avait quelques types avec lui, mais c'est surtout lui qui parlait. Il avait une voix fluette – cela sonnait comme une mélodie russe… Oui, le *Vol du bourdon*[1]. D'ailleurs il tournoyait autour de nous comme un bourdon : petit, agile, bigleux. Avec un crâne assez dégarni.

Je ne sais pas si les bourdons deviennent chauves, mais c'est cette calvitie qui faisait de Cassien un vrai bourdon. Il parlait, Parthène hochait la tête, et on ne savait pas s'il exprimait son accord avec le Bigle ou s'il battait la mesure de cette folle musique. Parthène était calme.

Nous avions parlé toute la nuit précédente de ce que nous allions faire. Il pensait qu'il fallait céder aux exigences de la foule pour éviter un bain de sang. Je lui répondais que la foule n'a pas d'exigence, elle existe, c'est tout, et qu'il fallait parler avec la bande qui l'avait rassemblée.

— Mais il y a bien une raison à l'existence de cette foule, répliqua Parthène. Donc c'est leur foule. Nous négocierons avec ceux qu'on nous enverra depuis la place.

J'appuyai ma tête contre son épaule.

— Mais on ne peut pas négocier avec eux. Tu leur tends la main, ils te coupent un doigt. Enfin, le contraire… tu me comprends.

1. Interlude instrumental de Nikolaï Rimski-Korsakov pour l'opéra *Le Conte du tsar Saltan* (1900).

— C'est bien pour cela que nous leur proposerons un doigt. Après, nous verrons.

C'est vrai qu'ils ne nous ont pas coupé la main. D'après les regards que le Bigle lançait à ses compagnons de lutte, j'ai soudain compris qu'à présent, c'étaient eux ses pires ennemis. C'est peu de dire qu'il les regardait de travers. Il accepta ma souveraineté avec une facilité étonnante… D'ailleurs c'est lui qui l'avait proposée!

Nous avons encore discuté d'une masse de détails, et il a continué à tourbillonner autour de nous. Il était ridicule. Je sentais son énergie invraisemblable et je savais que cet insecte piquait très douloureusement – ennemis ou amis. Et les combattants pour une vie nouvelle le savaient aussi.

Une vie nouvelle. Lorsque j'entendais cette expression, j'étais indignée qu'on dénigre la vie actuelle, qui n'était pas si mauvaise. Le présent perd au profit du futur, comme la réalité perd au profit de l'imagination. Et c'est inutile d'argumenter: l'avenir a des ressources inépuisables. Ce n'est qu'après qu'on peut le comparer au présent, mais alors cela n'a plus aucun sens. C'est trop tard.

Parthène

Hier nous avons eu un hôte rare: le célèbre Jean-Marie Leclair, le réalisateur français. Ces dernières années nous sommes devenus quelque peu cinéphiles, et nous apprécions beaucoup Leclair. Surtout le film *L'Homme sans biographie*. C'est l'histoire d'un espion qu'on envoyait tout le temps en immersion et qui devait à chaque fois apprendre sa nouvelle biographie.

Imaginez un peu: il pouvait donner le moindre détail de son passé inexistant: la couleur des yeux de son père, l'âge de sa sœur, dans quel coin du salon était placé le piano. C'était la vie réelle de quelqu'un dont il s'attribuait tous les faits irréprochablement documentés. Doué d'une mémoire phénoménale, il pouvait se rappeler des milliers de détails.

Cette mémoire lui joua un vilain tour, et au milieu d'une de ses biographies il craqua : il avait oublié la sienne propre. Il savait toujours par cœur tous les faits minuscules et les événements qu'il avait appris, mais ils se mélangeaient dans sa tête comme se mélangent le café et le lait. Il dut prendre une retraite anticipée. Retiré dans sa maison de campagne, il passa le restant de son existence à ressasser sa vie plusieurs fois augmentée.

Le plus drôle, c'est que Jean-Marie s'apprête à tourner un film biographique sur Xénie et moi. Il a dit : un biopic. C'est un mot-valise, de *biographical* et *picture*. Rien que ce mot aurait pu nous inciter à en rester là, s'il ne s'était pas agi de Leclair.

Ce qui l'inspirait, c'était l'*Histoire de l'Île*. À son idée, le film pourrait s'appeler *Parthène et Xénie*. Sans nous consulter, Xénie et moi répondîmes par un *non* calme mais distinct. Alors Leclair se jeta à genoux devant nous.

C'était insupportable. Le grand Leclair à genoux, comme un de nos serviteurs aux temps lointains du Moyen Âge ! Xénie et moi avons dit :

— Nous allons réfléchir.

Alors cet homme se traîna à nos pieds pour nous arracher un *oui*. Qu'il finit par obtenir de moi, parce que Xénie, comme on le sait maintenant, est plus dure.

Leclair claironnait (belle allitération) que personne au monde, pas un seul réalisateur n'avait eu de tels consultants pour un film sur le Moyen Âge.

Nous, des consultants ? C'était la surprise suivante que Leclair nous avait préparée. Nous n'étions plus à cela près : nous avons accepté cela aussi. Et nous sommes devenus consultants.

Puisque les informations nous étaient communiquées selon le principe du saucissonnage, nous n'avons su qu'à la fin de notre conversation que le travail sur le film avait commencé. En fait, le réalisateur et son équipe vont lancer le tournage dans une semaine.

Nous mentionnâmes le scénario. Le scénario ? Leclair vacilla comme s'il voulait de nouveau se jeter à nos pieds, mais quelque chose le retint. Il n'a pas de scénario dans le sens ordinaire du terme. Oui, il a des matériaux préparatoires, mais c'est tout. C'est comme cela qu'il a fait tous ses films.

Je demandai à Leclair comment il travaillait sans scénario. C'est très simple. Il arrive sur le plateau, boit un café avec les acteurs. Dit à chacun comment il doit bouger et ce qu'il doit dire.

— La création doit commencer et finir sur le plateau de tournage. Point. (Et le réalisateur s'est tapé sur la cuisse.)

Oui, le mot de la fin. Sur le pas de la porte, Leclair parut se rappeler quelque chose. La dernière question du lieutenant Columbo. Accepterions-nous de venir à Paris pour une consultation ? Nous serions reçus (il fit une pause, cherchant le mot) *princièrement.*

Cette scène faisait partie de la production du grand réalisateur, mais pour une fois nous n'avons pas réagi positivement. Nous allions réfléchir. C'était difficile de décider tout de suite. À notre âge… Leclair éclata de rire au mot *âge* et ce fut, semble-t-il, le seul écart à son scénario, qui, d'après ses propres paroles, n'existait pas. Ému, il nous prit dans ses bras au moment du départ et dit :

— Votre âge ! Allons donc !

En la septième année du règne de Xénie fut achevée la construction de la Bibliothèque, comparable au Palais pour sa beauté et sa grandeur. Elle était même plus haute que le Palais et devint le bâtiment le plus élevé de la Ville. Au pied de ses colonnes furent érigées les statues des grands hommes du passé, afin que leurs noms ne fussent pas oubliés : Platon, Aristote, Hérodote, Homère et Agathon le Préviseur.

Agathon avait-il prévu cet honneur ? Il regardait d'en haut les rassemblements comme s'il vérifiait la réalisation de ses prophéties. Sous son regard fixe furent apportés à la Bibliothèque les livres dont une partie avaient été achetés sur la Grande Terre, une autre provenant des dons des Îliens. Le

Monastère fournit une grande quantité de manuscrits, mais parmi eux manquait la prophétie d'Agathon, ce qui, me dis-je, n'a pas dû l'étonner vraiment.

Le jour de l'inauguration de la Bibliothèque il y eut une énorme file d'attente pour s'inscrire. Il fut clair qu'un jour n'y suffirait pas, ni même une semaine, tant la queue était longue. Ce jour-là on inscrivit le nombre exact de lecteurs que pouvait contenir la Grande Salle de la Bibliothèque.

Et toute la soirée les inscrits lurent les livres qu'on leur avait remis, et beaucoup, peu habitués à lecture, remuaient les lèvres. Certains, par contre, promenaient un doigt sur les lignes, car ils ne savaient pas lire du tout. Ils allaient de ligne en ligne et souriaient, heureux de communier aux livres, et versaient des larmes de regret sur leur ignorance, et ce soir-là ils jurèrent d'apprendre à lire.

Les notables de la Ville reçurent le droit d'emporter des livres chez eux, mais ils n'utilisèrent pas cette possibilité, car en ce cas, qui les aurait vus en train de lire ? Comme tout le monde, ils aimaient le calme cultivé de la Bibliothèque, le bruissement des pages qu'on tourne et l'odeur des vieux grimoires. Avec le temps, les lecteurs se mirent à choisir les livres selon leur cœur, mais de toute façon il n'y en avait jamais assez. Alors on continua d'en acheter sur la Grande Terre, et ce fut le premier signe de l'attrait des Îliens pour l'alphabétisation de masse.

En la neuvième année du règne de la pieuse Xénie, on fit rouler un tramway dans la Ville. Avant cela on avait passé un an à poser les rails d'airain dans les rues et à tirer les câbles électriques. Le tramway était, lui aussi, importé de la Grande Terre, car on ne produisait rien de semblable dans l'Île. On acheta sept wagons, le nombre des arts libéraux, et leur point de départ fut fixé sur la place devant la Bibliothèque : un lieu très prometteur.

Les sept wagons étaient chacun de couleur différente et ils étaient accrochés selon l'ordre des couleurs de l'arc-en-ciel.

Leur terminus se trouvait aux portes de la Ville, qu'on ne fermait plus depuis longtemps car elles se trouvaient à présent pratiquement au centre, et les murailles attenantes avaient tellement vieilli qu'à la fin on les avait démolies. Dans tous les wagons il y avait une pédale pour actionner une cloche, et les tramways carillonnaient sans arrêt. Ce fut ainsi jusqu'à ce que chaque habitant de la Ville ait eu l'occasion de sonner au moins une fois.

Beaucoup aimaient voyager sur le toit du tramway, c'est-à-dire sur l'impériale. L'altitude et l'air frais leur faisaient tourner la tête, et la possibilité de glisser un regard par les fenêtres du premier étage ne faisait qu'augmenter leur passion pour ce genre de trajet. Les bancs de l'impériale étaient disposés en longueur et les voyageurs étaient assis dos à dos. Ainsi ils avaient inévitablement les fenêtres devant eux. Avec le temps, pourtant, leur curiosité pour les fenêtres du premier étage se tarit, car il y en avait aussi au rez-de-chaussée.

À présent certains allaient travailler en tramway, et ils devaient partir de chez eux beaucoup plus tôt car la ligne ne passait pas obligatoirement près de leur lieu de travail. Parvenus au terminus, ils descendaient, prenaient un fiacre ou rejoignaient à pied l'endroit où ils devaient commencer leur journée.

Comme ils ne comprenaient pas comment fonctionnait cet engin, les habitants lui vouaient un respect particulier. Il était d'autant plus grand que le tramway n'avait pas la possibilité de tourner vers les endroits où il n'y avait pas de rails.

Cette impossibilité de tourner rappelait aux Îliens l'histoire célèbre de Kitovras[1] qui ne pouvait avancer que tout droit. Chacun dans la Ville savait que lorsqu'on dut faire traverser Jérusalem à Kitovras pour l'amener devant Salomon, il fallut abattre les maisons sur son chemin tant sa course était rectiligne, tant il lui était impossible de tourner. Et quand il fallut

1. Centaure parfois ailé, Kitovras est le dieu de sagesse et de témérité dans la mythologie slave.

détruire le logis d'une pauvre veuve, elle s'adressa à Kitovras en pleurant et lui demanda de contourner sa demeure. Alors Kitovras eut pitié d'elle, il contourna sa maison, payant cet effort d'une côte cassée.

Digne de respect est celui qui ne dévie pas de son chemin, mais ses mérites pâlissent devant celui qui se sacrifie pour autrui. Cette histoire tragique mais lumineuse laissa sa trace sur les wagons du tramway, et leur course dans la Ville rappelait à tous ce qu'étaient à la fois l'exploit véritable et la miséricorde.

Ces années-là, les manifestations avaient presque cessé, on n'entendait plus d'explosions, et la paix tant désirée avait gagné toute la Ville et l'Île. La Bibliothèque et le tramway avaient tellement plu aux Îliens que le combat pour une vie nouvelle les intéressait moins : ils préféraient le bruissement des pages et le grondement du tramway.

Le wagon qui bougeait tout seul suscita longtemps enthousiasme et perplexité. On pouvait se rappeler que le train aussi se déplaçait de lui-même, mais il était gros, tiré par une locomotive et par conséquent il excitait beaucoup moins l'imagination. Le tramway était autonome. On aurait dit qu'il avait toute sa force à l'intérieur de lui-même : il n'émettait pas de vapeur et les câbles électriques par lesquels il recevait ses courants vitaux étaient quelque chose de mystérieux et de totalement inexplicable.

Dans l'espoir de percer le secret de cette étonnante machine, beaucoup allaient à la Bibliothèque. Ainsi le tramway et la Bibliothèque devinrent inséparables, la seule voie vers l'avenir radieux, beaucoup plus honorable et tranquille que la voie proposée par les combattants pour une vie nouvelle. On commença à les oublier : Cassien et ses compagnons de lutte n'avaient rien à proposer de comparable.

En la onzième année du règne de Xénie, un marin et un laboureur se rencontrèrent au port de la Ville. Ils n'avaient pas recherché cette conversation, mais le hasard fit qu'elle s'engagea – d'ailleurs, n'y a-t-il pas meilleur endroit pour discuter qu'un port, dans une île? De fil en aiguille, on apprit que le père du marin s'était noyé lors d'une tempête. Quelques instants plus tard il s'avéra que son grand-père aussi avait péri en sillonnant la mer. Alors le laboureur dit :

Ô marin, tu peux m'en croire, à ta place je ne partirais plus jamais en mer.

Le marin demanda alors au laboureur comment était mort son père.

Il est mort dans son lit, répondit le laboureur. Il est mort entouré de ses enfants et de toute sa maisonnée. À la question de savoir comment était mort son grand-père, le laboureur répondit que lui aussi était mort dans son lit.

Alors le navigateur lui dit :

Eh bien, frère, sache qu'à ta place je ne me coucherais jamais dans un lit.

L'Histoire n'a pas conservé leurs noms, car dans un port se rencontrent beaucoup de gens et la mémoire ne peut les retenir. Mais leurs mots restent et ils sont plus importants que leurs noms. Ce n'est pas parce que ceux qui les ont prononcés restent anonymes que ces mots perdent leur force ou leur beauté. Ils n'ont pas besoin des noms.

Il s'est trouvé des voyageurs pour dire que cette conversation n'a pas eu lieu sur l'Île, mais sur la Grande Terre. D'autres affirment qu'elle n'a en réalité jamais eu lieu, qu'elle a été inventée par un prédicateur inconnu. Mais pour les mots, cependant, cela n'a guère d'importance. Ils vivent leur vie, apparaissent là où ils sont nécessaires, sortent de différentes bouches, et personne ne les possède, parce qu'il n'existe aucun droit de propriété sur les mots.

Ce qui est dit par un particulier se transforme souvent en bien commun, et nous nous approprions des mots étrangers. Il arrive même que ce ne soient pas les gens qui donnent naissance aux mots, mais l'inverse, alors il ne faut pas s'étonner si en même temps, dans différents ports, se rencontrent un marin et un laboureur, et qu'entre eux ait lieu la discussion rapportée plus haut.

En la douzième année du règne de Xénie fut ouverte l'Université. Le désir de s'instruire suscité par la Bibliothèque, par le tramway, et avant cela par le train, avait rendu son ouverture inévitable. L'Université était surtout fréquentée par de jeunes hommes, mais pas seulement. Des citoyens mûrs, influents, que l'expérience avait rendus sages, suivaient eux aussi les cours.

Cassien et ses camarades militèrent pour le droit des femmes à l'instruction, et les plus impatients parmi les combattants pour une vie nouvelle décidèrent, de leur côté, de faire sauter quelques explosifs pour soutenir les femmes dans leur désir de s'instruire. Mais les autorités universitaires, voyant l'élan des femmes vers la science, leur rendirent l'Université accessible.

Craignant d'intervenir trop tard, les combattants se hâtaient de faire sauter les bombes qu'ils avaient préparées, mais, à leur grand regret, elles ne firent que peu de victimes.

La précipitation, disaient-ils, ne mène à rien de bon.

Que cela nous serve de leçon, disaient-ils.

Comme il s'agissait de la question féminine, les lanceurs de bombes étaient des lanceuses, mais les instigateurs de ces méfaits, oubliant au nom de quoi étaient perpétrés les attentats, décidèrent que dorénavant seuls les hommes feraient exploser les bombes.

L'échec actuel, disaient-ils, montre bien que les femmes doivent s'instruire.

Les premiers professeurs de l'Université arrivèrent par bateau. Lorsque leur paquebot aborda l'Île, il fut accueilli par une foule immense. Parmi les matières enseignées figurait l'histoire nationale, et moi, Hilaire, pauvre pécheur, je fus inclus dans la liste des enseignants, ce qui m'emplit de fierté car moi aussi j'étais devenu un professeur.

Au début mes collègues étrangers me regardaient avec scepticisme, car il leur semblait douteux qu'une histoire de notre Île soit possible. Mais ils changèrent d'avis en prenant connaissance des notes historiques éparses venant de différents endroits de l'Île, ainsi que de cette chronique consacrée à son histoire générale.

Cela ne les empêcha pourtant pas de prodiguer remarques et conseils à propos de l'*Histoire de l'Île*. La description du temps passé et les spéculations des chroniqueurs leur semblaient dépassées, quant à la langue, ils la qualifièrent d'antédiluvienne. Selon eux, les caractéristiques susmentionnées n'auraient fait que s'aggraver au fil des ans, ce qui entrait en contradiction flagrante avec l'accélération toujours plus rapide du progrès.

La conclusion de tout cela est qu'un jour, et on ne peut pas dire un beau jour, lors d'une séance de la *Société historique de l'Île,* les professeurs exigèrent que l'histoire soit réécrite en conformité avec les données actuelles de la science et le cours général du progrès. Moi, le très ignorant Hilaire, refusai de réécrire l'histoire, déclarant qu'elle nous avait été transmise ainsi par nos prédécesseurs et qu'elle resterait inchangée pour l'éternité.

Vous êtes un obscurantiste, me dirent les professeurs. Écrivez votre histoire comme il vous plaira. Quant à nous, nous en écrirons une nouvelle. Et n'allez pas penser que votre histoire est différente de la nôtre, car tout est soumis aux mêmes lois qui, visiblement, vous sont inconnues.

Alors, sur leur insistance, on organisa une controverse où, dans la mesure de mes faibles moyens, je répondis aux questions posées.

Qu'est-ce que l'Histoire, me demandèrent les professeurs.

L'Histoire, répondis-je, est la description du combat entre le Bien et le Mal, mené par la main des hommes.

Alors, selon vous, quel événement doit-on considérer comme historique ?

Sans la moindre hésitation, je répondis :

Est historique n'importe quelle victoire d'une force sur l'autre, car le rapport de ces victoires et de ces défaites détermine l'état spirituel du peuple.

Les deux thèses que vous présentez, dirent-ils, sont la source de vos erreurs fondamentales, car l'Histoire décrit non le combat entre le Bien et le Mal mais la chaîne ininterrompue des causes et des conséquences. Un événement historique est celui qui change le cours de l'Histoire. Veuillez, frère Hilaire, travailler à établir des chaînes causales, sinon nous vous interdirons d'enseigner à l'Université.

Je regrettais de peiner mes collègues, mais, empli et de l'esprit d'humilité et de mansuétude, je leur dis que cela n'avait aucun sens d'établir de telles chaînes puisqu'elles sont construites à partir des maillons que nous connaissons, alors que la plus grande partie d'entre eux nous sont cachés.

N'est-ce pas pour cela, demandai-je, que nous avons, pour une seule période, un grand nombre d'histoires qui se contredisent entre elles ? Et vous-mêmes, honorés collègues, vous n'établissez aucune chaîne. Celui qui suit votre méthode, que j'appellerai magnétique, assemble les maillons de chaînettes toutes préparées. Je me permets de remarquer que lorsqu'on connaît bien la matière première, ce n'est pas si difficile.

Vous êtes un produit intéressant du Moyen Âge, me dirent les professeurs, mais votre influence sur des esprits encore mal aguerris n'est pas tolérable. Et par conséquent vous êtes exclu de l'Université.

La princesse Xénie prit ma défense et, étendant au-dessus de moi sa dextre souveraine, elle obligea mes honorés contradicteurs à supporter ma présence. Rien d'étonnant à cela, puisqu'elle-même et son époux bien-aimé étaient eux aussi des produits du Moyen Âge, alors comment aurait-elle pu ne pas me défendre ?

Mais moi, sans dire un mot à quiconque, je ramassai mes affaires et, tard dans la nuit, je partis pour le Monastère.

Le couple princier s'efforça de nous réconcilier, les professeurs et moi, et rassembla les parties adverses dans son Palais. Pour ne pas multiplier les disputes inutiles, je dis dès l'abord que je refusais d'établir des chaînes causales : en effet, chacun les construit selon ses buts ou ses inclinations.

Où y a-t-il dans ces chaînes, demandai-je, la confrontation du Bien et du Mal qui est la force motrice de l'Histoire ?

Je dis :

Moi, Hilaire, pauvre pécheur, je quitte l'Université de ma propre volonté et je retourne au Monastère pour continuer à décrire convenablement l'Histoire.

J'expliquai que cette occupation, à laquelle je me livrais depuis déjà bien longtemps, me convenait davantage. Que l'habit monastique m'était plus proche que la toge professorale. Je demandai à Leurs Altesses Sérénissimes leur bénédiction pour poursuivre mon Histoire et, l'ayant obtenue, je m'inclinai profondément devant eux.

Les princes m'embrassèrent et me dirent :

Bien-aimé frère Hilaire, continue de traiter l'Histoire selon ce que dicte ton cœur et sans recourir aux chaînes causales. Le Bien et le Mal, à la différence des causes et des conséquences, sont évidents.

Moi, avant de partir, je rappelai à l'assistance la prophétie d'Agathon le Préviseur, en disant que le seul conseil que je donnais aux professeurs était de la chercher, car sa découverte expliquerait beaucoup de choses dans l'Histoire.

Les professeurs souriaient, beaucoup même riaient, mais le prince Parthène leur ordonna de cesser. En traversant la salle j'entendis une voix dire qu'en ma personne s'en allait la vieille Histoire et qu'eux, les professeurs, se feraient le devoir d'en créer une nouvelle.

Moi, tournant ma face vers la voix, répondis que l'Histoire ne s'en allait pas, et j'accrochai le coin de mon vêtement à une table, et j'entendis le tissu craquer. Une phrase me passa par la tête : *Voici que mon vêtement s'est déchiré.* Et cela ne présageait rien de bon.

XÉNIE

Nous sommes à Paris. Inutile de dire que Jean-Marie nous a convaincus. La persuasion est, à mon avis, le plus grand de ses dons.

À dire vrai, il n'avait pas à nous convaincre : nous avions très envie d'aller à Paris. Les circonstances de notre vie ne l'avaient pas permis, et nous n'étions même allés que deux ou trois fois sur la Grande Terre, pour des pourparlers. Avant, nous voyagions peu, c'était l'époque qui voulait cela. Nous connaissions Paris par nos lectures, des cartes postales, plus tard par la télévision. Paris vivait dans notre conscience comme un rêve merveilleux, mais nous n'étions pas vraiment sûrs de l'existence même d'une telle ville.

Elle existe. Nous sommes assis dans un café des Grands Boulevards. En terrasse, face au boulevard : places avec vue.

On nous photographie. De gauche à droite : M. Bénard qui est notre accompagnateur, à Parthène et moi. M. Bénard répond de nous sur sa tête, c'est ce qu'a dit Leclair devant tout le monde. M. Bénard nous demande de l'appeler Dominique.

Le soleil de mai filtre à travers les platanes, des ronds de lumière tremblent sur nos visages. En haut claque le bord du store. Léger bruit d'étoffe. D'étoffe bordeaux. Qui se mêle au doré du bandeau-réclame qui traverse tout le boulevard : *Les Trésors de Toutânkhamon.*

Dominique nous a commandé du café et des croissants. De l'eau. J'ai demandé qu'on apporte aussi du papier et un stylo. Ils bavardent, j'écris. Si je n'écrivais pas je mourrais d'un trop-plein de sensations. De temps en temps je jette un coup d'œil sur les passants. Ils ne se pressent pas.

Un rythme idéal : sans précipitation mais sans ralentissement paresseux. Ce n'est qu'assis que nous pouvons suivre ce rythme.

Le temps où nous pouvions marcher sans hâte sur un trottoir est révolu. C'est dommage. Il aurait sans doute fallu partir de l'Île, venir ici et marcher comme eux – un sac à l'épaule, rejetant négligemment une mèche de cheveux, souriant à ses pensées. Sur l'Île on marche différemment.

Quelques personnes nous ont demandé des autographes : tout le monde est au courant de notre arrivée. Mais sans en faire toute une histoire. Les gens sont étonnés par notre âge, tout ce qui est ancien les étonne. Leur intérêt poli m'est agréable. Nous faisons un peu partie de ce que Paris offre en ce mois de mai : quelque chose du domaine de Toutânkhamon.

Je me suis rappelé Hilaire et son inflexible opposition aux professeurs. Hier à l'hôtel nous avons lu à haute voix, avant de dormir, le récit extravagant qu'il en a fait. Et nous avons pleuré.

Hilaire est mort il y a plus de soixante-dix ans. Il n'a jamais vu Paris – c'est une idée étrange, presque amusante. Elle ne pouvait me venir qu'ici. Cela aurait-il influencé son style remarquable ? Je pense que non.

Sans lui, on se sent seuls.

En la dix-huitième année du règne de la pieuse Xénie, les manifestations reprirent. Ni la Bibliothèque, ni l'Université, ni même le tramway n'avaient pu améliorer les mœurs de la société, comme on l'avait cru au début. Le combat pour une vie nouvelle continuait, mais à présent on appelait de plus en plus *meilleure* cette vie inconnue. Insensiblement un mot avait chassé l'autre, mais si l'on avait demandé à n'importe qui dans la rue pourquoi est meilleur ce qui est nouveau, il n'aurait pas répondu.

La passion du changement unissait tout le monde, des artisans aux universitaires. Les manifestants étaient de plus en plus nombreux, et si jadis la garde pouvait contenir la marée humaine, à présent elle n'essayait même plus. La princesse Xénie était prise au piège. Venant me voir en ces tristes jours au Monastère, elle me dit :

Si je donne l'ordre à la troupe d'éloigner la foule du Palais, ce sera la guerre. Si je ne fais rien, cela finira par un coup d'État.

Cassien et ses combattants attendaient des mesures décisives de la part des autorités. Ils hâtaient leur venue en lançant des pierres dans les fenêtres du Palais et beaucoup d'autres bâtiments officiels. Ce qui s'était passé dix-huit ans auparavant se répétait, avec une seule différence : les événements étaient plus amples, les actions plus furieuses.

Lors d'une manifestation qui avait lieu aux portes de la Ville arriva Géronte, l'évêque de l'Île. Le corps décrépit mais l'âme vigoureuse, l'évêque monta sur un rocher haut et plat qui se dressait près des portes et s'adressa à la foule.

Il dit :

La haine dans ce pays a passé toutes les bornes imaginables.

Les gens, qui au début n'écoutaient pas l'évêque et même le sifflaient, firent peu à peu silence.

Il continua :

Croyez-moi, mes enfants, on ne peut rien construire de solide sur la haine, car la haine est mouvante comme le sable et tout ce qui est dessus s'effondre.

Sa voix devenait de plus en plus forte, et le consensus des gens envers ce qu'il disait se renforçait aussi, car tous comprenaient que Géronte avait raison. On aurait dit que l'évêque, debout sur la pierre, fermait les portes d'un lieu d'où l'on ne revient pas. Ce n'était bien sûr qu'une apparence, car le rempart de la Ville n'existait plus, et des portes ne subsistait qu'un amas de pierres. Pourtant, beaucoup voyaient clairement les énormes battants se suspendre de nouveau à leurs gonds et, suivant le mouvement du bras de l'évêque, commencer à se fermer lentement.

L'évêque se rappela l'histoire édifiante des quatre animaux de bonne volonté qui, prenant des instruments de musique, voulurent jouer en quatuor[1]. Comme l'histoire était nouvelle et que personne dans l'Île ne l'avait entendue, l'attention des spectateurs grandit. L'évêque raconta les vaines tentatives des bêtes de faire de la musique, et même il mima les efforts de chacune. À un moment donné la pierre s'ébranla et Géronte se mit sans hâte à se déplacer sur elle, représentant les mouvements des animaux. Les bêtes changeaient de place dans l'espoir que cela ferait naître la musique tant désirée.

Dans la foule des gens se mirent à rire, et c'était un bon rire. Les gens ne savaient pas encore où voulait en venir l'évêque, mais le récit lui-même leur plaisait. Enfin, après avoir soufflé dans une trompette imaginaire, Géronte s'assombrit tout à coup. La foule aussi s'attrista, attendant la suite du spectacle.

Les déplacements dans l'espace ne conduisent à rien, dit l'évêque. Surtout pas à la production de la musique. Chacun doit apprendre à jouer de son instrument.

Après un silence, il ajouta :

La vie ne deviendra pas meilleure parce que vous battez le pavé. Je vous appelle à vous disperser immédiatement et à vous occuper de votre travail, car ces travaux sont bénis par Dieu. Seuls les mouvements de foule ne sont pas bénis par Dieu, car le résultat de ces errances est la division et la lutte fratricide.

À ces mots quelqu'un jeta une pierre à l'évêque. Le coup n'était pas bien ajusté et la pierre siffla près de sa tempe. Géronte fit involontairement un pas en avant et tomba du haut de la pierre.

Il ne mourut pas. Lorsqu'on le releva, ses yeux étaient fermés mais la vie était encore présente en lui. On emporta l'évêque à travers la foule. En tête marchait un homme tenant sa mitre dans ses mains, et la foule se fendit devant lui comme la mer devant Moïse. La tête découverte de Géronte

1. Allusion à *Quartet*, une fable d'Ivan Krylov (1769-1844). Le singe, l'ours, la chèvre et l'âne ont décidé de jouer en quatuor. Sur les conseils du singe, ils se déplacent et changent de position dans le vain espoir de jouer mieux.

se balançait au rythme du mouvement, et ses cheveux blancs se teintaient toujours plus de rouge. On porta l'évêque dans le tramway qui arrivait. La machine automobile fonça sans marquer de stations vers la Bibliothèque, près de laquelle l'hôpital de la Ville avait ouvert récemment.

On arrêta celui qui avait jeté la pierre. Plusieurs hommes le maintenaient, sans doute des artisans. Les yeux du prisonnier étaient pleins d'horreur. Un instant tous se figèrent dans une immobilité muette. Tout à coup le prisonnier libéra un bras et se mit à hurler. Il n'y avait pas de paroles dans ce cri, mais il brisa le calme fragile qui constituait tout l'espoir du misérable. On le jeta à terre et on le bourra de coups de pied. Là, sur les pavés ensanglantés, il quitta sa vie qui n'avait réchauffé personne. On dit que Cassien et ses camarades avaient été vus près de là. Mais ils n'intervinrent pas.

Le lendemain fut célébré au Monastère un office pour le rétablissement de la santé de l'évêque Géronte, et le saint lieu était trop petit pour contenir tous ceux qui priaient pour lui. Ces offices étaient quotidiens. Comme un de ces jours-là le hiérarque reprit connaissance, on espéra qu'il guérirait. Avec l'aide des moines qui le servaient, il s'assit sur son lit et dit qu'il pardonnait à celui qui lui avait jeté la pierre, mais ensuite il retomba dans l'inconscience.

Il resta ainsi encore une semaine, puis ouvrit les yeux et cette fois ne les referma plus de toute la journée. Il raconta à ceux qui l'entouraient que pendant tous les jours de sa maladie il avait observé le combat de la Vie et de la Mort, et que la Vie lui avait dit de pardonner le misérable parce que cela lui donnerait, à elle, la Vie, de nouvelles forces pour lutter. Lorsque les mots de pardon furent prononcés, l'évêque sentit un léger mieux. Après encore une semaine passée au lit, il sentit qu'il respirait librement et comprit que la Vie avait vaincu la Mort.

Ce qu'apprenant, Cassien et ses éternels partisans appelèrent à une nouvelle manifestation en mémoire de celui qui avait jeté la pierre. Ils disaient que c'était une victime du combat pour l'avenir car (dit Cassien) l'évêque est vivant, et le lynché est mort. Ayant un vivant et un mort, peut-on (demanda Cassien) considérer que la victime est le vivant ? Les paroles de Cassien étaient éloquentes et tous ne les comprenaient pas, mais tous allèrent manifester parce qu'il était quand même question d'un homme qui était mort. On sait que chez nous on éprouve un respect particulier pour les défunts.

Un peuple nombreux s'assembla et apprit que le mort s'appelait Michée. On eut aussi des informations détaillées sur sa triste vie : il était resté orphelin très tôt, et sa tante maternelle, du nom de Domitille, le rossait. On trouva des témoins du fait que Domitille frappait Michée à la tête avec un pot de fonte, ce qui avait provoqué un ralentissement sensible de ses facultés de réflexion, même si avant cela elles n'avaient pas été des plus rapides

Cassien prit la parole devant l'assemblée et appela la lourde main de Domitille « la main du régime pourri ». Développant cette image, un compagnon de luttes de Cassien, Marcel, compara le pot de fonte à une arme dans la main du régime en question, et appela à prendre d'assaut les armureries.

Émue par le sort du martyr Michée, la foule se dirigea vers les dépôts d'armes. Aux premiers rangs marchaient les quelques artisans dont les coups avaient interrompu le cours de la vie de Michée. Ils regrettaient d'avoir ignoré les agissements de Domitille, et surtout de ne pas avoir su quel régime se tenait derrière elle. Rencontrant la résistance de la garde, la foule tenta une attaque mais fut rapidement repoussée.

S'adressant à la foule, Cassien expliqua que la poigne du régime pourri était encore ferme et qu'il valait mieux, pour l'instant, ne pas tomber sous sa main. Il conduisit les gens dans les rues avoisinantes, et l'on pouvait espérer que, pour cette fois, on s'en était bien sortis. La foule resta dans les rues toute la nuit, dans un calme inhabituel.

Avant l'aube Cassien et Marcel choisirent les hommes les plus vigoureux et les conduisirent de nouveau aux dépôts. La garde, épuisée par l'affrontement de la journée, s'était endormie sans s'en apercevoir. Ce sommeil s'expliquait aussi par un sentiment de sécurité, car personne dans la garde n'imaginait qu'on attaquerait des hommes endormis à l'heure où le sommeil est le meilleur.

Après une brève explication des objectifs, Cassien lança ses compagnons d'armes à l'attaque, et lui-même se réfugia sous le premier porche venu. Ses compagnons furent décontenancés, car ils pensaient qu'il viendrait avec eux et dirigerait l'assaut. Cassien leur expliqua qu'ils étaient les bras du soulèvement et lui, la tête. La tête devait rester à l'abri du danger. Pour fonder son raisonnement il rappela les coups que recevait Michée sur sa tête sans défense, ce que personne ne pouvait contester.

Les dépôts furent pris étonnamment vite. Plongée dans le sommeil, la garde n'opposa aucune résistance digne de ce nom et fut désarmée. En l'apprenant, Cassien sortit de son encoignure et reprit le commandement, réunissant ainsi la tête et les bras.

La première idée qui lui vint fut de rappeler la foule aux dépôts et de lui distribuer les armes. Les mutins ouvrirent les caisses une à une et remirent les fusils aux travailleurs, et la file d'attente était immense, parce qu'en apprenant qu'on distribuait des fusils des gens accoururent des quatre coins de la Cité. Vers midi la Ville était armée. Les autorités restaient silencieuses.

Cassien ordonna aux officiers de la garde, au nombre de onze, de sortir des rangs, et les fit amener sur la place d'armes devant les dépôts. Il désigna aussi des gens pour les accompagner. Ces convoyeurs n'étaient même pas ses compagnons mais des gens ordinaires, venus ici cette nuit-là. Ayant fait placer les officiers devant la foule hurlante, il leur dit qu'il était inutile de penser à s'enfuir, et ordonna aux convoyeurs de les mettre en joue. Les convoyeurs obéirent avec empressement, car les armes fascinent. Leurs yeux brillaient à la pensée de participer à un événement historique.

S'écartant à une assez grande distance des prisonniers, Cassien adressa à la foule un discours enflammé. Il énuméra les crimes du régime sanglant et, faisant mémoire de la première victime de la lutte pour la liberté, il traita les officiers d'ombres du passé, et appela lumière du futur la foule devant lui. Reprenant son souffle, il regarda les convoyeurs et dit un bref :

Feu !

Pris au dépourvu, presque tous tirèrent. Une demi-douzaine d'officiers furent tués sur le coup, les autres se tordaient sur le sol en hurlant. Alors Cassien ordonna de les achever. Horrifiés, les convoyeurs jetèrent leurs armes et se fondirent dans la foule, et la foule restait sans rien dire, armée et assourdie par les cris des blessés. Personne, pas même ceux qui avaient tiré, n'avait compris ce qui s'était passé.

La peur envahit Cassien, car il sentit des vagues d'indignations parcourir la mer humaine. Il ne savait pas ce qui pouvait succéder à ce silence s'il durait ne fût-ce que quelques instants. Alors il ordonna à ses fidèles d'achever les blessés. Quand ce fut fait, dans le silence complet qui suivit, un cri partit de la foule :

Pourquoi ?

Cassien eut l'intuition qu'il vaincrait s'il continuait à parler avec calme, et il répondit sans élever la voix :

La *raison* importe peu, c'est le *but* qui compte. Il parcourut la foule du regard. C'est pour qu'ils ne s'opposent plus à nous. Qu'ils n'osent même plus y penser !

Vers le soir on apprit que la garnison de la Ville s'était soulevée et était passée du côté des insurgés. Quand on communiqua à Cassien qu'il y avait des fraternisations entre les mutins et les habitants de la Ville, il rejoignit la garnison et en prit le commandement. Les gens qui fraternisaient étaient ivres, car pour fêter l'aurore de la liberté ils avaient pillé le cellier du prince. On retrouva les officiers supérieurs ligotés dans la cave. Cassien ordonna de les exécuter sur place.

Au même moment, cependant, des troupes fidèles au gouvernement faisaient mouvement en direction de la Ville. La garnison acquise à la rébellion fut envoyée à leur rencontre, ainsi que la partie de la population armée qui avait exprimé l'intention de se battre. Le lendemain matin les deux armées étaient face à face.

Xénie

Cette nuit-là le gouvernement s'est réuni au Palais. Le feld-maréchal de l'Île, Claudien, y était invité. Nous étions au courant de tout, mais n'intervenions pas pour ne pas faire empirer la situation déjà désespérée.

Le feld-maréchal nous a dit qu'avant la fin de la nuit les troupes qui m'étaient fidèles arriveraient aux abords de la Ville. Il a allumé sa pipe et ajouté que c'étaient ses meilleurs éléments et qu'ils étaient capables de résoudre n'importe quel problème – des citoyens en armes ou une garnison ayant trahi son armée. Le feld-maréchal a assuré l'assistance que c'étaient des troupes bien entraînées, à la différence de la garnison dont l'occupation principale était de défiler dans les parades.

La voix de velours du feld-maréchal donnait de l'assurance, et surtout les anneaux de fumée qui s'élevaient lentement de sa pipe.

— Vous n'avez qu'à ordonner, Votre Altesse Sérénissime, et l'ordre sera rétabli.

J'étais encline à donner cet ordre, mais Parthène a pris la parole.

— L'ordre sera rétabli. Pour aujourd'hui. Mais pour demain, pour après-demain, pour tous les jours suivants ? Je pense qu'il faut parlementer avec les insurgés.

— Des pourparlers seront considérés par les insurgés comme notre défaite, a dit Claudien.

— Mais l'écrasement des insurgés ne sera pas notre victoire, a répliqué Parthène. La population est armée et agressive, et nous ne pouvons pas mettre un peloton dans chaque rue.

Les paroles de Parthène m'ont piquée au vif.

— Mais c'est une rébellion ! Tu proposes de t'asseoir sur la loi pour plaire aux criminels. Mais alors à quoi sert la loi, et à quoi sert l'État, on se le demande ?

Parthène est devenu blême, et j'eus pitié de lui. Il pâlissait toujours quand il était ému. Il regardait à terre. Il a dit :

— Il y a des cas où l'État ne peut pas protéger la loi. Dans ces cas-là l'État ne peut faire qu'une chose : s'écarter et ne pas verser inutilement le sang. La révolte ne se trouve pas dans le pays – elle est dans les âmes, et là l'armée ne peut pas remporter de victoire.

Le feld-maréchal a vidé sa pipe dans la cheminée.

— Oh, Votre Altesse (il s'est incliné devant Parthène), tout ça, c'est de la philosophie. (Il s'est tourné vers moi.) Donnez-moi cet ordre et je pacifierai ces âmes. Ou je les enverrai en enfer.

Je ne regardais pas Parthène, mais je sentais son regard sur moi.

— Ici, c'est moi qui décide. Demain vous apprendrez ma décision.

Tous sont sortis et je suis restée seule. Je n'avais encore jamais pris une décision sans Parthène.

Mon cœur s'est serré. Et je me suis mise à pleurer.

Le lendemain matin Cassien et ses compagnons d'armes furent invités au Palais. Cette rencontre ne rappela en rien celle qui avait eu lieu dix-huit ans auparavant. À présent Cassien avait l'attitude d'un chef. Il déclara que le peuple exigeait la république.

Tout le monde savait que le peuple n'exigeait rien du tout parce qu'il ignorait jusqu'à ce mot, mais que, simplement, il s'agitait. On vit rapidement que Cassien non plus n'avait nul besoin de république : il ne désirait que la chute du pouvoir en place pour qu'il puisse le ramasser une fois tombé. Cassien déclara qu'il fallait des élections générales et ne voulut pas entendre de contradictions.

Une heure après, il fit son apparition sur la Grand-Place et grimpa sur l'impériale du tramway. Il annonça une élection prochaine et dit qu'à partir de ce jour chacun était libre de voter pour qui il voulait. Cette annonce fut accueillie avec jubilation par la foule, et ceux qui attendaient une vie meilleure lançaient leurs casquettes en l'air et certains allaient jusqu'à tirer, en l'air, aussi.

Mais soudain la foule se tut, parce que sur l'impériale était monté l'évêque Géronte.

Je pense qu'il veut être élu, cria Cassien à la foule, et la foule s'anima.

Faisant le signe de la croix sur cette mer humaine, Géronte dit :

Non, je ne veux pas qu'on m'élise, parce que je me rappelle une histoire d'animaux. Vous savez à quel point j'aime les histoires d'animaux.

J'étais là, et quand l'évêque commença à raconter l'histoire du corbeau, j'eus l'impression de l'avoir déjà entendue quelque part. Cet oiseau insouciant était perché sur un sapin et tenait en son bec un fromage. Un renard se trouva par hasard sous l'arbre.

Le renard s'adressa au corbeau : dis-moi, frérot, vas-tu voter pour une vie meilleure ? Le corbeau ne répondit pas. Les cheveux blancs de Géronte volaient dans le vent.

Je pensais, dit le renard, que tu me donnerais un sage conseil afin que je puisse faire le bon choix. Visiblement, le corbeau n'avait pas l'intention de partager sa sagesse.

Ton opinion éclairée est tellement importante pour moi, modula le renard par la voix de Géronte. Il regarda de bas en haut le corbeau silencieux. L'évêque porta sa croix à ses lèvres et resta lui-même silencieux un instant, montrant ainsi ce qu'est le vrai silence.

C'est tout simplement que tu n'as pas la réponse, dit le renard. C'est pourquoi tu ne peux même pas dire si tu voteras pour une nouvelle vie. Non, croassa le corbeau. Je ne voterai pas pour une nouvelle vie.

À ces mots le fromage lui tomba du bec et se retrouva entre les pattes du rusé renard. Le corbeau s'attrista. Perché sur son sapin, il réfléchissait sur ce qui s'était passé. Il regrettait le fromage perdu et essayait de comprendre son erreur. Il ressassait toujours la même question : que se serait-il passé si j'avais dit *oui* ?

La place rit, parce que la bêtise du corbeau lui semblait comique. Mais l'évêque Géronte ne riait pas.

Il demanda :

Vous pensez que seuls les corbeaux sont stupides ? Non, cela arrive aussi aux hommes. Surtout quand ils se transforment en corbeaux.

Un coup de feu partit de la foule et Géronte, s'agrippant à la rambarde, glissa lentement sur le plancher en bois de l'impériale. Cassien tira de sa poche un mouchoir et essuya les gouttes du sang de l'évêque qui lui avait giclé sur le front. Un début d'émeute et de fusillade incita Cassien à quitter rapidement l'impériale. Le tramway démarra en emportant le corps mort de Géronte.

Le lendemain une grande foule se rassembla et le jour de l'élection fut fixé. Les habitants de l'Île proposèrent des candidats, au nombre desquels, bien sûr, était Cassien. Il fallait, parmi eux, choisir le plus digne.

Peu de temps après, cependant, il fut évident que Cassien n'appartenait pas aux plus dignes. Il n'y avait aucun doute : les électeurs ne le jugeaient pas ainsi. Attristé par l'ingratitude du peuple, Cassien, accompagné d'hommes armés, fit irruption dans le Palais la nuit précédant les élections et mit le couple princier sous bonne garde. Plus personne ne défendait Xénie et Parthène.

Au matin Cassien se proclama le seul dirigeant de l'Île.

Parthène

Ce jour-là mourut notre merveilleux Hilaire : son cœur s'arrêta. Selon moi, il a dû croire que l'Histoire avait fait fausse route. Qu'elle s'était perdue dans quelque forêt obscure. Il ne voulait pas l'y suivre.

La chronique passa sous la responsabilité d'un disciple d'Hilaire, le frère Galaction.

Chapitre seize
Cassien

Moi, Galaction, moine ignorant et à l'esprit obtus, je témoigne :

En la première année de la Grande Révolution Îlienne, d'importants changements apparurent dans l'Île. Ils auraient pu être encore plus grands si Cassien avait réussi à faire exécuter le couple princier, comme il en rêvait.

Lors de sa première allocution aux citoyens de l'Île, sitôt annoncé l'avènement de l'ordre nouveau, il aborda la question de l'ancien. Sans citer de noms, Cassien fit savoir aux Îliens que les mains griffues du passé se tendaient vers la vie nouvelle-née, et qu'il fallait les couper.

Les auditeurs s'alarmèrent car ils devinèrent immédiatement de qui il s'agissait dans ce cas précis. Tout en célébrant l'arrivée des temps nouveaux, les Îliens se souvenaient que ces mains-là n'étaient pas si griffues que cela. Ils ne contestaient pas qu'un avenir radieux était préférable à un passé ténébreux, mais ils n'étaient pas disposés à se séparer de Leurs Altesses Sérénissimes, qu'ils aimaient.

Voyant que tout le monde s'agitait, Cassien annonça qu'il n'avait pas l'intention d'exécuter les princes et que les mains griffues n'étaient qu'une expression imagée. En vertu du grand âge du couple en question, il suggérait qu'on les laissât vivre en tant qu'objets d'exposition, en les expulsant du Palais et en leur concédant un appartement de fonction dans le Musée d'Histoire de l'Île.

Les décrets du nouveau pouvoir furent publiés sans délai.

Premièrement. Le Palais princier ainsi que les demeures de la noblesse de l'Île étaient attribués aux combattants pour l'Avenir Radieux.

Deuxièmement. Il convenait d'ériger dans les plus brefs délais un monument aux Victimes de la Révolution en la personne de Michée, tombé en martyr.

Troisièmement. Le Monastère était exproprié en faveur du gouvernement converti à une foi nouvelle : la foi en l'Avenir. L'église de la Transfiguration devenait le Temple de l'Avenir Radieux.

Quatrièmement. Pour le calendrier, une nouvelle ère s'ouvrait et les années étaient désormais comptées à partir la Grande Révolution Îlienne.

Cinquièmement. Le Comité révolutionnaire de l'Île déclarait la guerre à la France et appelait tous les vrais patriotes à se rassembler autour de leurs dirigeants.

Tous les décrets portaient la signature suivante : *Son Altesse Futurissime Cassien.*

Parthène

Nous sommes assis dans le jardin du Luxembourg, nos jambes entortillées dans des couvertures. Xénie a les yeux fermés sous les rayons de soleil d'un Paris printanier.

Le plus drôle, c'est que cette guerre est censée durer encore aujourd'hui. Une vraie guerre de Cent ans : on a, semble-t-il, oublié d'abroger le décret qui la concerne. Heureusement, pratiquement personne à Paris n'est au courant de ces actions guerrières.

— Je me demande pourquoi, à l'époque, Cassien a déclaré cette guerre ? dit Xénie.

— Pour que tout le monde fasse corps autour de lui.

Xénie sourit sans ouvrir les yeux.

— Mais pourquoi la France ?

— Parce que la France, c'est loin.

Des cyclistes passent à côté de nous sur les gravillons (bruit de sucre écrasé). Sur les porte-bagages, tout un fourbi pas du tout militaire : paquets, sacs en plastique du supermarché le plus proche, pots de fleurs, thermos. Un caniche avec un nœud de ruban sur la tête.

En ce qui nous concerne, Son Altesse Futurissime avait connu, évidemment, un échec colossal. Selon les dires des soldats qui nous gardaient, on avait d'abord envisagé l'éventualité d'une chute fatale dans l'escalier. Nous serions descendus tous les deux, tous les deux nous aurions glissé et nous nous serions tués. Du point de vue du Bigle, quoi de plus naturel ? Les marches de la cave sont en pierre, elles sont glissantes – descendre à deux de front, c'est dangereux…

Pourquoi n'a-t-il pas réalisé son plan ? Je pense qu'il a été trahi par sa passion pour le théâtre, et encore plus pour la France. Trahi par la mémoire génétique du siècle où, dans l'Île, on parlait français. Le Bigle n'avait pas renoncé à son désir d'assister à notre exécution, mais ce qu'il voyait, c'était la guillotine, la tête qui roule – rien de moins. Dans toutes ses actions on pouvait entrevoir une trace française. Je pense que c'est son amour pour la France, et pas seulement son éloignement, qui explique la déclaration de guerre.

On dit que dans sa prime jeunesse le Bigle était allé à Paris pour le conquérir. Mais sa voix de fausset s'était noyée dans le bruit de la ville. À présent il faisait une deuxième tentative, encore moins crédible que la première.

Sans la France, on nous aurait liquidés dans la cave la première nuit, sans fioritures ni guillotine. Plus tard, sur la place, nous avons été défendus par les gens en qui, quelles que soient les circonstances, il reste quelque chose d'humain.

Le soleil se cache derrière un nuage et il fait tout de suite plus frais. Dominique propose d'amener notre voiture directement dans le parc : il a une autorisation. Nous refusons cet honneur et allons tout seuls vers la sortie. En chemin nous rencontrons des amateurs d'autographes, mais Dominique les prévient d'un geste : *non, madame*. Le mouvement est mesuré mais plus que suffisant. Je pense que le Bigle aurait donné cher pour en être capable, mais pour cela il faut être né à Paris.

Devant les grilles du jardin du Luxembourg, Dominique veut nous faire monter dans la voiture, mais (deuxième travail d'Hercule) nous disons que nous rentrerons à pied à notre hôtel. Geste mitigé d'étonnement et d'admiration. Inspiré par la vue qui s'ouvre sur le Panthéon, notre subtil ami déclare que, vu notre rang, c'est là qu'on aurait dû nous mettre, plutôt qu'à l'hôtel. Je remercie d'une inclinaison de tête :

— Nous y serions en très bonne compagnie.

— Dommage qu'ils soient tous morts, sourit Xénie.

Dominique rougit.

— Excusez-moi.

Il n'avait pas considéré ce détail.

Au fait, notre Temple de l'Avenir Radieux – mais oui ! c'est un lointain parent du Panthéon dont les premiers occupants furent des révolutionnaires. C'est vrai qu'on les a expropriés ensuite.

Chez nous aussi.

Son Altesse Futurissime se proclama Président de l'Île, alors qu'Athanase, son compagnon d'armes, était nommé vice-président et recevait une fonction importante dans le gouvernement : il devint le ministre de l'Histoire et de l'Avenir Radieux. Puisque, grâce à la Révolution, l'avenir radieux était dans une certaine mesure devenu présent, dès la première assemblée du gouvernement Athanase proposa d'inclure le présent dans la sphère de ses compétences.

Mais Cassien interrompit le discours du ministre et déclara que lui seul s'occupait du présent. Persuadé que l'avenir radieux était advenu, le Président de l'Île exprima la certitude que cet avenir pouvait être plus radieux encore et que le ministre aurait de quoi travailler. On dit qu'Athanase rougit mais n'osa pas entrer en discussion avec le Président.

Venu au Monastère dans le cadre du transfert de ce dernier au gouvernement, Athanase ordonna qu'on lui apportât l'*Histoire de l'Île* pour qu'il pût s'en faire rapidement une idée. L'*Histoire* ne convint pas au ministre, surtout la partie où étaient décrites les 150 années du règne des Apagons.

Un grand peuple ne peut avoir une telle histoire, dit Athanase. Autrement dit, un peuple qui a une telle histoire ne peut pas être grand, alors que sa grandeur crève les yeux. Qu'en résulte-t-il ?

Moi, pauvre pécheur, je l'ignorais.

Athanase posa sa main sur le manuscrit :

Il en résulte qu'il faut absolument mettre l'histoire en conformité avec la grandeur du peuple.

Lorsque j'eus l'audace de lui remontrer que notre histoire était telle que Dieu nous l'avait donnée, il répondit que Dieu, dans son acception passée, n'existait plus. Alors je demandai à Athanase ce qu'était Dieu dans sa nouvelle acception, et il me répondit :

L'Avenir Radieux.

La semaine suivante fut réuni au Palais le Conseil Suprême consacré au passé et à l'avenir, et j'y fus convoqué. Cassien, le Président de l'Île, prit la parole en premier et apprit aux assistants que *dans la vie de chaque peuple existent le passé, le présent et l'avenir*. Incapable de maîtriser son enthousiasme, un membre du Conseil Suprême exigea qu'on inclût ces paroles dans les manuels d'histoire et qu'on les mît en exergue de tous les futurs travaux historiques.

Le président Cassien essaya de contester cette proposition, arguant qu'il avait émis des jugements encore plus brillants et susceptibles d'être rendus publics sous peu, mais le Conseil Suprême jugea indispensable de pérenniser toutes les pensées du Président, afin que nulle ne fût perdue pour la postérité. Constatant que le Conseil était inflexible, Cassien fut obligé d'accepter.

Inspiré par l'attention que lui portaient ses compagnons d'armes, le Président leur fit cadeau d'une sentence encore plus éclatante qui provoqua un nouvel accès d'enthousiasme : *L'Histoire ne doit pas refléter seulement le passé.* D'après Cassien, les historiens devaient dorénavant décrire aussi le futur, puisque finalement il devient le passé. Il proposa de faire de l'avenir une nouvelle section de l'Histoire.

Développant les paroles du Président, Athanase proposa d'appeler cette section *prophétique.* Mais il s'attira une réplique cinglante.

La prophétie, dit Cassien, est antiscientifique par essence, *alors que nous nous occupons de la prévision scientifique, qui est la seule juste car elle est vraie.*

Les historiens reçurent l'ordre de se livrer à la prévision scientifique de l'avenir sans se laisser distraire ni par le passé, ni même par le présent, qui en est trop proche. Quant à moi, pauvre pécheur Galaction, il me fut intimé l'ordre de rester le gardien du passé et de le corriger de temps en temps, dans la mesure où ce serait utile au présent. Mais moi, plein de remords d'avoir brûlé l'*Histoire*, je continuerai secrètement, pour expier mon péché, à écrire l'histoire du présent qui insensiblement s'écoule dans le passé.

Les dispositions prises par Athanase pour détruire les écrits se rapportant au règne des Apagons furent considérées par le Conseil comme justes et historiquement rationnelles. Toute allusion à cette période fut interdite et dorénavant considérée comme crime d'État.

Quand advinrent tous les événements dont nous avons parlé, moi, fidèle disciple du défunt Hilaire, j'éprouvai une immense pitié envers les professeurs de l'Université. Les événements ultérieurs prouvèrent que mes inquiétudes à leur sujet étaient vaines. Ils publièrent bientôt un mémorandum dans lequel le rôle du passé dans l'Histoire était déclaré exagéré, alors que la signification de l'avenir était minimisée.

La responsabilité de cet état de choses était imputée à Hilaire, lequel affirmait que l'Histoire s'éloignait tragiquement de son apogée. Les professeurs, au contraire, pensaient que l'apogée était devant nous. C'est d'ailleurs sur ce point que leur pensée scientifique rejoignait l'enseignement de Cassien. Dans l'esprit du susdit enseignement, les professeurs annoncèrent la création d'une nouvelle discipline: *la prévision scientifique* qui, sur la base des chaînes causales, décrivait les événements qui devaient inévitablement se produire.

Cela ne voulait pas dire que tous les savants pensaient de façon uniforme. Le célèbre professeur Fouquet, venu de France sur notre Île, déclara publiquement que le passé relève de l'Histoire et le futur, de l'utopie. Cet homme refusait de considérer les prévisions comme scientifiques.

Pour défendre le caractère scientifique des prévisions, on lui expliqua qu'elles étaient fondées sur deux points d'égale importance: le début de la nouvelle époque et sa fin. Le début était la Révolution et la fin, *l'Harmonie Parfaite*. Ces points étant donnés, il suffisait de tracer une ligne entre les deux, et les événements à venir se présentaient avec encore plus de clarté que les événements passés. Les professeurs appelaient cette ligne merveilleuse *la ligne du progrès*.

Dubitatif, le Français exigea qu'on lui fournît la preuve scientifique de l'Harmonie Parfaite et promit que s'il la recevait, lui, Fouquet, accepterait cette théorie.

La réponse des professeurs eut une concision toute scientifique, et fit état d'une preuve unique mais qui, d'après eux, était foudroyante: la venue de l'Harmonie Parfaite était confirmée par l'enseignement génial de Cassien.

Il est évident que la réponse des professeurs produisit sur le Français la plus forte impression, puisqu'elle ne suscita aucune objection. Mais la perspective d'encourir les foudres mortelles du pouvoir contraignit M. Fouquet à louer secrètement une barque et à prendre la mer pour la Grande Terre sous le couvert de la nuit. Le lendemain, les journaux de l'Île annoncèrent que le professeur Fouquet s'était enfui, écrasé par cet argument de poids.

Parvenu aux rives de sa patrie, le professeur exprima son opinion quant au génie de Cassien. Craignant que la suite de ma chronique ne tombe en des mains étrangères, je ne répéterai pas ses paroles, que j'ai entendues à la radio française. Je dirai seulement que, pour un homme anéanti, le professeur Fouquet était assez gaillard.

Athanase, le ministre de l'Histoire et de l'Avenir Radieux, essaya de développer l'enseignement de Cassien. Il était question du programme universitaire *Le cours du temps* qu'il présenta lors de la session de l'Académie des Sciences de l'Île en le qualifiant de révolutionnaire. L'essence de la proposition d'Athanase consistait en ceci : la description du cours des événements commençait par l'Harmonie Parfaite et remontait progressivement vers l'origine qui, d'après lui, était l'âge de pierre. Selon cette construction, le début et le fondement de l'enseignement était l'avenir, et ce n'est qu'ensuite, dans une bien moindre mesure, que le passé faisait son apparition.

Ce discours fut immédiatement condamné par Cassien lui-même. Interrompant son ministre, Son Altesse Futurissime fit remarquer à l'Académie que, d'après Athanase, le cours du temps était inversé. Cassien qualifia les vues du ministre d'antiscientifiques et l'accusa de propager les idées de Fouquet, ainsi que de désirer secrètement ramener l'Île à l'âge de pierre.

Athanase répondit timidement que son point de vue n'avait rien de commun avec les élucubrations de Fouquet puisqu'il reconnaissait l'existence de l'Harmonie Parfaite. Mais Son Altesse Futurissime désavoua son ministre. Il fut clair et bref : il traita ses idées de *dégueulis du fouquetisme*. De surprise, Athanase, qui tenait encore les feuillets de son intervention, eut effectivement un haut-le-cœur, ce qui confirma indirectement la justesse de vues de Cassien. Son Altesse Futurissime étendit la main en direction de son ministre et prévint l'assemblée que les éructations du renégat Athanase n'avaient pas fini de polluer la science nationale.

Athanase une fois démasqué, tout le monde s'attendait à sa chute immédiate, mais elle n'eut pas lieu. Faisant preuve de largeur de vue et d'indulgence, Son Altesse Futurissime pria Athanase de l'accompagner à une manifestation culturelle prévue à la Ménagerie. Le ministre se réjouit, pensant que c'était bon signe.

Cassien revint seul de la Ménagerie. Les journaux du matin sortirent bordés de noir, avec l'annonce de la fin prématurée du ministre de l'Histoire et de l'Avenir Radieux. Ils ne donnèrent pas de détails, se contentant de communiquer brièvement que le ministre avait été dévoré par un crocodile.

Malgré l'apostasie du défunt, Cassien déclara un deuil général dans l'Île et donna des instructions pour lui organiser des funérailles nationales. Puisqu'il ne restait rien d'Athanase, on avait mis en bière le crocodile : le reptile avait été tué immédiatement après qu'il avait mangé le ministre. Ayant jeté une poignée de terre dans la tombe de son camarade, Cassien y versa bien des larmes.

Il dit :

Il se trompe, celui qui pense que nous enterrons Athanase… (Cassien promena son regard sur l'assistance.) Nous enterrons une époque.

Les questions concernant le passé et le futur furent déclarées closes. L'Île suivait la *ligne du progrès* – de la Révolution à l'Harmonie Parfaite.

Xénie

Cela fait déjà une semaine que nous sommes à Paris. Hier j'ai demandé à Jean-Marie quand nous commencerions enfin à l'aider. Il a ri et a dit que notre seule présence ici l'aidait beaucoup. Cette réponse m'a étonnée. Nous n'avions pas lu le scénario, puisqu'il n'existait pas – mais pourquoi n'étions-nous pas invités au studio ? Peut-être n'existait-il pas, lui non plus ?

Je n'ai pas pu me retenir de le demander à notre réalisateur. Il a ri de nouveau. Il rit tout le temps, notre Jean-Marie. Il a dit que nous irions au studio le lendemain. C'est en banlieue.

Dominique est venu nous chercher tôt le matin. Il a fait le guide pendant le trajet. Dans mon cas, c'est peine perdue : je ne retiens rien. Ce qui m'intéresse surtout, c'est de regarder les rues et de donner libre cours à mon imagination. Je hochais la tête au rythme du récit de Dominique. Je ne l'écoutais pas.

Arrivés au studio, nous avons pris une voiture électrique. Jean-Marie était au volant. Nous sommes passés devant des châteaux moyenâgeux, des maisons bombardées et même un village africain. Nous avons reconnu de loin notre plateau en voyant le Palais princier.

Des gens en costumes du Moyen Âge boivent du café. Forte odeur d'écurie : des chevaux sont attelés à des charrettes, d'autres attendent leurs cavaliers. Nous sommes invités à la table du réalisateur, on nous propose du café. Jean-Marie nous présente. Applaudissements. Puis les gens nous souhaitent la bienvenue, un par un, et nous leur serrons la main.

En dernier s'approche un garçon d'une huitaine d'années. Ses cheveux sont cachés par un bonnet. D'après une mèche qui s'en échappe gracieusement, on voit qu'il est blond.

C'est vous, dit le réalisateur à Parthène. Et lui aussi s'appelle Parthène.

Pendant le tournage tous les acteurs de Jean-Marie portent le nom de leur personnage, même dans la vie de tous les jours. J'avais lu ça quelque part. Pour entrer complètement dans le rôle.

Parthène tend la main au garçon.

— Quel âge as-tu ?

— Bientôt 8 ans. Et toi ?

— 347.

— Alors, tu es à la retraite ?

Parthène lui tapote la joue. Le garçon presse la sienne contre son épaule, et Parthène retire sa main.

— Il est étonnamment organique, explique Jean-Marie.

Parthène sourit à son double.

— Tu veux être acteur ?

— Oui… ou prince. Mais c'est difficile.

— Pas du tout. Il suffit que nous t'adoptions.

Le petit hoche la tête pensivement, son regard est clair. Les yeux de Parthène larmoient dans le vent. Je ne lui ai pas donné d'enfant, et je pense que j'ai eu tort.

Lorsque le tournage commence, le petit Parthène sort du Palais, il tient à la main un charbon fumant. Il s'approche du mur, y dessine une drôle de trogne. La bouche est toute de travers, alors le petit essaie d'effacer le bout du trait. Ça ne marche pas, le coin de la bouche s'étale sur la moitié du visage. Il jette son bout de charbon et regarde son œuvre en se grattant le nez. Son nez se tache de cendre.

Le petit Parthène marche sur la place. La caméra qui plane au-dessus de lui capte sa main qui glisse sur le rebord de la charrette. Touche la bride du cheval. Le cheval incline sa tête vers lui, et l'enfant le caresse. D'une cage de transport, un assistant libère un chaton qui s'éloigne de quelques pas. Le petit garçon continue à caresser le cheval.

— Le chaton, lui rappelle Jean-Marie dans le haut-parleur. Le garçon vient prendre le chaton, frotte son nez cendreux contre celui du chat. Revient avec lui près du cheval et le soulève contre son museau. Le chaton se tortille, terrorisé. Le cheval, après réflexion, lisse la fourrure du chaton avec sa longue langue.

— À l'époque nous n'avions pas de chat, dit Parthène, mais je comprends que ce ne soit pas important.

— Pas important, non, confirme Jean-Marie sans quitter le plateau des yeux.

Un marchand apparaît près du cheval et, prenant la bride, l'emmène. Juste avant, l'assistant place habilement une noix sur le pavé en bois, et la roue de la charrette l'écrase avec un craquement. La caméra reste tristement fixée sur la noix écrasée.

La sortie du Palais est filmée en quatre prises. Quatre fois le garçon dessine sur le mur qui chaque fois se retrouve propre, quatre fois il marche distraitement sur la place et touche la bride du cheval. Le chaton fait semblant d'avoir peur, et le cheval le lèche avec la même expression rêveuse. La charrette démarre et rencontre sur son chemin la noix trois fois ressuscitée. De temps en temps le réalisateur jette de brefs regards à Parthène :

— Répétition infinie de la vie. Vous n'avez pas l'impression d'être un phénix ?

Parthène sourit :

— Non, plutôt un piano mécanique.

En la quatrième année de la Grande Révolution Îlienne, un monument aux Victimes du soulèvement fut érigé sur la place devant le Palais. C'était la statue de Michée, immortalisé dans le bronze. Le héros prématurément décédé était représenté dans un costume croisé tel qu'il n'en avait jamais porté de sa vie. On disait qu'à l'origine le sculpteur voulait ériger Michée nu sur la place, mais que Cassien avait exigé d'habiller le grand homme.

Comme sur le point de s'envoler, Michée se tenait sur son pied droit, le gauche s'était déjà arraché à la terre, tandis que son bras droit était levé, une étoile dans la main. Par-derrière, une Domitille naine munie d'un pot démesuré escaladait le piédestal, personnifiant le passé maudit. Il était également personnifié par des crocodiles que le sculpteur avait lâchés sur le socle du monument. Ils ouvraient la gueule, menaçant d'avaler tous ceux qui croyaient en l'avenir radieux.

Représenter des crocodiles était aussi une idée de Cassien. On aurait pu y voir l'incarnation artistique du sort du ministre de l'Histoire et de l'Avenir Radieux si le monument n'avait pas été fondu avant sa mort tragique. On ne peut que supposer que le Président de l'Île avait appris le destin d'Athanase dans le cadre d'une prévision scientifique.

En la cinquième année de la Grande Révolution Îlienne le président Cassien acheta une automobile appelée *Rolls-Royce*. À cette époque les Îliens étaient déjà habitués à la circulation automobile, et sur nos routes roulaient des voitures de différentes marques. C'était cependant la première fois que la roue d'une Rolls-Royce effleurait notre terre hospitalière, car le prix de cette automobile dépassait les limites du raisonnable. En parlant des limites du raisonnable, je dois dire que je n'ai jamais acheté de voiture et que je ne peux donc juger précisément à quel point c'était ou non raisonnable, car, finalement, que connaissons-nous des Rolls-Royce ici, dans l'Île ? On sait seulement que pour cet achat important pour l'État il fallut, c'est évident, réduire d'autres dépenses moins essentielles. Ces réductions ne firent l'objet d'aucune annonce, mais elles furent indubitablement ressenties dans les hôpitaux, les écoles et les bibliothèques.

En la sixième année de la Révolution débuta la peinture des fresques du Temple de l'Avenir Radieux. Dans le sanctuaire le travail portait sur celle qui représentait le Président de l'Île. À main droite on peignit l'image de Michée avec Domitille qui rampait vers lui, à gauche devait se tenir Athanase avec un crocodile furieux.

Marcel, qui était à présent le bras droit de Cassien, fut nommé responsable des fresques. Une image du cavalier Marcel transperçant de sa lance un crocodile fut placée dans le narthex du Temple, ce qui n'a rien d'étonnant puisque c'est lui qui avait tué l'amphibie avaleur de ministre.

Le Président de l'Île vint un jour regarder les fresques. Ayant examiné les trois peintures principales du Temple, il revint dans le narthex et demanda à Marcel comment un cheval avait pu se trouver dans l'enclos du crocodile. Marcel répondit qu'il y avait évidemment des chevaux dans la Ménagerie et qu'il en avait utilisé un pour vaincre le reptile.

Cassien, qui avait eu l'impression que Marcel voulait le surpasser en gloire, appela le ministre de la Culture et des Ménageries qui participait à la visite et lui demanda s'il était vrai qu'il y avait des chevaux dans la Ménagerie. Le ministre, homme prudent et qui appréciait la mesure en toute chose, répondit qu'il y avait bien des chevaux dans l'établissement qui lui était confié, mais en très petit nombre. Ayant vu le regard peu amène de Cassien, il ajouta que, de plus, il s'agissait exclusivement de poneys.

Eh bien, dit Son Altesse Futurissime, nous représenterons donc notre ami Marcel chevauchant un poney, car *dans l'art nous apprécions avant tout le réalisme.*

Les paroles du Président furent de toute urgence notées par son secrétaire. Poursuivant l'analyse artistique des fresques, Cassien ajouta que dans l'enclos du crocodile seul un poney aurait pu entrer, en aucun cas le destrier que les fresquistes avaient vainement tenté de représenter. Le secrétaire envoya en urgence au Comité de rédaction du *Dictionnaire des expressions courantes* la phrase de Cassien sur le réalisme. Après réflexion, il y envoya aussi la remarque au sujet du fait que seul un poney pouvait tenir dans l'enclos du crocodile. Et il fit bien : le réalisme combiné au mystérieux valut une grande célébrité à cette phrase.

Avant de partir, le Président de l'Île rencontra aussi les Gardiens de l'Avenir, qui remplaçaient les moines chassés du Monastère. Cassien écouta le rapport sur les activités du nouvel établissement, puis il demanda abruptement au Gardien Suprême :

De quoi vais-je mourir ?

Tous baissèrent le regard, alors Marcel dit :

Vous ne pouvez tout simplement pas mourir, Votre Altesse Futurissime, puisque vous êtes immortel.

Mais Cassien, comme s'il n'avait pas entendu les paroles de Marcel, réitéra :

Je pose la question : de quoi vais-je mourir ?

Alors le Gardien Suprême répondit :

Votre Altesse Futurissime, votre destin est de recevoir la mort de votre Rolls-Royce.

Cassien ne dit rien, il sortit du Temple en silence, accompagné de sa suite.

Quelques jours plus tard la Rolls-Royce du Président de l'Île fut envoyée au garage du Palais. Il fut ordonné de prendre bien soin d'elle. Il fallait graisser ses rouages, faire le plein de l'essence la meilleure et la promener sur la route une fois par semaine afin que son mécanisme ne rouillât ni ne s'abîmât. Quant au Président, on lui fournit une automobile de la marque *Hispano-Suiza*, peut-être moins luxueuse que la Rolls-Royce, mais ne faisant toutefois pas honte à la dignité du grand chef.

C'est dans cette voiture que le Président de l'Île alla visiter l'Université. Les anciens professeurs d'histoire, à présent spécialistes ès prévisions scientifiques et qui avaient déjà reçu le nom de *préviseurs*, parlèrent de leur travail à Son Altesse Futurissime. Ils lui rapportèrent que jamais encore leurs recherches n'avaient été si créatrices, et c'était la vérité pure.

Ils établissaient des chaînes causales fondées sur la prévision scientifique d'événements non encore advenus. Les discussions entre les préviseurs étaient acharnées, car chaque chercheur assemblait sa propre chaîne où des événements imaginaires en causaient d'autres, et des causes inexistantes amenaient à des conséquences tout aussi irréelles.

Chacun présentait sa chaîne et démontrait que c'était exactement ainsi que tout pourrait se passer. Y figuraient des citations de Cassien, des poèmes et même des pantomimes, alors la controverse était passionnante et attirait beaucoup de monde. La seule chose qui unissait tous les points de vue était la conclusion que l'avenir serait brillant. La théorie qui l'emporta au cours du débat s'enrichit des heureuses trouvailles de ses concurrentes, et l'on présenta au public le fruit de la sagesse collective des scientifiques.

Après avoir écouté un certain temps le débat, Cassien demanda aux participants :

Qu'est-ce que la constante ?

Cette question prit au dépourvu tous les savants sauf le recteur, qui asséna :

Votre Altesse Futurissime, la constante, c'est vous.

Rougissant de plaisir, le Président de l'Île demanda si l'Université avait des requêtes à formuler. En réponse, on le pria de permettre de graver sur le fronton de l'Université sa question sur la constante. La permission fut accordée.

Tirant les conclusions de la rencontre, Cassien avoua qu'il avait rencontré ce mot, *constante*, dans la voiture qui le menait à l'Université, en feuilletant un manuel de mathématiques. S'il avait posé cette question, c'était parce qu'il ignorait le sens de ce terme. Le recteur ne se troubla pas et déclara que, vu la sagesse inhérente au Président, il avait très facilement pu ne pas remarquer la profondeur de sa propre question. Après réflexion, Cassien opina et confia qu'il lui était arrivé la même chose avec le mot *dominante*.

Malgré la chaleur de la rencontre et la nouvelle direction donnée aux travaux, liée à la recherche de la constante, le bonheur des professeurs n'était pas complet. Ils s'étaient attendus à ce que le recteur demandât une augmentation de leurs salaires, mais il avait demandé autre chose.

Le salaire n'est pas une constante, dit par la suite le recteur aux professeurs, il augmentera bien un jour.

Trois jours plus tard, cette inscription en lettres d'or accueillait tous ceux qui entraient à l'Université :

Qu'est-ce qu'une constante ?

Son Altesse Futurissime Cassien.

Ainsi mise en forme l'inscription ne permettait pas de savoir si Cassien était le nom du questionneur ou la réponse à la question.

En la huitième année de la Révolution, Cassien se souvint de sa Rolls-Royce. Et il demanda en quel état se trouvait à présent l'automobile qu'il prisait tant. Et il lui fut répondu : au cours d'une de ses sorties la Rolls-Royce avait eu un accident fatal. Et le Président en fut attristé, et il désira voir les débris de son auto, et il se rendit au garage du Palais.

À la vue de l'amas de tôle froissée les yeux de Cassien s'emplirent de larmes, et Marcel, qui l'accompagnait, ordonna à tous de sortir afin que Son Altesse Futurissime pût faire ses adieux à sa Rolls-Royce. Quant à Marcel, plein de dévouement, il resta avec le Président pour le soutenir.

Les adieux durèrent un bon moment, mais cela parut naturel car tous savaient à quel point Son Altesse Futurissime était attachée à sa voiture. Lorsque les portes du garage s'ouvrirent, ceux qui entrèrent découvrirent que le Président était mort. Sur ce qui s'est passé derrière les portes closes, nous avons le récit de Marcel.

Cassien mit un pied sur le capot cabossé et, riant à travers ses larmes, dit :

— Toutes les prédictions des Gardiens de l'Avenir ne sont que mensonge.

Il dit :

— Est-ce par cette automobile que je vais mourir ?

À ces mots un serpent sortit de dessous le capot, s'enroula autour du cou de Son Altesse Futurissime et la mordit à l'oreille.

Et Cassien, sous cette morsure soudaine, hurla : Marcel, mon cher compagnon d'armes ! Je ne t'entends déjà plus. Si toi, tu m'entends, je te dis que mes heures sont comptées et que je suis obligé d'exprimer ma pensée brièvement. Je suis convaincu qu'en vérité il n'y a pas d'homme plus digne, plus honnête et plus intelligent que toi.

Ici, d'après le récit du témoin, le Président ne put toutefois se contenir et se lança dans une description exhaustive des vertus dudit témoin, que ce dernier, à cause de sa modestie innée, ne pouvait rendre publiques. Après les avoir énumérées, Cassien lui aurait posé la main sur l'épaule et aurait dit :

Pour les raisons susnommées je te désigne comme mon successeur et te confie notre Île bien-aimée.

Après ce discours en forme de viatique, le Président, selon Marcel, s'était écroulé, mort.

C'est vrai que du sang coulait de l'oreille de Cassien, beaucoup de sang. Les gens accourus murmuraient entre eux que les morsures de serpent n'étaient pas habituellement aussi sanglantes. Marcel l'entendit et répliqua qu'il s'agissait d'un serpent d'automobile de l'espèce la plus venimeuse, celle qui, comme chacun sait, habite sous les capots.

Quand le ministre de la Culture et des Ménageries demanda comment ce serpent avait réussi à atteindre l'oreille du Président, Marcel, les yeux flamboyants, répondit qu'il connaissait d'autres serpents capables de se hisser jusqu'à cette même oreille et d'y glisser leur poison.

Il y avait une explication simple : entendant le serpent bouger sous le capot, Son Altesse Futurissime, à ce qu'il paraît, s'est penchée, exposant ainsi son oreille à l'attaque. En ce qui concerne les morsures de serpent subies par le personnel d'encadrement, ces cas ne sont pas rares dans l'Histoire, comme le déclara plus tard le recteur de l'Université.

Un deuil général fut décrété dans l'Île. Les dernières éditions des journaux annoncèrent que, conformément à la volonté du président défunt, Marcel était proclamé Président de l'Île. Visiblement, quelqu'un jugea cette rédaction ambiguë, puisque le mot « défunt » fut supprimé des allusions ultérieures à la volonté du Président.

Chapitre dix-sept
Marcel

En la neuvième année de la Grande Révolution fut institué le Conseil du Peuple dans lequel entrèrent les hommes et les femmes les plus dignes de l'Île. Pour ne pas dilapider l'argent dont le gouvernement manquait de plus en plus, on décida de choisir les membres du Conseil de façon simplifiée, à l'aide d'un questionnaire proposé dans les rues.

En fait, c'est le manque d'argent qui avait fait naître l'idée du Conseil, afin que le mécontentement populaire ne se concentrât pas sur le chef suprême mais se dispersât dans différentes directions. Le Conseil disposait du droit illimité d'approuver les décrets du Président de l'Île.

La guerre avec la France avait été bien oubliée ces dernières années, mais Marcel rappela à la population que la guerre, c'est la guerre, et que personne ne l'avait abrogée. C'était à cause d'elle que le trésor public s'était tari. Quand le processus d'épuisement s'acheva et que les réserves pécuniaires du gouvernement précédent furent à sec, le président Marcel eut l'heureuse idée d'imprimer de nouveaux billets, et ce fut le premier décret qu'approuva le Conseil nouvellement créé.

À vie nouvelle, monnaie nouvelle, proclama Marcel qui, au fond de son cœur, souhaitait lui aussi être l'auteur d'expressions courantes. C'était inattendu, car l'opinion publique s'était habituée à ce que toutes les expressions courantes appartinssent à

Cassien. Nul ne les ayant remarquées, les paroles de Marcel ne coururent pas bien loin et tombèrent à plat.

Sur les nouveaux billets fut imprimé le portrait de Cassien, ainsi qu'une de ses formules : *La monnaie possède un pouvoir d'achat*. Puisque Cassien était immortalisé sur les billets, la nouvelle unité monétaire porta son nom et fut appelée *le cassien*. Un cassien valait cent francs français.

Imprimés sur du bon papier, les cassiens s'avérèrent une monnaie solide dans la mesure où ils ne s'usaient pas, et le portrait du défunt Président, au fil des manipulations sans nombre, ne faisait que gagner en couleurs. En ce qui concerne sa sentence il y eut quelques difficultés, car cette monnaie perdait son pouvoir d'achat à une vitesse incroyable. Les salaires des Îliens augmentaient, mais ce qu'ils permettaient d'acheter diminuait constamment.

Assez rapidement le rapport du cassien au franc fut d'un pour mille, mais pas en faveur du cassien. En un an ce rapport atteignit un pour un million, et c'était en millions que se comptaient les salaires dans l'Île. Cette circonstance permit au président Marcel d'appeler notre pays *l'Île des millionnaires*.

En la quinzième année de la Révolution, en présence d'une foule nombreuse, une statue de Cassien fut inaugurée près des dépôts d'armes. On avait pris pour modèle le *Laocoön* que Marcel avait vu un jour sur une carte postale. Le Président ordonna de sculpter son prédécesseur dans le marbre, mais sans ses fils et avec un seul serpent. La bouche de Cassien était ouverte. La sculpture immortalisait le moment où, étreint par le reptile, Cassien avait trouvé le temps de nommer son successeur et d'énumérer à la va-vite ses principaux mérites.

Marcel ne se limita pas à la sculpture et tourna son attention vers la peinture. Il se rendit au Temple de l'Avenir Radieux et ordonna de peindre une nouvelle fresque consacrée à Cassien. Dans ce but il prit une décision culturelle de la plus grande importance concernant l'utilisation de fresques préexistantes.

Dans la scène de la Tentation, le Président ordonna de vêtir Adam d'un modeste costume de cheviotte et de lui ajouter la tête de Cassien. À la place d'Ève devait être peint Marcel lui-même en smoking et haut-de-forme, une canne à la main. Le président Marcel avait une faiblesse pour ce genre de choses, ayant grandi à la campagne où l'on ne connaissait que bottes et cottes graisseuses. Les deux personnages historiques devaient se détacher sur un fond représentant les débris de la Rolls-Royce rangés sous le pommier fatal. Le tableau fut très réussi, car le serpent grimpait à l'arbre en sortant des débris. D'après le témoignage de Marcel, tout rappelait beaucoup les événements du garage.

En outre, dans la fresque *Saint Georges terrassant le dragon*, la tête de saint Georges fut remplacée par celle de Marcel, et le serpent par un crocodile. C'était le vieux rêve de Marcel. La fresque avec le poney, il la fit tout simplement recouvrir.

XÉNIE

Nous avons passé la première moitié de la journée au studio où l'on tournait la scène du jeu de plante-couteau. Comme on le sait, la princesse Glycère a fait exécuter le garçon qui avait lancé le couteau sur Parthène. Mais là, Jean-Marie a préféré renoncer à cette scène.

— Une tête coupée qui prononce le nom de l'assassin, eh bien, pour ma part, vous voyez… (Leclair m'a fait un clin d'œil à peine perceptible.) Nous n'allons pas nous y risquer.

— Bon.

J'ai accepté par politesse.

Après le tournage j'ai quand même demandé à Jean-Marie ce qui le gênait dans la tête parlante.

Jean-Marie se triturait le lobe de l'oreille.

— Vous savez… Ce n'est pas que je sois un grand adepte du réalisme, mais puisque nous faisons un biopic, il nous faut suivre quelques règles du genre.

Me voyant sourire, il a ajouté :

— Vous savez, j'admets même que la tête a parlé, mais nous sortons de la représentation ordinaire de la réalité. La réalité, ce n'est pas ce qui a eu lieu, mais ce qui, selon toute vraisemblance, aurait pu avoir lieu.

De ce point de vue, Parthène et moi nous trouvons au-delà des limites de la réalité. Peut-être qu'en réalité nous n'existons pas ? Parfois j'ai l'impression que nous sommes morts depuis longtemps…

À propos du réalisme. C'est du réalisme qu'a parlé le Bigle un jour qu'il se trouvait dans la galerie d'art de l'Île. Il a dit que les tableaux des impressionnistes ne ressemblaient pas à la réalité. Il l'a répété plus tard, quand il a commencé à les brader. Dans le cas contraire, on peut se demander s'il les aurait vendus ?

J'ai toujours trouvé surprenant que le mouvement le plus proche des révolutionnaires ait été précisément le réalisme. C'est d'autant plus étonnant que l'avenir radieux dont ils rêvaient n'avait aucun rapport avec la réalité. Après la mort du Bigle, quelqu'un exhuma sa déclaration selon laquelle *la réalité doit être réelle*, et cette phrase immortelle définit la relation du pouvoir à l'art.

Comme s'il pressentait sa mort fabuleuse, le Bigle traçait la voie du réalisme dans l'art, et pour chacune de ses formes il avait un mot empreint de sagesse. Aux peintres, il conseillait de copier plus souvent les photographies, et aux écrivains de recopier des textes présentant un haut degré de fiabilité : des comptes rendus de réunions, par exemple. Bientôt il fut impossible de distinguer les tableaux des grands peintres des photographies, quant à la littérature, on n'a pas le cœur d'en parler : ces textes, tout le monde les connaît.

Ce qui au début semblait une mauvaise plaisanterie, une absence pathologique de goût chez Cassien, était de plus en plus pris au sérieux. Cela ne portait pas à rire, d'autant moins que l'Avenir Radieux, vainqueur, employait toutes ses forces à créer une nouvelle religion.

Cela sentait le soufre. Le fait qu'un démon mesquin, le Bigle, ait pris la place du Pantocrator dans l'église de la Transfiguration confirmait le vieil adage affirmant que le Diable est le singe de Dieu. Nous avons ri tant que nous le pouvions, mais insensiblement ce rire se transforma en hurlement.

En son temps, Hilaire avait écrit l'Histoire comme étant la lutte entre le Bien et le Mal. Mais là il nous semblait que le mal avait définitivement gagné et qu'à présent se déroulait une monstrueuse *antihistoire* qui, dans l'ensemble, reproduisait les traits de l'ancienne. Tout ce que nous avons dû vivre durant ces années – l'établissement d'une nouvelle religion, la division entre le Nord et le Sud – ressemblait au négatif d'une vieille pellicule cinématographique : le noir devenait blanc et inversement. L'illusoire devenait réel.

Parthène

J'ai raté le début du tournage. Me voici, enfant, en train de jouer à plante-couteau. Gros plan sur mon visage. Pensif, je me mets le doigt dans le nez. Du point de vue de Jean-Marie, c'est ainsi que doit se comporter un enfant normal. Du moins un enfant qui joue à lancer un couteau. Le contraste entre la conscience immature de l'enfant et ce jeu si peu enfantin – c'est cela, l'étrangeté des temps anciens. Nous n'avons pas besoin de ce Moyen Âge là : c'est ce que nous disent l'expression du régisseur et sa voix.

Xénie m'appelle depuis le Rivage. Je me retourne – et j'évite ainsi une mort certaine. Le couteau s'enfonce dans mon épaule. Je demande à Leclair si le cri de Xénie figurera dans le film. Mesuré à l'aune du réalisme, ce cri peut bien évidemment être supprimé : la fillette se trouvait au bord de la Mer, presque à une journée de cheval de la capitale. À cette distance, pas de cri qui tienne.

Jean-Marie sourit : bien sûr que cet épisode entrera dans le film – qu'y a-t-il d'étonnant à cela ? C'est un cas banal de télépathie. Le cri sera filmé au bord de la mer, en Toscane. Jean-Marie me demande des détails concrets : d'après lui le film en manque. Puis-je ajouter quelque chose ?

Oui, sans doute. Des feuilles d'automne jonchent l'herbe. Leur odeur enivre. Je ramasse une feuille de chêne et la porte à mes narines. Je ferme les yeux. Je chuchote : cette feuille est ancienne. Depuis lors, tout ce qui est ancien est lié pour moi à cette feuille. Là, sous le chêne, il y a aussi des glands. Lisses. Il y en a aussi des vieux, bien sûr : ils craquent sous les pieds.

Un moine passe. Il marche à grands pas, et sa tête est tournée vers moi. Il voit mes lèvres remuer, il me demande :

— Tu pries ?

— Les feuilles sont vieilles, dis-je. Et elles ont été fraîches.

Le moine, sans s'arrêter :

— N'aie pas peur, enfant, de marcher sur les feuilles d'automne, car elles sont déjà mortes.

— Moi aussi, je mourrai ? demandé-je.

— Bien sûr.

Comme le moine continue à avancer, sa tête se tourne de plus en plus vers l'arrière.

— À cent quatre-vingts degrés ? demande Jean-Marie. Ça fera de l'effet, on n'a pas le droit de s'en passer.

On annonce une pause. Pendant que nous mangeons, les assistants apportent des feuilles tombées et les déversent sur le plateau. Tout en coupant son bifteck, Jean-Marie suit attentivement leur travail. Il toque sur son assiette avec son couteau.

— Ça manque de naturel, dit-il aux assistants en portant un cure-dents à sa bouche. Pas assez fouillis, vous voyez. Les feuilles, elles tombent comme elles veulent, pas vrai ?

Il me regarde. J'acquiesce, je confirme que oui, c'est dans la nature des feuilles.

Après le repas le régisseur met Parthène junior sous le chêne et examine d'un œil critique l'artiste qui joue le moine :

— Vous pouvez tourner la tête à cent quatre-vingts degrés ?

Il fait signe que non. Pas plus que quatre-vingt-dix.

— Vous pouvez faire quoi, alors ?....

Encore une pause, pendant laquelle on amène un vrai moine.

Le nouveau venu démontre facilement la qualité nécessaire : au bout de quarante ans de monastère, son expérience est large, il pourrait faire bien plus.

Parthène junior ramasse une feuille de chêne. Dès la première prise, tout est dans la boîte. Après le *stop* final le garçon demande :

— Et moi, je mourrai aussi ?

— Je viens de te le dire, répond le moine.

— Mais je croyais que vous l'aviez dit à celui que je joue.

Le moine répond sans tourner la tête :

— C'est ce que je dis à tout le monde.

L'avenir radieux apporté sur l'Île par la Révolution devenait de moins en moins radieux avec les années. On commençait même à entendre des voix proclamant que l'avenir radieux était resté dans le passé. Le président Marcel les nomma « voix de la folie » et démontra que le futur ne pouvait en aucun cas se trouver dans le passé.

Entre-temps, dans l'Île, les réserves alimentaires tiraient à leur fin, et Son Altesse Futurissime Marcel ordonna de confisquer aux paysans leurs surplus de provisions. Connaissant les mœurs paysannes autrement que par ouï-dire, Marcel indiqua aussi les endroits où les surplus mentionnés pouvaient être dissimulés. Des détachements armés allaient de village en village et confisquaient ce qui leur paraissait être des surplus.

En la dix-huitième année de la Grande Révolution, des nuages se rassemblèrent brusquement dans le ciel pur de l'Île. Ils ne donnèrent pas une seule goutte de pluie et n'allumèrent aucun éclair, mais prirent l'aspect d'une vieille femme armée d'une faux.

Marcel prit la parole et donna une explication scientifique, affirmant que c'était un phénomène atmosphérique créé par le mouvement des masses d'air. Cependant le phénomène atmosphérique ne se dissipait pas, et le troisième jour un aéroplane fut envoyé au-dessus de l'Île. Il fit plusieurs fois le tour du phénomène puis s'éleva jusqu'à son point le plus haut qui était l'extrémité de la faux. Et tout le peuple de l'Île, qui observait la lutte de la technique et du signe céleste, vit distinctement un éclair aveuglant briller sur sa pointe. L'aéroplane tressaillit et commença à perdre de l'altitude. Puis il se mit en vrille et, tournoyant, se précipita vers le sol. Quand il toucha la surface d'un champ de maïs toutes les maisons de l'Île tremblèrent, et dans le Temple de l'Avenir Radieux la tête nouvellement peinte du président Marcel se détacha de la fresque. Les battements d'une cloche invisible résonnèrent du côté de la Mer, on aurait dit qu'elle sonnait sous l'eau. Tout se calma très vite, le spectre de la vieille se dissipa dans le ciel, et tous comprirent que c'était l'annonce d'une famine. En ce qui concerne la tête tombée du Président, cela aussi fut interprété comme un signe de changements dans son destin. Et pas en mieux.

Frappé par le caractère antiscientifique de l'opinion publique, le président Marcel se hâta de faire une déclaration apaisante. Il dit que ce qui s'était passé était de la faute de l'aviateur qui avait touché la pointe de la faux alors qu'il était strictement interdit de s'approcher d'objets pointus. Bien qu'elle fût conforme aux dernières données de la science, la déclaration de Marcel s'avéra incapable de ramener le calme. Les paysans cessèrent définitivement de vendre leurs provisions, et la faux de la céleste vieille commença de s'abattre en sifflant, frappant maison après maison.

Sur ces maisons s'abattit un autre malheur : les *détachements spéciaux* que les dirigeants de l'Île se mirent à envoyer dans les villes et villages attenants à la capitale. Leur spécialité consistait à fusiller ceux qui ne voulaient pas se séparer de leurs surplus.

Si ces derniers expliquaient qu'il y avait bien longtemps que les surplus s'étaient transformés en déficit, ils recevaient une balle pour toute réponse. Selon l'expression de Son Altesse Futurissime Marcel, *le temps de la discussion est passé.* Le temps de la discussion est passé, répétaient les mitrailleuses, et ce fut l'expression la plus courante du nouveau Président.

En la vingtième année de la Révolution fut institué le Camp de Travail. Il fut empli majoritairement des paysans à qui l'on avait confisqué les surplus. Le président Marcel y voyait une preuve de sa compassion, car que pouvaient faire les paysans dans leurs villages, sans provisions ? Pour lui qui était d'origine paysanne, la réponse était claire : rien.

Le Camp fut placé dans la partie de l'Île où la Forêt s'approche de la Mer. Le travail des personnes déplacées était de couper le bois et de l'envoyer par mer à la Grande Terre. Lorsque l'idée du Camp vint à Marcel, quatre mille paysans furent immédiatement envoyés dans la Forêt. Dans la Forêt, cependant, il y eut des problèmes de logement, lequel dans ces régions se limitait aux masures des forestiers. Sur place, il fut évident que ces masures ne suffisaient pas à quatre mille arrivants, comme étaient insuffisantes les provisions alimentaires laissées par les forestiers.

Lorsque le chef du Camp en avisa le Président de l'Île, ce dernier s'indigna. Il dit :

Le Dieu du passé ténébreux, que nous avons abrogé, a nourri cinq mille hommes avec cinq pains.

Il dit :

Et toi, qui as atteint l'Avenir Radieux, tu ne serais pas capable de nourrir en tout et pour tout quatre mille personnes avec la même quantité de pain ?

Je peux le faire, dit le chef du Camp, mais j'ai peur que les affamés restent sur leur faim, car je ne suis pas Dieu.

Alors le président Marcel lui rappela que la Forêt abonde en animaux sauvages ainsi qu'en baies, champignons, et aussi en mousse et en écorces d'arbre. Il y a enfin l'herbe, dont le peuple de l'Île aime à se nourrir depuis des temps immémoriaux.

Le chef du Camp fut ébahi par la sagesse du Président, chanta ses louanges et s'en revint chez lui. Comme l'idée du Camp était venue à Marcel en décembre, il fallut exclure provisoirement de l'alimentation les champignons, les baies et l'herbe, par contre il y avait dans la Forêt des pommes de pin et des glands non comptabilisés par le Président.

Les nouveaux venus durent passer l'hiver dans des casemates qu'ils avaient creusées eux-mêmes. En avril on s'aperçut que le nombre d'occupants du Camp s'était réduit à cinq cents. En l'apprenant, le chef du Camp eut un soupir de soulagement, car, dit-il, il y a quand même une différence entre quatre mille et cinq cents. En mai, cependant, on amena encore un effectif de quatre mille, mais le chef ne se découragea pas, supposant que l'expérience qu'il avait acquise l'aiderait.

En la vingt-troisième année de la Révolution d'autres nuages commencèrent à s'amonceler au-dessus du pays. Ils étaient apparus dans la partie méridionale de l'Île qui gardait encore la mémoire de la guerre passée. Les gens ne se souvenaient pas tant de la guerre que de la famine qui l'avait accompagnée, car les récits la concernant se transmettaient de génération en génération. Dans les traditions familiales et les mémoires s'étaient imprimées pour toujours la mort des martyrs et la souffrance des survivants.

Pris dans l'étau de cette mémoire, les gens du Sud entreprirent de former des détachements et de se préparer à attaquer la capitale. Sur les places publiques, ils jurèrent qu'ils ne permettraient pas que se répète ce qui s'était passé plusieurs siècles auparavant. Ils refusaient également le passé ténébreux et l'avenir radieux, et proposaient de se concentrer sur le présent.

Siégeant en son Palais, le président Marcel devina rapidement où conduisait cette concentration et envoya des détachements spéciaux dans la partie méridionale de l'Île.

Il fut décidé de les envoyer par train. Le côté pratique et la vitesse du transport ferroviaire n'abolirent pourtant pas l'obstacle principal qui, déjà par le passé, s'était dressé sur le chemin des attaquants : la Forêt.

Les trains n'étaient pas faits pour les manœuvres ni pour la marche arrière. Les unes comme l'autre auraient pu sauver les passagers quand le premier train fut arrêté en traversant la Forêt. Ce qui s'y passa, Marcel ne put que le deviner, car nul ne revint de tous ceux qu'il avait envoyés.

Alors il réunit les habitants du Nord et leur déclara que toutes les provisions qui leur avaient été confisquées avaient en fait été transférées au Sud. Il dit aussi que c'était à cette prétendue condition que les gens du Sud acceptaient de rester unis dans un même État avec ceux du Nord. Ainsi parla Marcel, mais on doutait fort qu'il dît vrai, car les gens du Sud n'avaient jamais imaginé une chose pareille.

À notre époque les deux parties de l'Île s'étaient tellement soudées que, selon l'expression du défunt Cassien, la seule pensée d'une séparation était impensable. Mais Marcel avait dit ce qu'il avait dit, ses expressions enflammées coururent dans le Sud et forcèrent les gens à réfléchir, et c'est dans ce sens malheureux qu'elles devinrent des expressions courantes. Elles furent les brandons qui incendièrent tout le Sud et causèrent de grands malheurs.

Parthène

Nous sommes allées en Toscane avec l'équipe de tournage. Ce petit coin d'Italie rappelle incroyablement la côte méridionale de l'Île. Xénie et moi habitons dans une villa mise à notre disposition par un mécène russe ami de Jean-Marie et un des sponsors du film. Jean-Marie y loge aussi, les autres membres de l'équipe sont dispersés dans les hôtels des environs.

La villa se trouve sur une colline aux pentes douces, entourée de bosquets. Pendant nos promenades, Son Excellence Botanique

Xénie nomme les arbres : pin parasol, hêtre, chêne vert. Jean-Marie nous regarde avec étonnement. Il prend son téléphone portable et nous demande de nous mettre sous un arbre.

Nous choisissons un acacia. C'est notre jumeau, maintenant : ridé, noueux, avec des doigts crochus. Aussi bancroche que nous, il descend vers la mer – ou fait semblant. L'important, c'est que Jean-Marie ne nous confonde pas avec l'arbre. À la recherche d'un bon cadre, il passe derrière un bosquet. S'accroupit. Nous, nous sommes toujours debout sous l'acacia. Notre lignosité atteint un degré critique. Clic.

Après le repas je reste assis dans le salon. Dans les vitrines sont exposées des trouvailles archéologiques locales : monnaies noircies à la patine turquoise, bagues, boutons d'argent d'une taille invraisemblable. Nous sommes les témoins d'une époque où les boutons crissaient quand on les forçait dans les boutonnières. Nous avons l'impression d'être comme ces boutons : nous pourrions être dans une de ces vitrines.

Je reste là à feuilleter l'*Histoire*, composée en majorité par des gens que nous avons connus. Qui cherchaient dans l'Histoire le Bien et le Mal. Je me délecte à la lecture de leur langue singulière. Les chroniqueurs l'ont conservée, mais pas nous : Xénie et moi, nous nous sommes transformés avec le temps. Ou déformés ? Quoi qu'il en soit, nous nous sommes conformés à lui, avons emprunté ses normes et sa langue.

Les chroniqueurs n'avaient pas le droit au changement : pour contempler le fleuve, il faut se tenir sur la rive. C'est ce que ne comprennent pas les historiens contemporains, qui voguent au fil de l'eau. Qui suivent l'évolution du temps. Pour décrire ce qui passe il faut un point fixe, quelque part à l'intersection du Bien et du Mal. Ce duo adopte différents déguisements, mais son essence est immuable.

Le sommeil me gagne et je vais dans la chambre. Je regarde longtemps Xénie endormie. Si elle part la première, que deviendrai-je ?

En quelques semaines les gens du Sud créèrent leur armée et, entrant par effraction dans les entrepôts militaires, l'équipèrent. Durant ces mêmes semaines le président Marcel, haranguant la population affamée, décrivait la nature et la quantité des provisions accumulées dans le Sud. D'après lui, dans la boutique la plus minable du Sud il y avait à présent plus de nourriture que dans tout le Nord souffrant. Ces discours étaient globalement faux mais ils contenaient une miette de vérité, parce que dans le Sud on n'avait pas pu tout confisquer, les détachements spéciaux n'avaient pas eu le temps d'y arriver.

Les discours nombreux et incendiaires sur les produits d'alimentation avaient atteint leur but. Les gens du Nord s'enrôlèrent en masse comme volontaires, c'est pourquoi l'armée gouvernementale, déjà fournie, s'agrandit considérablement. Peu de temps après, cette armée fit mouvement vers le Sud.

Les troupes ne se pressaient pas. Le Commandant en chef, titre que s'était donné Marcel, comprenait qu'il n'avait pas le droit de perdre, car cela aurait été la fin de tout. Mais il comprenait aussi qu'il ne pouvait pas se permettre de gagner, car la victoire serait la fin de cette guerre qu'il avait eu tellement de mal à déclencher et qui lui procurait un pouvoir absolu. De plus, la fin de la guerre aurait révélé aux combattants qu'il n'y avait pas de provisions dans le Sud non plus.

Le plus triste dans la situation de Marcel était qu'il ne pouvait pas non plus rester dans la capitale où des milliers d'hommes armés pouvaient d'une minute à l'autre se retourner contre lui. L'intérêt de la campagne militaire résidait dans le mouvement en tant que tel, un mouvement durable, si possible éternel. Sa situation de Commandant en chef rappelait à Marcel, qui avait récemment appris à faire de la bicyclette, que seul le mouvement empêchait de tomber.

Une large route avait déjà été ouverte dans la Forêt, bordée des deux côtés de nombreux villages. L'armée aurait pu s'y déplacer sans entrave. Alors qu'elle avait tout loisir de foncer vers le Sud par la route, l'armée de Marcel se refusa le plaisir d'un mouvement en droite ligne. Elle fit route vers l'est et entreprit de contourner la Forêt.

Pour que l'armée n'eût pas l'impression de faire un mouvement inutile, le Commandant en chef ordonna de piller tous les villages qui se trouvaient sur son chemin. Le butin n'était pas bien riche, mais cela soutenait l'humeur guerrière des soldats. Le fait que ces villages appartenaient au Nord n'affectait absolument pas la détermination des assaillants : la conscience que tout était permis les enivrait et ce parcours bizarre commençait à leur plaire.

Quand l'armée entra dans la partie méridionale de l'Île, il s'avéra que tous les villages rencontrés étaient déserts. L'armée était privée non seulement de provisions mais de victoires, et le moral commença à baisser. Le cheminement de l'armée gouvernementale, qui jusque-là était tortueux comme un sentier forestier, se mit à rappeler la démarche d'un poivrot sous l'orage. Les troupes commençaient à murmurer.

Alors, sur l'ordre de Marcel, l'armée changea brusquement de tactique et fonça en ligne droite sur l'ennemi. La *ligne droite* était comprise par le chef de guerre Marcel dans son sens littéral : elle correspondait à une ligne rouge tracée sur la carte d'état-major qui traversait de nombreuses crêtes montagneuses, des gorges, des lacs, des cascades, de petites rivières et surtout le Fleuve turbulent et en crue. Quand on lui demandait comment seraient surmontés tous ces obstacles naturels, le chef de guerre répondait invariablement : tout aussi naturellement.

Le trait porté sur la carte menait aux endroits les plus fortifiés de la défense des gens du Sud.

À la grande surprise du Commandant en chef, ses soldats perdirent la première bataille. Ils forcèrent le passage du Fleuve et engagèrent le combat de toute la force de leur désespoir – et aussi de l'habitude de tuer acquise pendant la campagne. Cette habitude, l'armée du Sud ne l'avait pas, et elle n'était pas brutale. Mais la brutalité apparut après la première bataille.

L'armée du Sud était commandée par le général Polycarpe qui, hier encore, était membre de l'état-major général des forces gouvernementales. Polycarpe était né et avait grandi dans le Sud. Quand il eut réalisé qu'une guerre se préparait, il partit secrètement pour sa terre natale où il s'employa à édifier des constructions défensives. Lorsque la nouvelle parvint au Commandant en chef, le général Polycarpe fut condamné à mort par contumace.

Comme une condamnation par contumace n'est pas une mesure appliquée, le général poursuivit son action avec encore plus de détermination. Les manœuvres inhabituelles de l'armée gouvernementale lui donnèrent suffisamment de temps pour cela. Jusqu'à la première bataille ni lui, ni son armée n'étaient préparés à un corps à corps sanglant : l'armée de l'ennemi était encore pour eux leur armée. Les guerres civiles ont généralement du mal à commencer, mais une fois lancées elles sont particulièrement féroces.

Le général Polycarpe remporta la deuxième bataille, mais il se conduisit avec humanité. Il aurait pu anéantir d'importantes forces ennemies qui se retiraient en passant le Fleuve. Les hommes debout sur les radeaux et ceux qui traversaient le fleuve à la nage étaient de bonnes cibles car leurs mouvements étaient lents et prévisibles. Il n'y avait qu'à charger les fusils ou changer les bandes de munitions des mitraillettes, et tirer.

Polycarpe ne le fit pas. Lorsque l'eau noire du Fleuve se mit à bouillonner sous l'impact des balles, il ordonna de cesser le feu. Dans cette bataille, Polycarpe voyait le visage de ses ennemis, et il connaissait beaucoup d'entre eux par leurs noms. Le général jugeait lucidement de la situation et, tout en permettant à l'armée de Marcel de se retirer, il ne s'attendait pas à ce que le Commandant en chef changeât ses plans. Le général Polycarpe ne voulait pas s'engager dans la spirale du mal et espérait que Dieu et le temps offriraient une occasion de faire la paix.

Ainsi Marcel put gagner deux mois, qui reçurent le nom de *la Grande Halte sur le Fleuve*. Quand la fermentation des esprits dans son armée atteignait un seuil critique, il ordonnait une attaque et ses soldats mettaient à l'eau radeaux et barques. Ils étaient surveillés jour et nuit depuis l'autre rive, et l'apparition d'embarcations sur le Fleuve déclenchait un feu nourri. Ces jours-là, le Fleuve devenait rouge.

Le Commandant en chef organisa des activités journalières pour remonter le moral des troupes, pendant lesquelles les Gardiens de l'Avenir que l'on faisait venir de la capitale parlaient, conformément à leur rôle, du futur. Ils apportaient avec eux une *lanterne magique* et montraient aux soldats les fresques du Temple de l'Avenir Radieux, ainsi que les lieux de mémoire où avait passé son enfance le président Cassien prématurément disparu.

On lança aussi le cri de guerre *Vengeons Cassien!* que l'on était censé crier en se mettant à l'eau, et, avec un peu de chance, en abordant l'autre rive. Le sens de ce cri n'était pas entièrement clair parce qu'on pouvait difficilement chercher sur l'autre rive les coupables de la mort du président, et puis qui étaient-ils, ces coupables? Le serpent? Les constructeurs de la Rolls-Royce? Les Gardiens, qui avaient prédit cette mort à Cassien? Et peut-être (la question revenait de plus en plus souvent) Marcel lui-même? Mais les soldats, comme il se doit, ne posaient pas de questions. Le cri était bien en bouche et facile à prononcer: raison suffisante pour qu'on l'adoptât.

Les jours passant, l'intérêt des soldats pour la représentation de Cassien sur les fresques et pareillement pour les détails de son enfance baissa sensiblement. Lors des séances de soutien moral les soldats demandaient toujours plus souvent qu'on leur parlât de la nourriture qui, paraît-il, se trouvait de l'autre côté du Fleuve.

Finalement il ne fut plus question que de nourriture, et la lanterne magique montrait à présent des échantillons de plats de la cuisine du Palais. Dans ce but on commanda dans la capitale les clichés de ces plats, lesquels (les clichés, pas les plats) étaient envoyés en express sur le théâtre des opérations. Les clichés étaient accompagnés d'un commentaire bref et acerbe : *Voici ce qu'ils mangent dans le Sud.* Avant les batailles les plus importantes, c'étaient ces images-là que montrait la lanterne magique.

Quand la cuisine du Palais n'eut plus rien à proposer, les Gardiens de l'Avenir se souvinrent du deuxième adversaire contre lequel ils étaient depuis longtemps engagés dans une guerre épuisante mais pour l'instant imperceptible. On commanda des photographies de plats servis dans les restaurants parisiens. On expliqua la présence d'inscriptions françaises sur certaines photos par une collusion entre les gens du Sud et l'ennemi. On promit aux soldats qu'après la victoire sur le Sud ils prendraient Paris avec toutes ses délices culinaires.

Quand ils virent cette nouvelle série de plats, les hommes de troupe se mirent à hurler. Ils se doutaient bien qu'ils n'arriveraient jamais jusqu'à Paris, et ils étaient d'accord pour manger sur l'autre rive. Le malheur était que l'autre rive était aussi inaccessible que Paris. Venue de quelque part au fond de son estomac bien rempli même en ces temps de famine, une idée frémit et monta à la tête de Marcel : il comprit que la révolte grondait. Alors il eut recours à un procédé encore plus inattendu que le précédent.

Parthène

Le propriétaire de la villa, Arthème Nikitine, est arrivé ce soir. Nous dînons avec Jean-Marie et lui. Il a une cinquantaine d'années. Il porte une veste légère, en lin, pas de cravate : les professeurs français ressemblent à ça.

Il nous remercie en français de nous être arrêtés chez lui. Il espère que nous ne manquions de rien. Xénie dit qu'il serait difficile, ici, de manquer de quelque chose, Arthème répond en s'inclinant légèrement. Ce *légèrement* me plaît : je n'aime pas les extrêmes.

Jean-Marie raconte le tournage de la veille. Il est habitué à être le centre de l'attention et cela facilite la vie des autres. Il fait part de ses petites trouvailles qui seront dévoilées demain : un angle original de prise de vues et l'éclairage correspondant. La seule chose qui l'inquiète est la météo (il fait signe au serveur qu'il a bien aimé le risotto), mais sur ce point, même Arthème ne peut rien faire. Le visage du maître de maison exprime une peine légère.

Le regard de Jean-Marie se concentre sur une deuxième portion du risotto. Elle est apparue de nulle part. C'est la grande classe : un pouce levé en l'honneur du serveur. Un bon serveur, c'est justement ce qu'il n'arrive pas à trouver pour ses films. Non, il ne plaisante pas. Vous savez, la réplique la plus difficile, c'est *le dîner est servi.* Il y a si peu d'espace pour l'expression. Sur un signe de couteau du régisseur, des olives noires font leur apparition sur son assiette. Et pourtant dans ces trois mots il doit y avoir tout : et *Figaro-ci, Figaro-là*, et *le bruit d'une corde qui se rompt*, et peut-être même *être ou ne pas être.*

Arthème trinque avec Xénie et moi.

— Vous avez laissé l'*Histoire* à la villa. À en juger d'après la miniature, elle est ouverte au passage de la guerre entre le Nord et le Sud…

Xénie hoche la tête :

— Drôle de guerre, pas vrai ?

— Puis-je me permettre une question ? (Arthème tourne son regard vers moi.) Pourquoi, alors, avez-vous sauvé le président Marcel ? Sans votre aide, cela aurait pu amener sa chute et la fin de la dictature. Pardonnez-moi si je manque de tact.

Les questions sur l'Histoire manquent toujours de tact. Sinon elles n'ont aucun sens. Jadis, Xénie m'avait posé la même question. Je fais semblant de réfléchir, bien que ce ne soit pas le cas. J'avais pris ma décision à l'époque.

— J'essayais d'éviter un massacre. La dictature aurait subsisté de toute façon – avec ou sans Marcel.

Leclair boit quelques gorgées de vin et examine la bouteille :

— Un porto de 1964… Bravo.

— Je suppose que nos hôtes ont déjà bu quelque chose de plus ancien. (Arthème se tourne vers nous.) Pour moi, c'est une question qui concerne l'histoire de la Russie. Si Staline avait disparu dans les années trente, la dictature aurait-elle pris fin ? À quoi sont liés son commencement et sa fin ?

Bonne question.

— Au rythme de l'Histoire.

Je n'ai pas de meilleure réponse.

XÉNIE

Marcel est venu nous trouver une nuit et a dit :

— Je veux vous demander de l'aide.

Il ne demandait jamais d'aide. En fait, il ne demandait jamais. Ce qu'il lui fallait, il le prenait, mais là, il avait visiblement compris que cela ne marchait plus et qu'on ne peut pas indéfiniment attraper la vie par le col.

À cette époque nous avions été transférés dans un appartement communautaire près des portes de la Ville, et c'est là que Marcel vint nous voir. Il s'assit dans la cuisine commune, car dans notre chambre il n'y avait que le lit. Nos voisins étaient à moitié morts de peur. Sur le réchaud à pétrole, une bouilloire bouillait tranquillement et l'eau s'évaporait, mais personne n'osait entrer. C'est Parthène qui a éteint le brûleur. Il a écouté en silence le Commandant en chef qui parlait sans s'arrêter. Il avait visiblement peur que Parthène dît *non*.

Je suis allée prendre une troisième tasse dans notre chambre. Il n'y avait aucun voisin dans le couloir. Deux gardes se tenaient près de la porte d'entrée. Revenue à la cuisine, j'ai allumé notre réchaud et commencé à préparer le thé. Marcel exposait sa demande sans regarder Parthène. Ses yeux se sont posés sur un fil électrique torsadé serré le long duquel un cafard descendait rêveusement. J'ai vu Lucien, le propriétaire de la bouilloire, passer une tête hors de sa pièce. Depuis longtemps il y avait entre nous une guerre larvée : Lucien nous accusait de voler du pétrole, d'utiliser son abattant dans les toilettes et d'allumer son ampoule électrique dans la cuisine. D'où il était, il ne pouvait pas voir que son réchaud était éteint et il souffrait en pensant au pétrole qui brûlait. Le pétrole que nous n'avions pas encore volé, bien sûr. J'ai été emplie d'une joie mauvaise.

Marcel a soudain interrompu son discours et a montré le cafard :

— Des voisins pareils, il faut vous en débarrasser.

Comme soufflé par un courant d'air, Lucien a disparu derrière sa porte. Puis il y a eu un bruit d'écroulement sourd.

Marcel demandait une médiation. Il était contre une effusion de sang, à ce qu'il paraissait. C'était son penchant naturel pour la paix qui l'avait conduit à rencontrer Parthène, parce que Son Altesse Sérénissime (regard étonné de Parthène) était la seule à jouir de la confiance des deux parties. Et quand le Président a rappelé que *bienheureux sont les pacificateurs*, un sourire a effleuré les lèvres de Parthène. C'était la première fois, après tant d'années, qu'il entendait un aphorisme qui n'appartenait pas à Cassien.

Mais le Commandant en chef ne recherchait pas seulement la paix : il se préoccupait aussi du pain. Il comprenait que la paix sans le pain ne le sauverait pas, et essayait de nous convaincre, Xénie et moi, d'adresser une demande d'aide alimentaire à la communauté internationale. Il était sûr qu'on ne nous la refuserait pas.

Marcel n'a pas essayé de nous soudoyer : il s'y connaissait suffisamment en êtres humains. Notre récompense serait les vies sauvées, et le Président de l'Île en parlait en utilisant des expressions de Parthène. J'eus même l'impression, dans certaines phrases, d'entendre la voix de Parthène. Je pensai que le nouveau pouvoir ne réussissait jamais aussi bien que dans l'imitation.

Sans ralentir le rythme, le Commandant en chef a également promis de mettre immédiatement un terme à la guerre avec la France, ce qui, à son avis, devait se traduire par une aide généreuse de Paris reconnaissant.

Non, le rusé Marcel n'a pas essayé pas de nous acheter. Il s'est borné à mentionner brièvement un petit cadeau pour Parthène et moi : un appartement indépendant. Il l'a mentionné comme en passant, les yeux fixés sur le cafard.

Tout a une fin en ce monde, le discours du Président aussi. J'ai servi le thé et Marcel en a bu quelques gorgées. Nous n'avions rien pour l'accompagner. Incapable de supporter le silence qui s'était établi, Marcel s'est mis à tambouriner une drôle de marche sur la table. Parthène se taisait.

Le Commandant en chef revint dans la capitale pour une seule nuit, et c'est là qu'eut lieu sa rencontre avec Parthène et Xénie. On ignore la teneur de leur conversation, mais le lendemain Parthène arriva à l'endroit où étaient stationnées les troupes gouvernementales. Son apparition suscita la joie de tous. Elle rappelait le bon vieux temps, celui qui avait précédé l'avenir radieux. Le vieux temps. Le bon temps.

Parthène s'adressa aux troupes et dit que toute guerre s'achève par la paix et qu'il n'était pas venu pour parler de la guerre, mais de la paix. Les témoins de l'événement affirmèrent que si à cet instant Parthène s'était proclamé Commandant en chef, il le serait devenu, sans le moindre doute.

Mais ce n'est pas ce que fit Parthène. Il monta dans une barque avec deux rameurs et se dirigea vers l'autre rive. Là-bas les gens savaient déjà qui était dans la barque et ils accueillirent Parthène avec un triple hourra. Le général Polycarpe rendit les honneurs à Son Altesse Sérénissime et lui annonça que les armées du Sud étaient prêtes à l'écouter.

Parthène fut bref :

Je ne vous parle pas au nom du pouvoir, car je n'en ai aucun, mais au nom de l'amour et de la prophétie d'Agathon. Le Nord et le Sud ont vécu ensemble pendant des siècles, et ensemble ils ont subi beaucoup d'épreuves. Et maintenant nous devons trouver une voie vers la paix. C'est pour cela que je suis venu.

Le nom d'Agathon le Préviseur n'avait pas été évoqué par hasard. Il rappelait aux gens du Sud que le pieux mariage de Parthène et de Xénie était le gage de l'unité de l'Île, et peut-être même de son existence. Les gens du Sud comprenaient aussi que se séparer du Nord, pays riche, leur apporterait beaucoup de difficultés. De plus, les deux adversaires étaient mortellement fatigués, et la fatigue mortelle, historiquement parlant, est un argument de poids en faveur des pourparlers. Alors les pourparlers commencèrent.

Parthène traversait le Fleuve plusieurs fois par jour, puis ce fut au tour des représentants des forces adverses. Entre-temps Parthène avait pris contact avec des États de la Grande Terre et leur avait demandé de l'aide. Personne n'aurait accepté de parler avec Marcel, mais ils répondirent favorablement aux demandes de Parthène. Après quelques semaines, les premiers vaisseaux chargés de nourriture firent route vers l'Île. Puis vinrent les jours où des gens qui avaient volontairement pris les armes commencèrent à rentrer chez eux.

Le président Marcel voyait la vie reprendre peu à peu son cours normal, mais cela ne lui apportait aucun soulagement. Son esprit inquiet distinguait déjà une autre menace qu'il associait au renforcement de la position du général Polycarpe. Elle était à présent inébranlable dans le Sud, et Marcel pensait qu'il était extrêmement dangereux d'y laisser le général. Il le rappela dans la capitale pour l'avoir nuit et jour sous surveillance. Lorsque le général arriva, le Président vit clairement qu'il y était encore plus dangereux.

Le couple princier était pour Marcel un sujet d'alarme tout aussi grand. Parthène et Xénie, dont la vie s'écoulait dans un appartement communautaire, étaient comme avant appelés Leurs Altesses Sérénissimes, alors que presque plus personne n'appelait Marcel, qui habitait le Palais, Son Altesse Futurissime. Le Président sentait qu'il ne présiderait que tant que les princes le permettraient, et il en perdait le sommeil.

La guerre entre le Nord et le Sud était finie. Il restait une autre guerre en cours qui, bien qu'elle n'apportât pas de malheurs, causait des vagues d'inquiétude : c'était quand même une guerre. Malgré les promesses du Président, la paix avec la France n'avait toujours pas été conclue. Marcel n'affirmait pas qu'elle était impossible, mais expliquait que, simplement, le temps n'était pas encore venu pour la paix.

En la vingt-cinquième année de la Révolution se produisit un événement qui fit vaciller toute l'Île. Le général Polycarpe fut renversé et tué par une voiture en traversant la rue devant chez lui. Dans la notice nécrologique officielle, on parla d'un accident fatal qui avait fauché la vie de cet homme courageux.

Quelque temps après on trouva des témoins affirmant que l'automobile avait renversé Polycarpe deux fois. Après le premier choc le général avait réussi à se relever, mais le conducteur avait engagé la marche arrière, accéléré, et l'avait renversé une seconde fois. Beaucoup se demandèrent alors si l'on pouvait encore parler de fatalité.

On raconte que le prince Parthène demanda audience au Président et lui posa la même question dans sa forme la plus brutale. Le lendemain de cette rencontre fut publiée une nouvelle notice nécrologique dans laquelle on ne parlait déjà plus de hasard fatal, mais où l'on disait que le sort *persécutait* visiblement le général.

On ne retrouva pas l'automobile qui avait renversé le général, ce qui, du point de vue des initiés, ouvrait la voie à de nouveaux accidents fatals, et tout le monde devait s'en souvenir, surtout le prince Parthène. Les mêmes, baissant la voix, disaient que Marcel avait une bonne mémoire et qu'il n'oubliait rien.

Le Président n'avait pas oublié non plus que, lors du tremblement de terre, sa tête fraîchement peinte s'était détachée de la fresque du *Miracle de saint Georges*. Il se rendit un jour au Temple de l'Avenir Radieux pour voir si la tête perdue avait été remise en place, mais elle n'était toujours pas là. Perplexe, le Président demanda des explications aux Gardiens de l'Avenir. Les Gardiens répondirent qu'on l'avait restaurée plusieurs fois, mais que la tête était retombée en miettes à chaque fois.

Questionnés sur la signification possible de ce fait, ils émirent l'hypothèse que l'enduit fabriqué à l'époque de l'avenir radieux n'était pas solide et qu'il était de bien meilleure qualité lors du passé ténébreux. Soupçonnant qu'on lui cachait la vérité, Marcel pâlit et demanda sans détour :

Ce fait ne peut-il pas montrer que je dois me séparer de ma tête ?

Eh bien, répondirent les Gardiens, cette interprétation n'est pas exclue et elle est même très vraisemblable, et donc il nous semble approprié que vous souteniez votre tête avec vos mains.

Depuis ce jour on remarqua que Marcel se touchait fréquemment la tête comme s'il lui semblait que les liens entre elle et son corps s'étaient affaiblis. À présent il s'efforçait de ne pas tourner la tête inutilement et se tournait tout d'une pièce.

Pour faciliter la chose, il fit remplacer dans le bureau présidentiel son siège habituel par un fauteuil tournant.

Ayant fait part de ses craintes à Blaise, le chef de la garde auquel il se fiait comme à lui-même, Marcel lui intima d'être à côté de lui en permanence au cas où sa tête commencerait à se détacher. Il avait indiqué à Blaise que, si le cas se présentait, il faudrait lui fixer la tête sur les épaules et la tourner jusqu'au clic dans le sens inverse des aiguilles d'une montre.

D'autres personnes se mirent à deviner que quelque chose clochait dans la tête du Président. Il n'y avait rien d'étonnant à cela car, où qu'il entrât, le Président commençait par demander un miroir pour vérifier si sa tête était bien en place.

En la vingt-septième année de la Grande Révolution Îlienne, quand Marcel, accompagné de Blaise, entra dans son bureau, il n'y trouva pas de miroir : comme on le sut plus tard, on l'avait emporté pour le restaurer. En l'absence de miroir le Président eut l'impression que sa tête commençait à se séparer de son corps, et Blaise était prêt à jurer que c'était bien le cas. Se rappelant les mesures préconisées, le chef de la garde se mit immédiatement à les appliquer. Au prix d'efforts surhumains Blaise réussit à tourner sensiblement ladite tête dans le sens inverse des aiguilles d'une montre. Au clic, il vit avec évidence que le Président était mort.

Lors de l'examen médical il apparut qu'on aurait dû tourner la tête dans le sens des aiguilles d'une montre, mais Blaise avait strictement appliqué l'ordre du Président. Lorsqu'on lui demanda si le défunt avait dit quelque chose avant de mourir, le chef de la garde répondit que oui. La voix du défunt tremblait d'émotion. Il lui avait donné sa bénédiction, à lui, Blaise, pour occuper le poste de Président de l'Île. Ces paroles mémorables avaient été prononcées au tout dernier moment, juste avant le clic.

Chapitre dix-huit
Blaise

À la mort du président Marcel l'Île fut gouvernée par le président Blaise. C'était le fils d'un apiculteur et ses études se bornaient à deux années d'école paroissiale. Devenu le garde du corps de Marcel, il s'éleva au-dessus de sa condition, mais n'en conçut point d'orgueil. De façon générale, malgré son poste qui inspirait la terreur, ce n'était pas un méchant homme. Ni un lâche. Devinant en lui ces traits de caractère, le Président l'avait attaché à sa personne et ne se fiait qu'à lui. Et ce n'était pas la faute de Blaise si, au moment crucial, il avait tourné la tête du Président dans le mauvais sens.

Connaissant Blaise en tant que chef de la garde, les habitants de l'Île craignaient que, lors de son entrée en fonction, beaucoup partageassent le sort de Marcel. Or, instruit par son amère expérience, Blaise était devenu prudent et ne tordait le cou aux gens qu'en cas d'absolue nécessité. Bien plus, il améliora quelque peu les conditions de vie des personnes déplacées dans le Camp et augmenta même leur pécule.

En la vingt-huitième année de la Grande Révolution Îlienne Glaphyre, l'épouse de Blaise, donna naissance à une petite fille. En souvenir de l'enfance que le Président avait passée dans un rucher, on l'appela Mélisse. La petite s'avéra étonnamment vigoureuse, elle mangeait beaucoup, criait beaucoup et jetait ses jouets hors de son berceau. Glaphyre et Blaise étaient en adoration devant l'enfançonne dont la première dent fut saluée par une salve d'artillerie. Les dents suivantes furent saluées respectivement par deux, trois salves et plus.

La quantité de salves augmentait de façon naturelle, et cela signifiait l'augmentation des difficultés rencontrées par les nourrices que l'enfant mordait au sein. Le nombre de dents, donc des salves, croissait à une vitesse exceptionnelle. Lorsqu'il atteignit trente-six, les citoyens de l'Île ne cachèrent pas leur étonnement. Mais le sourire de Mélisse, d'une blancheur éblouissante, était si enchanteur que la petite quantité de dents qu'elle avait en trop n'inquiéta personne.

En la trente-cinquième année de la Révolution le Président de l'Île, à la différence de ses prédécesseurs, s'intéressa aux questions culturelles. Lors d'une rencontre avec les écrivains, il demanda comment, dans la littérature contemporaine, était traité le thème des abeilles. Apprenant que les abeilles n'avaient pas jusque-là attiré l'attention des écrivains, Blaise en fut attristé et raconta brièvement à l'assistance l'amour des abeilles pour le travail, leur attitude envers les épouses et les mères, et il parla aussi de l'enfumage des ruches.

À la fin de son récit la salle entra dans un état d'excitation extraordinaire. La déclaration finale de Blaise : *L'abeille est notre professeur à tous* produisit un effet extraordinaire. Ces quelques mots, apparemment simples, ont défini de manière exhaustive le rôle de l'abeille dans l'épanouissement de tout écrivain. Inspiré par le discours du Président, l'auditoire l'assura que l'attitude prérévolutionnaire envers les abeilles changerait radicalement à partir de ce jour.

En la trente-septième année de la Grande Révolution Îlienne, une faculté d'apiculture fut ouverte dans l'Université. La même année sortit le premier tome de la chronique familiale *La Ruche*. Elle devait comprendre beaucoup de tomes car, d'après le projet initial, on devait y présenter le portrait littéraire de chacune des abeilles de la ruche. Les volumes consacrés aux individus particuliers seraient répartis entre les écrivains de l'Île. Mais quand on se rendit compte qu'une ruche comprenait en moyenne entre soixante et quatre-vingt mille ouvrières en uniforme rayé, il fut résolu de se concentrer sur les destins les plus intéressants.

Parthène

Les prises de vues auraient dû commencer avant-hier, mais il pleut depuis trois jours. Nous restons à la villa, privés de promenade. Nous sortons parfois sur la véranda couverte et écoutons la pluie qui tambourine sur le store. De temps en temps arrive un employé de la villa et, à l'aide d'un engin en forme de T, il soulève la toile affaissée sous le poids de l'eau. L'eau tombe en cascade légère dans une rigole en pierre.

Il n'y a rien de spécial dans tout cela, mais même ce petit tableau ne mérite pas d'être perdu à jamais. Combien de fois nous sera-t-il donné d'écouter la pluie? D'observer les tourbillons dans une rigole? Au cours de notre vie démesurée, nous avons tout vu tant de fois que c'est un peu déplacé de pleurer en disant adieu à ce genre de choses. L'être humain est bizarrement fait: plus il en a, plus il en veut.

Hier nous avons de nouveau dîné avec Arthème. Profitant de l'absence de Leclair, nous avons bavardé longtemps. Arthème m'a demandé quelle est, à mon avis, la différence principale entre les gens du Moyen Âge et ceux d'aujourd'hui.

Mon avis. Il est de plus en plus confus, et je n'y peux rien.

— Peut-être dans la perception du temps, dis-je. Au Moyen Âge il est comme ralenti, comme quand on filme sous l'eau. Cela vacille: c'est tantôt le temps, tantôt l'éternité.

— Et comment percevez-vous le temps maintenant – comme celui de jadis ou comme l'actuel?

— Maintenant? Comme celui de jadis. Dont on aurait siphonné toute l'éternité.

— Alors, vous vous sentez étranger ici?

— Mais non… je suppose que non.

Je me serais senti étranger si, disons, j'avais sauté directement de ce temps-là à ce temps-ci. Si, comme à l'*Histoire*, on m'avait arraché cent cinquante ans. Mais toutes ces années – y compris celle-ci – je les ai vécues en continu, si l'on peut dire.

Je comprends pourquoi les chroniqueurs avaient si peur qu'une portion de temps se perde, c'est pourquoi ils prisaient tant la continuité. Ils comptabilisaient chaque règne pour que nul abîme ne s'ouvre sur le chemin parcouru, pas même la moindre fissure. Sinon il n'y a pas d'unité dans l'Histoire, et une partie de soi est là-bas, une autre ici. Principalement là-bas, bien sûr.

— Pardonnez-moi, je vous ennuie avec mes questions... (Arthème pose sa paume sur la main de Xénie.) Quel est l'enseignement d'une longue vie ?

Xénie pose sa main sur la sienne. Trois niveaux de sympathie mutuelle.

— Elle enseigne que tout se répète sous un aspect ou un autre. (Xénie réfléchit un instant.) Elle enseigne qu'il faut s'attendre aux malheurs – il y en a tant... Quand on est jeune, on ne le comprend pas. Et à un moment donné on se met à avoir peur de vivre.

— Et plus ça va et plus on a peur, remarqué-je. La sénilité n'est-elle pas une défense ? Une grâce ?

Leclair arrive, se met à table. Il demande de quoi nous parlions.

— De la vie ? Quel sujet étriqué !

Il rit. On lui sert de la salade.

La vie. Dans la nôtre (sa durée est une vraie provocation) ont pris place tant d'autres vies que c'est gênant d'en parler. Nous les avons regardées passer. Chacune d'entre elles.

Lui. Hier encore, jeune, mince, alerte. Il riait. Il sautait pour cueillir au vol une pomme dans l'arbre. Parlait de son nouvel amour. Imitait pour plaisanter une marchande de poissons. Et aujourd'hui, voyez un peu : gros, grisonnant bien qu'encore solide. Ayant toujours quelque chose à raconter. Le lendemain, on apprend qu'il n'est plus. Il se tait.

Elle. Elle se coiffait dans le foyer, avant le commencement du spectacle. Rangeant son peigne dans son sac à main, elle souriait à quelqu'un dans le miroir. Elle regagnait sa place alors que les spectateurs étaient déjà assis, alors tous se levaient tour à tour, et une vague de parfum la précédait. Une fois installée, elle rejetait ses cheveux d'un mouvement de la main, parlait vite, avec excitation. À présent elle aussi se tait. Et des centaines de gens que nous avons vus se taisent aussi. Ils ont eu des vies différentes, mais leur silence est le même.

Combien avons-nous connu de rencontres et d'adieux, de dons et de pertes ! Quand on rencontre un être cher on ne sait pas encore que c'est un don, un compagnon de vie, mais quand on lui dit adieu on comprend que c'est une perte immense. Ainsi, ce sont les pertes qui prédominent.

Nous nous rappelons tous les visages que nous avons pu aimer, tous les mots, toutes les voix, tous les gestes. Nous avons quitté tant de gens que faire nos adieux était devenue notre occupation principale, et eux s'en allaient, s'en allaient, nous laissant chaque fois à notre solitude. Notre *couplitude*, devrais-je dire.

Blaise lut les volumes publiés sur les abeilles avec une attention soutenue. Le Président loua le travail d'écriture mais fit aussi quelques observations. L'œil exercé de l'apiculteur avait remarqué que, dans le troisième tome, l'écrivain avait confondu deux abeilles et attribué à l'une ce qui était arrivé à l'autre.

Dans le sixième volume, une seule et même héroïne était décrite différemment au commencement et à la fin. Dans le premier cas il était dit que l'abeille était avenante, que même vieille et chenue elle avait de jolies pattes minces et des ailes élastiques. Dans le deuxième cas on apprenait que la créature en question était dès son enfance boiteuse, négligée, que ses antennes n'étaient jamais nettoyées des restes de pollen. Au fil du temps elle s'était de plus en plus souvent pintée au nectar, avait grossi et menait joyeuse vie avec les faux-bourdons. Elle était tombée bien bas, au point de ne plus voler : elle se traînait paresseusement sur le toit de la ruche.

Dans le septième tome l'allusion à la taille de guêpe de certaines habitantes de la ruche provoqua le mécontentement de Blaise. Cette expression montrait que les auteurs ne voyaient pas très bien la différence entre les abeilles et les guêpes. Pourtant, malgré ces quelques maladresses occasionnelles, Blaise fut satisfait du travail des écrivains de l'Île.

La lecture de ces livres ouvrit à Blaise le monde enchanté des Belles Lettres de l'Île. Ce qu'on n'attendait pas arriva : de lecteur il se fit écrivain. Comme il avait oublié la grammaire durant ses années de lutte, il évitait d'écrire lui-même. Il avait toujours près de lui un scribe qui notait exactement ses paroles. Quand le scribe voyait que le dirigeant avait une expression mélancolique, il se hâtait de prendre l'encrier suspendu à sa ceinture, ainsi qu'une plume et du papier, car il savait que son travail allait commencer. On ne peut pas dire que le discours du Président coulait tel un grand fleuve : pareil à celui d'un torrent, son débit était maigre et intermittent. On y entendait le roulement des pierres et le grondement des rapides :

Mon père disait :

L'abeille est notre ancêtre. Elle était honorée chez les Égyptiens.

Il disait :

Quand les gens mouraient, une abeille s'envolait de leur bouche. C'était l'âme, en fait, qui s'envolait. L'âme, vous comprenez ?

Et le pharaon, on l'appelait le seigneur des abeilles. J'aimerais bien être appelé comme ça, c'est beau, non ?

Leur piqûre est douloureuse. Moi j'allais juste en chemise, et pieds nus. Un jour elles m'ont piqué presque à mort, mais mon père est arrivé à temps.

J'ai crié :

Elles auraient pu me piquer à mort !

Et lui :

Elles auraient eu raison. Toi, qu'il m'a dit, les abeilles, tu ne les sens pas de l'intérieur.

En la quarante-cinquième année de la Grande Révolution Îlienne Blaise prit un autre titre : le Seigneur des Abeilles. Cette appellation grandissait les Îliens, car tout le monde dans l'Île, du plus petit au plus grand, savait ce que signifie l'image de l'abeille. Mais ce nouveau titre ne devait pas être entendu seulement au figuré : à cette époque, la majeure partie de la population de l'Île s'était lancée dans l'apiculture. Le miel, la cire, la propolis ainsi que le pollen, la gelée royale, le venin d'abeille, le couvain de faux bourdons, le pain d'abeille, les abeilles séchées et les opercules étaient exportés vers la Grande Terre en quantités énormes et se transformaient en un élément important des revenus de l'État. Cependant, puisqu'on ne produisait presque rien dans l'Île, le montant de ce poste budgétaire était entièrement dépensé pour acquérir d'autres marchandises.

Cette même année Mélisse, la fille du Seigneur des Abeilles, s'enfuit de la maison en laissant un mot demandant de ne pas essayer de la retrouver. En dépit de la volonté de sa fille, Blaise la fit rechercher. Pendant deux mois l'armée de l'Île ratissa la Forêt, parce que le Président pensait que la fugitive pouvait s'y cacher.

Tous les fuyards vont dans la Forêt, dit alors Blaise, qui savait que c'est ainsi que faisaient les familles d'abeilles en quittant le rucher.

Et bien que son épouse Glaphyre, qui connaissait sa fille, dît qu'étant donné l'absence de distractions dans la Forêt ce n'était pas la peine de l'y chercher, personne n'osait contredire le Seigneur des Abeilles. On cherchait Mélisse dans la Forêt.

Pourtant on la retrouva dans la Ville, qu'elle n'avait pas quittée, à ce qu'on apprit. Elle s'était liée au célèbre illusionniste Waldemar et se cachait chez lui. Lorsqu'il avait des invités, Waldemar dissimulait Mélisse dans la malle où il sciait ses assistantes en deux. On sut aussi qu'une nuit les amoureux s'étaient mariés dans le Temple de l'Avenir Radieux. Trompant les Gardiens du Temple, Mélisse leur avait dit que ce mariage était voulu par son père. Les fiancés tournèrent trois fois autour du lutrin, baisèrent le portrait du président Cassien et s'en furent.

Mis devant le fait accompli, le Seigneur fut hors de lui, mais il ne pouvait rien faire. Et puis il était quand même content que la fille prodigue fût de retour. Enfin, Blaise avait tout simplement peur de sa fille, et quand celle-ci lui demanda de ne pas bourdonner, il se calma.

Au cours des années la chronique familiale *La Ruche* s'enrichit d'une quantité de nouveaux volumes. Le Seigneur des Abeilles dut renoncer à beaucoup de ses obligations gouvernementales pour se consacrer à la lecture de la chronique. Blaise, qui auparavant avait été également attiré par les livres étrangers (*Abeille,* d'Anatole France), se convainquit avec le temps qu'il n'y avait rien de mieux que la littérature nationale.

La littérature mondiale lui semblait quelque peu superficielle, ne touchant pas les questions vitales. Le dernier livre qui déçut le Président fut *Une majesté en cire,* de Iouri Tynianov, qui ne lui apprit rien de nouveau sur la cire. À peu près à la même époque il cessa de feuilleter la revue politico-littéraire *L'Abeille du Nord* pour se concentrer exclusivement sur *La Ruche*.

En la quarante-huitième année de la Révolution, le Temple de l'Avenir Radieux fut rebaptisé Temple de l'Essaim Révolutionnaire et soumis à une restauration. Le Seigneur des Abeilles n'avait pas oublié le mariage clandestin de sa fille, et la restauration n'était pas exempte de représailles.

Pourtant, soulignant la continuité avec ses prédécesseurs, Blaise ne supprima pas leurs portraits, il se contenta d'exiger qu'ils soient représentés sous forme d'abeilles. Sur le seul mur encore libre on déroula un panorama de la lutte des abeilles et des ours. Les exploits des abeilles éclaireuses qui s'infiltrent sans crainte dans la tanière de l'ennemi et préviennent l'essaim du danger furent représentés avec un luxe particulier de détails.

Xénie

Le beau temps s'est fait attendre quatre jours. Aujourd'hui je me suis réveillée à l'aube et j'ai été la première à savoir que la journée serait ensoleillée. Une boule orange, voulant rattraper le temps perdu, a émergé de l'eau en deux minutes. Je lisais sur le balcon en la regardant de temps en temps. La boule continuait à s'élever, mais plus lentement. À dix heures, nous étions sur le plateau.

Et là, je me suis vue à 8 ans : une petite fille blonde dont le visage avait déjà perdu sa rondeur enfantine. On passait une chanson :

Tes cheveux sont comme les blés non encore moissonnés... Non : *comme le blé par la faux respecté...* J'ai oublié. Et ensuite : *Tes yeux sont comme le ciel au matin.* La chanson ne décrivait personne en particulier, c'était la même pour toutes les filles. Et toutes essayaient d'y correspondre.

Une ample tunique en laine, une chemise de toile fine en dessous. Et un col en soie, montant, fermé par quelques boutons. Il est brodé d'or, avec des perles en bas et, en haut, un liséré de taffetas rouge – c'était ce genre de col. À l'intérieur, pour qu'il soit bien raide – un lé d'écorce de bouleau. Bouleau, ma souffrance ! Comme il me gênait, me serrait la gorge ! J'avais l'impression que ce col était une créature vivante qui allait m'étrangler un jour.

Je m'approche de la petite Xénie. Je ne connais pas son vrai nom et je ne veux pas le connaître, car c'est de moi-même que je m'approche. Je défais les deux boutons supérieurs de son col :

— Ça va mieux ?

— Oh oui, madame.

La costumière pousse un soupir, demande (à qui ?) de reboutonner le col : c'était l'activité préférée de ma tante Claudie. Elle explique, sans s'adresser à quiconque en particulier, qu'au Moyen Âge tous les boutons devaient être boutonnés. Je lui apprends que moi, au Moyen Âge, je ne les boutonnais pas. La costumière approuve poliment de la tête : elle a fait tout ce qu'elle pouvait.

Voici Xénie qui marche en regardant droit devant elle. Sur sa gauche, parallèlement, la caméra glisse sur des rails. À droite, devant la mer en arrière-plan, il y a une laitière, un meunier, un forgeron et un pêcheur. Ils sont en rang : le cadrage est artificiel et spectaculaire. Dents ébréchées, nez crochus. De leurs doigts noueux, ils grattent leurs joues hérissées de poils rêches – tous, sauf la laitière. Le mouvement de la fillette est sans fin. Les figurants tournent la tête pour suivre Xénie. Elle passe le Moyen Âge en revue. Ses cheveux sont comme les blés non encore moissonnés…

Comme sortant de la mer apparaît tante Claudie : c'est bien dans ses manières.

— Tu viens des profondeurs mystérieuses ? demande la fillette.

Le bruit des vagues empêche tante Claudie d'entendre. Elle se dandine comme une oie, s'arrêtant de temps en temps pour reprendre son souffle. La caméra la suit, captant des collines à l'horizon : immobilité bleue. En contraste, les deux collines du fessier de la tante se balancent en un mouvement puissant et lent. Relevant sa jupe, Claudie patauge, dans l'eau jusqu'aux chevilles. Xénie se retourne brusquement et crie :

— Le couteau !

Ma voix et la sienne se fondent en un seul cri. Le visage de Claudie exprime la perplexité. Tous se tournent dans la direction où le cri s'est envolé. Là-bas, il n'y a que le ciel bleu – comme tes yeux. Comme les miens.

Vive douleur au cœur. Deux médecins m'amènent à l'ambulance, me mettent sur une civière. Parthène… où est Parthène ? Je sens son contact. Il est assis à côté de moi. L'ambulance démarre lentement. Rendant perplexes les historiens de la langue, ma question à Claudie à propos de ses jambes résonne en notre absence.

La crise cède lentement. Nous n'allons pas à l'hôpital mais à la villa : Arthème a un bon médecin.

Au dîner Jean-Marie demande si je vais mieux. Arthème, pensif, dessine quelque chose sur sa serviette. Oui, je vais mieux.

C'était vraiment bien. Pendant quelques instants, j'ai vécu dans mon enfance. Et maintenant mes cheveux sont blancs comme neige, et mes yeux… À quoi ressemblent-ils, mes yeux ?

— La fillette est très jolie, dis-je. Je n'étais pas comme cela. J'étais potelée, avec des joues roses.

Je sens sur moi le regard d'Arthème. En dessinant, il regarde tantôt moi, tantôt la serviette :

— Jadis, les représentations de la beauté étaient différentes. Jean-Marie filme en accord avec celles d'aujourd'hui.

— Pour que le spectateur comprenne pourquoi le prince Parthène vous aime si fort – rit Leclair. Et surtout depuis si longtemps.

Arthème me tend par-dessus la table la serviette avec mon portrait. Je me regarde. Le dessin est étonnamment bon. Mes cheveux sont blancs comme neige. Mes yeux sont couleur de cendre.

En la quarante-neuvième année de la Révolution, le frère Galaction s'endormit dans la paix du Seigneur. Peu de temps avant sa mort il me donna sa bénédiction, à moi le serviteur de Dieu Innocent, pour que je continue l'*Histoire*. Cela fut mon obédience monastique, car on doit enregistrer les temps et les événements jusqu'à ce que le Seigneur y mette un terme.

Cette année-là a vu l'ascension de la fille de Blaise, Mélisse. Pour elle fut créé le poste de commissaire aux Affaires des Abeilles. Dans les États éloignés de nous, cette fonction n'est peut-être pas d'une importance capitale, mais ici elle signifiait beaucoup, et tout le monde dans l'Île le comprenait.

Dès la première année la rumeur courut que le Seigneur des Abeilles n'exerçait plus depuis longtemps sa seigneurie sur personne et se retirait de plus en plus en lui-même, s'éloignant des affaires publiques. La nomination de Mélisse en fut la confirmation. On racontait aussi que Blaise s'était fait faire un costume de faux-bourdon et qu'il se promenait vêtu de la sorte dans le Palais, en traînant ses ailes. La nuit, il entrait dans les rayons construits dans la chambre à coucher et incitait Glaphyre à faire de même, disant que sans reine une ruche n'est pas une ruche. Lors des cérémonies où la présence du Seigneur des Abeilles était encore exigée, il se mettait parfois à bourdonner. Et tout le monde comprenait qu'avec cet état d'esprit cela lui était de plus en plus difficile de gouverner.

Beaucoup à présent reconnaissaient Mélisse comme la seule dirigeante de l'Île. En réalité elle partageait le pouvoir avec son mystérieux mari, Waldemar, nommé ministre du Développement et des Artifices. Il se tenait littéralement dans l'ombre, sans manifester en rien sa présence. Quand on avait besoin de lui, il lui arrivait souvent de sortir de son chapeau haut-de-forme, dans un battement d'ailes de pigeon. Cela faisait longtemps que Waldemar ne coupait plus ses assistantes en deux : il avait transféré cette occupation au trésor de l'Île.

La particularité de ses tours était qu'une fois disparu, l'argent ne revenait plus jamais. Et si jadis les breloques, les montres et les billets retournaient invariablement à leurs propriétaires, ce n'était plus le cas. Le public de Waldemar était frappé par son art de faire disparaître les choses. L'illusionniste lui proposait de suivre le mouvement de ses mains, mais c'était peine perdue tant était grande l'habileté de cet homme. En un rien de temps fondirent sans laisser de traces les soldes des militaires, l'argent de la réparation des routes et même ce qui constituait le poste principal des dépenses de l'Île : les fonds pour l'entretien des abeilles.

En la cinquantième année de la Grande Révolution Îlienne furent organisées de grandes fêtes, puisqu'on célébrait le jubilé de l'instauration de l'Avenir Radieux. Mélisse décida de commémorer cet événement en émettant une monnaie tout aussi commémorative. Sur une face était gravé le profil du président Cassien, sur l'autre, le président Blaise libérant une abeille. Cette pièce fut remise à chaque citoyen de l'Île.

Le jour du jubilé, la Grand-Place et toutes les rues avoisinantes étaient noires de monde. Au coup de canon de midi le président Blaise parut sur le balcon dans un costume de faux-bourdon tout neuf. Mélisse, la commissaire aux Affaires des Abeilles, se mit d'un côté, et le ministre du Développement et des Artifices, de l'autre.

Waldemar prit la parole en premier, il dit que pour le cinquantième anniversaire de la Grande Révolution le pays pouvait s'enorgueillir de nouvelles acquisitions et de nouvelles victoires. Et bien que la croissance se soit quelque peu ralentie (n'oubliez pas que nous sommes en guerre avec la France), dans le domaine des illusions le gouvernement a atteint des hauteurs jusque-là inconnues. En guise de confirmation, le ministre proposa à tous ceux qui étaient rassemblés là de prendre leur pièce commémorative et de la poser sur leur paume.

Les mains, regardez les mains, dit Waldemar.

Il claqua des doigts, fit sortir un pigeon de son chapeau, et à ce moment précis les pièces disparurent des paumes des spectateurs.

Il n'y eut pas d'applaudissements.

Je vais vous révéler un petit secret, sourit le ministre. Vous avez surveillé mes mains, il fallait surveiller les vôtres.

Malgré l'explication partielle du tour de magie, les monnaies ne revinrent pas à leurs propriétaires.

Mélisse parla après Waldemar. Ayant noté que depuis l'arrivée de l'avenir radieux le pays avait parcouru un chemin glorieux, la commissaire appela ses concitoyens à y réfléchir, afin de poursuivre vers de nouveaux sommets. À ces mots le Seigneur des Abeilles battit des ailes et se mit à bourdonner. Mélisse hocha la tête, comme si elle approuvait son désir d'envol.

Après ces cinquante ans, l'avenir radieux a eu le temps de devenir le passé, continua Mélisse. C'est le propre du temps. Certains peuvent dire que ce passé, et même ce présent ne sont pas aussi radieux qu'on aurait pu le souhaiter. Je crois nécessaire de rappeler à tous que la Grande Révolution promettait un avenir radieux, et elle a tenu parole.

Mélisse parcourut la foule des yeux :

L'avenir reste radieux, comme avant.

La foule lui fit une ovation. Qui se fit plus forte quand le Seigneur des Abeilles s'approcha de la rambarde. Les ailes frémissantes, Blaise écoutait le grondement de la foule et souriait. Il n'avait encore jamais vu d'essaim aussi gros. À cet instant le soleil sortit des nuages, et le Seigneur éleva les mains vers lui.

L'abeille s'efforce toujours d'atteindre le soleil, proclama-t-il avec une netteté inhabituelle.

Les Îliens, qui n'avaient pas entendu le Seigneur parler de façon articulée depuis longtemps, répondirent par de nouvelles ovations.

Avec une habileté inattendue, Blaise passa une jambe par-dessus la rambarde et cria :

Je vole !

S'élevant au-dessus de la place, ces mots scintillèrent au soleil. Avant qu'ils ne se dissipassent dans les cieux, Blaise fit un pas dans l'espace aérien. Mélisse et Waldemar se jetèrent vers lui, mais trop tard.

Le vol de Blaise ne fut pas long. Son bourdonnement heureux fut interrompu par un choc sourd. Penchés au-dessus de la rambarde, la commissaire et le ministre virent le corps sans vie du Seigneur des Abeilles sur les marches de marbre du Palais.

Chapitre dix-neuf
Mélisse

À la mort de Blaise, le Seigneur des Abeilles, sa fille, Mélisse, gouverna l'Île. Au cours des dernières années de la vie du défunt on s'était si bien habitué à sa façon d'exercer le pouvoir qu'il semblait inévitable de lui confier l'autorité suprême. Elle reprit le titre habituel de Présidente de l'Île. Il faut remarquer que, malgré son prénom, Mélisse prêtait beaucoup moins d'attention aux abeilles que son père.

En la cinquante et unième année de la Grande Révolution Îlienne il y eut sur l'Île un épouvantable tremblement de terre. Il ne dura pas longtemps, mais ses conséquences furent énormes. Les plus fortes secousses eurent lieu dans le Sud, près de la Montagne. Et, pour la première fois de mémoire d'homme, on vit de la fumée au sommet de la Montagne, et tous savaient que, si elle se réveillait, l'Île pouvait disparaître.

Les dégâts ne concernèrent pas seulement les maisons des simples citoyens, mais aussi une partie du Palais. Le corps de bâtiment où vivaient le Seigneur des Abeilles et son épouse Glaphyre s'écroula. La colère des éléments surprit la vieille femme dans les commodités. Lorsque le plafond s'effondra, Glaphyre eut pourtant de la chance. En tombant, les poutres de chêne laissèrent entre elles un petit espace. Et c'est dans cet espace que, heureusement pour elle, la veuve se trouva prise. Quand on la libéra, elle tremblait de tous ses membres.

Elle ne comprenait rien et répétait sans arrêt que ce n'était pas sa faute, qu'elle avait seulement voulu tirer la chasse.

Le Temple de l'Avenir Radieux était lui aussi endommagé. Les Gardiens racontaient que le Temple, construit longtemps avant l'époque de l'Avenir Radieux, s'était révélé étonnamment solide. La plus grande secousse l'avait laissé indemne. Mais quelques heures après, lors des secousses répétées qu'on appelle les *répliques*, toutes les fresques qui avaient été peintes sur ses murs après la victoire de la Révolution s'effondrèrent. Lorsque la poussière se dissipa, l'église de la Transfiguration se montra aux yeux des Gardiens stupéfaits dans son aspect initial.

Cet événement miraculeux fut immédiatement rapporté à Son Altesse Futurissime Mélisse. Arrivée sur les lieux, la Présidente ordonna aux Gardes de la laisser seule dans le Temple et elle y resta trois heures et trente minutes. Les Gardes, dont la position aussi avait chancelé conséquemment au tremblement de terre, l'observèrent par l'entrebâillement de la porte et dirent par la suite que Mélisse ne tenait pas en place, mais qu'elle se déplaçait dans le Temple et conversait avec les icônes.

La Présidente sortit toute illuminée et déclara que dorénavant le Temple ne serait plus consacré à l'Avenir Radieux mais à la Transfiguration du Christ. Cette nouvelle se répandit immédiatement dans toute l'Île et suscita une joie ardente. Il apparut que beaucoup avaient prié pour cela toute leur vie, ayant transformé leurs demeures en chapelles domestiques.

Et le Monastère se remplit des moines qui avaient jusqu'alors vécu secrètement leur condition dans le monde, et le père Georges, âgé de 119 ans et qui se rappelait l'ancienne beauté monastique ainsi que la vie cénobitique, fut nommé leur supérieur. Le père Georges remercia Notre Seigneur Jésus-Christ et dit :

Les autorités de l'île ont dû être bien secouées pour rouvrir ce monastère.

Quant à moi, pécheur, qui occupais ici la charge de gardien du passé, j'ai continué ma vie de moine.

XÉNIE

Je pense que le père Georges avait raison : sans le tremblement de terre tout serait vraisemblablement resté en place. Mais les secousses sismiques avaient secoué Mélisse, et elle fit ce que la veille encore elle n'avait nulle intention de faire : rendre le Temple à l'Église.

Il n'y a eu aucun changement dans l'organisation du gouvernement – du moins, en apparence. Mais avec le recul des années on peut affirmer que le début des changements date de là. Mélisse rappelait étonnamment sa mère, Glaphyre, qui avait voulu déclencher un flot purificateur. En rendant l'Église à la société, la Présidente a elle aussi provoqué une sorte de séisme qui a finalement englouti l'Avenir Radieux et ses arrestations, ses meurtres et ses camps de travail.

En ce qui nous concerne, Parthène et moi, nous avons attendu en vain l'appartement promis par Marcel, alors nous avons continué à vivre dans l'appartement communautaire. Mais c'est vrai que notre vie a été un petit peu plus facile après la visite de Marcel. Lucien, qui nous avait harcelés plus que tous les autres voisins réunis, est devenu doux comme un agneau. Il ne se souciait plus de savoir quel abattant de toilette nous utilisions, ne demandait plus quelle ampoule nous allumions dans la cuisine, et ne vérifiait même plus le niveau de pétrole dans son réchaud.

Avec les années, les réchauds eux-mêmes ont disparu. Dans notre cuisine commune on installa quatre cuisinières à gaz que devaient se partager huit personnes. L'espace sous les cuisinières est devenu le domaine de la chatte Bichette, qui ne correspondait pas du tout à son nom inoffensif.

Bichette était une ennemie convaincue du genre humain. Quand quelqu'un s'approchait des cuisinières, elle l'accueillait en crachant méchamment et le plus souvent elle vous plantait ses griffes dans le mollet. Personne ne savait sous quelle cuisinière elle se trouvait à cet instant : elle avait l'art de tenir tout le monde en haleine. Sauf Parthène, qu'elle distinguait on ne sait pourquoi : elle pouvait même parfois se frotter contre sa jambe.

On supportait Bichette à cause de sa capacité phénoménale à chasser les rats. Sans elle, je pense qu'ils auraient fini par nous chasser de l'appartement. Avant Bichette, ils se promenaient sur les tables, éventraient les paquets de farine et mangeaient tout ce qui pouvait l'être. Ils sautaient des tables avec un bruit sourd qui nous réveillait la nuit. Nous nous rappelions ces temps difficiles quand Bichette fuguait pour quelques jours. L'absence de cette chatte sous les cuisinières signifiait la fin de nos expéditions nocturnes aux toilettes : les rats avaient peur de Bichette, pas de nous.

Les autres plaies de l'appartement étaient les cafards et les punaises. Et là, même Bichette n'y pouvait rien. En mettant nos efforts en commun nous avions quand même réussi à nous débarrasser des punaises, mais les cafards ont accompagné notre vie dans l'appartement communautaire jusqu'au denier jour. Nous versions de l'eau bouillante sur les montants du lit, saupoudrions divers poisons le long des plinthes, mais les cafards s'y habituaient rapidement et se mettaient même à s'en nourrir.

Un jour Lucien s'enquit de la façon dont nous luttions contre les cafards au Palais. Quand nous lui dîmes qu'il n'y en avait pas, il nous regarda avec méfiance. De toute sa vie il n'avait vu un seul endroit sans cafards.

Parthène

Au dîner Jean-Marie dit qu'il ne comprend pas comment nous avons pu nous habituer, après le Palais, à un appartement communautaire. Je réponds que nous nous y sommes habitués assez vite. Bien sûr, nous nous rappelions notre vie au Palais

– comme on se souvient d'un film. De quelque chose qui est arrivé ailleurs, et pas à nous.

— Et toi, tu aurais pu vivre dans un appartement communautaire ? demande Jean-Marie à Arthème. Après ton genre de vie princier ?

Arthème hausse les épaules.

— J'y ai vécu. Quand j'étais enfant.

Leclair demande qu'on lui donne quelques exemples de la vie dans ces appartements. Je lui réponds que c'est ennuyeux, qu'on a écrit cent fois sur ce sujet et que notre vie ne différait en rien de ce qui a déjà été dit.

— En rien, vraiment ? (Jean-Marie lève sa coupe et nous trinquons.) Vous voulez dire que dans tous les appartements communautaires vivaient des ci-devant princes ?

— En grande partie, oui, dit Xénie. Vous auriez dû voir nos voisins.

Jean-Marie regarde Arthème :

— Et qu'est-ce que tu éprouvais ? Dégoût, haine de l'entourage, sentiment de désespoir ?

Arthème porte sa serviette à ses lèvres.

— Le dégoût s'atténue. La haine ? Quand on fait la queue devant les toilettes, c'est difficile d'éprouver de la haine, c'est plutôt de la fatigue. (Arthème nous sourit, à Xénie et à moi.) N'est-ce pas ?

C'est vrai. Bien sûr, il y avait des accès de désespoir, mais aussi des moments de joie. Réfugiés dans notre pièce, nous passions nos soirées assis sur le vieux divan, écoutions des œuvres classiques lues à la radio par des voix démodées. En bruit de fond, la pluie à la fenêtre, le bruit mouillé des roues. Ou bien nous restions simplement assis sans parler.

De toute façon il y avait une frontière qui nous séparait du monde. Cette frontière peut exister même dans la cellule collective d'une prison, sans parler d'un appartement communautaire où nous avions quand même notre pièce.

— Et les rats, les cafards, les punaises? (Jean-Marie ne lâchait pas prise.)

En fait, ils nous ennuyaient moins que les gens. Bien sûr, ce n'est pas une compagnie très agréable, mais il n'y a aucune méchanceté en eux. Les cafards ne faisaient quand même pas exprès de tomber dans la casserole pleine de soupe.

Et puis les voisins, quand on y pense, n'étaient pas si mal que ça. En plein Avenir Radieux nous fêtions Pâques ensemble. Nous faisions le gâteau traditionnel. L'un apportait de la vodka, l'autre du saucisson, et tout le monde se retrouvait – qui l'eût cru! – autour d'une même table.

— Nous ne considérons pas ces années-là comme un temps de malheur, dit Xénie. Si nous n'avions pas fait cette expérience, nous n'aurions rien appris de notre peuple.

Le regard de Leclair se fixe sur quelque chose derrière la fenêtre:

— Je veux trouver un épisode qui fasse comprendre au spectateur que vous êtres restés Vos Altesses Sérénissimes même dans un appartement communautaire.

Xénie joint les mains.

— Joli. Mais voici un exemple: je me querelle avec une voisine, et Son Altesse Sérénissime essaie de nous séparer. Bel épisode – vous n'imaginez même pas à quel point!

— C'est bien pour cela qu'il ne faut pas réduire la vie à un épisode, dit Arthème.

Xénie enfouit son visage dans ses mains et dit d'une voix sourde:

— La vie hache les gens comme un robot de cuisine.

Je lui caresse l'épaule.

— Tu dis ça comme si tu avais passé tout ce demi-siècle à te quereller. C'était juste un jour où tes nerfs avaient complètement lâché.

Par la suite, quand les augustes familles d'Europe nous ont fait cadeau d'un appartement dans la Ville et d'une petite maison sur le Rivage, nous avons souvent évoqué nos voisins. Nous le faisons encore.

Dire qu'ils nous manquent serait sans doute pécher contre la vérité; mais aujourd'hui, alors qu'ils ont quitté ce monde, nous considérons leur absence comme une perte irréparable. Et bien que nous ne cherchions pas à la combler, une perte est une perte. C'est une partie de notre vie, enfuie sans retour. Et maintenant que notre vie, apparemment, ne consiste plus qu'en ces béances, nous pleurons la perte de ces gens.

Avec qui se disputent-ils, maintenant?

Entre-temps, de nouvelles épreuves attendaient la présidente Mélisse. Lorsque les habitants de l'Île reprirent leurs esprits après la mort du Seigneur des Abeilles et le tremblement de terre qui avait suivi, la mémoire les ramena à la célébration du jubilé et ils se souvinrent que ce jour-là ils avaient été privés de leurs monnaies commémoratives.

Quelqu'un dit que le ministre du Développement et des Artifices les avait mystérieusement transférées dans les coussins de sa chambre. Cette nouvelle se propagea à la vitesse d'un ouragan, et bientôt une foule énorme se rassembla près du Palais, anxieuse de retrouver ses pièces. Pour éviter un bain de sang, la présidente Mélisse ordonna de laisser entrer dans leur chambre conjugale cinq représentants de la foule en colère.

Ils eurent la permission d'éventrer les seize coussins de plume qui se trouvaient dans la pièce et de vérifier la présence éventuelle de moyens de paiement. Après une heure de recherches minutieuses, les représentants sortirent à la rencontre de la foule. Leurs visages étaient couverts de duvet, ce qui masquait leur expression de gêne évidente, car ils n'avaient pas trouvé d'argent dans les coussins.

Toutefois, la disparition des pièces avait eu lieu à la vue de tous, et sous la pression de la foule enragée Mélisse fut contrainte d'ordonner des recherches. De plus ces recherches concernaient aussi la disparition de la solde des militaires, de l'argent destiné à la réparation des routes et à l'entretien des abeilles. On ne trouva aucun écrit confirmant le transfert des monnaies commémoratives dans les coussins du Palais. On ne trouva qu'un document attestant leur dépôt dans une banque suisse. Là dormaient aussi tous les autres fonds recherchés.

Toutes ces journées, Waldemar les passa dans son haut-de-forme, mais un matin Mélisse ne l'y retrouva pas. Au bout d'un peu plus d'un mois on découvrit la trace du ministre du Développement et des Artifices dans le Sud. On apprit que Waldemar y rencontrait des personnalités qui militaient ouvertement pour la séparation du Sud et du Nord.

Une de ces personnalités, une certaine Barbe, était à la tête du mouvement séparatiste du Sud, ce qui produisit sur la Présidente une fort mauvaise impression. Des rapports succincts faisant état de *consultations intensives* entre Waldemar et Barbe achevèrent de courroucer Mélisse. Elle aurait pu fermer les yeux sur la trahison de la Patrie, mais la trahison conjugale était impardonnable.

Surmontant son orgueil, Mélisse écrivit à Barbe une lettre détaillée et admonitive dans laquelle elle décrivait les qualités négatives de Waldemar et lui conseillait avec insistance de ne pas entrer en affaire avec lui. La lettre se terminait par un avertissement : fidèle à son habitude, Waldemar finirait par la faire disparaître.

La réponse fut brève et décourageante. Et elle n'était pas signée par la dirigeante du mouvement séparatiste du Sud mais par son adjointe Régine. Dans la lettre il était dit sèchement que Waldemar n'avait encore manifesté aucune velléité de faire disparaître quiconque, étant donné qu'il proposait à Barbe des tours d'une tout autre nature.

À la lecture de cette missive, Mélisse fut pétrifiée. Elle médita sa réponse durant plusieurs jours – et comprit que dans le cas présent on ne pouvait répondre que par l'action. La Présidente déclara Waldemar et Barbe traîtres à la Patrie et signa l'ordre de les arrêter. Lorsqu'elle remit cet ordre entre les mains du chef de la garde, l'indécision de l'officier lui sauta aux yeux. À la question de Son Altesse Futurissime sur la raison de ses hésitations, le chef de la garde répondit qu'il serait difficile d'accomplir cet ordre, car les gardes des régions du Sud avaient cessé de lui obéir.

Je pensais, dit Mélisse, que cette sédition était partie sans retour. Et, à ce qu'il paraît…

La Présidente se tut, regardant dans les yeux le chef de la garde.

Et elle a fait un aller et retour, Votre Altesse Futurissime, conclut le chef de la garde en claquant des talons.

Quant à Waldemar, son bref séjour du Sud lui avait suffi pour envoûter la population. Il n'usait pas des maléfices décrits dans les manuels de magie noire : l'ex-ministre n'avait ni l'esprit assez solide ni la concentration nécessaire pour cela. Il faisait simplement des tours de magie, parlait beaucoup, et cela suffisait aux habitants du Sud.

Les paroles de Waldemar se dévidaient comme une écharpe de soie sans fin tirée d'un chapeau haut-de-forme. Il racontait comment, d'un mouvement de sa pensée, il faisait passer de l'argent d'une banque à l'autre, et promettait de transférer aux gens du Sud tous les fonds des banques suisses. Il promettait de créer de telles conditions naturelles que le pétrole du Nord, par de mystérieux canaux souterrains, coulerait jusqu'au Sud.

Il se proposait d'assécher les marécages de la partie méridionale de la Forêt, bien que cela fût difficile. Pour ce faire, il aurait fallu inverser le cours du Fleuve. Mais là, Waldemar ne promettait rien. Quand il en parlait, il s'interrompait et faisait comprendre que lui aussi avait ses limites. Mais ce qu'il avait promis était largement suffisant pour conquérir le cœur des gens du Sud.

Waldemar accompagnait ses paroles de tours de magie extraordinaires. Il tirait la montre d'un spectateur de la poche d'un autre, d'un geste de la main il recollait des billets déchirés, et aux yeux de tous il sciait des femmes en deux sans leur faire aucun mal. Ajoutés à ses récits, ces tours avaient sur les gens un effet magique. Sa principale réussite fut que personne ne douta de la véracité de ses fables, chatoyantes comme les rubans qu'il coupait. Waldemar conquit les gens du Sud en quelques semaines, et ils étaient prêts à le suivre n'importe où. Alors il les conduisit vers le Nord.

Xénie

Il y a quinze jours, nous sommes revenus chez nous. Le premier épisode a été tourné pendant notre séjour en Toscane.

Apprenant notre retour, Philippe, notre éditeur, est venu nous voir. Il voulait éditer nos notes directement dans le texte en les identifiant par une police de caractères différente. Parthène était contre ce changement de police. Il n'aime pas le bariolage, mon Parthène. Il trouve que c'est de mauvais goût.

Mais alors, a demandé Philippe, comment distinguer votre texte de celui des chroniqueurs ?

Après réflexion, Parthène a dit :

— Vous pourriez simplement faire un retrait plus grand à partir du bord de la page. Mais on peut aussi ne rien différencier : en gros, il s'agit d'un seul texte.

Philippe ne le crut pas.

Et avant-hier Jean-Marie est arrivé sans prévenir. Il avait fini un montage test de l'épisode et voulait nous le montrer. Bizarre : pendant le tournage nous avions l'impression que cela parlait de nous. Mais quand nous l'avons vu… Le film est bon, comme tout ce que fait Leclair. Mais on ne sait pas de qui il s'agit. De quelqu'un qui est né et a vécu à l'intérieur de Jean-Marie.

Après la projection, il nous a demandé nos impressions.

— C'est beau, dit Parthène. Peut-être plus beau que nature.

Jean-Marie a voulu savoir ce qui nous troublait. Il dit qu'il était prêt à corriger des détails. J'ai répondu que, justement, il n'y avait rien à reprocher aux détails. Cela a eu l'air de lui faire de la peine.

— Alors, qu'est-ce qui ne va pas ?

— La vie, a souri Parthène. La vie dans son ensemble.

Ensuite nous sommes allés nous promener vers la Mer. Une femme venait à notre rencontre, et oui, elle ressemblait à ma tante.

— Claudie, dit Jean-Marie, sans être étonné.

Jusqu'à présent elle nous poursuit de ses conseils. Chacune de ses apparitions ressemble à la première, et sous sa nouvelle apparence nous devinons infailliblement Claudie. Que ferait-on sans elle ?

Ma tante prend le bras de Parthène et lui explique quelque chose avec agitation. Elle lui montre des rochers qui pointent hors de la Mer. Parthène hoche poliment la tête. En prenant congé, il lui baise la main.

— Que disait cette femme ? demande Jean-Marie.

— Elle nous conjurait de ne pas entrer dans l'eau près de ces rochers. Elle m'a raconté qu'elle avait eu la bêtise d'y entrer à cet endroit et qu'elle avait failli ne pas ressortir. Un peu plus, elle se cassait les jambes.

Jean-Marie regarde pensivement Claudie s'éloigner :

— Non, elle ne s'est pas cassé les jambes, mais elle se les est bien tordues.

En la cinquante-deuxième année de la Révolution, le vingt mai, l'armée du Sud marcha vers le Nord. Animés d'un bouillant amour pour la liberté, les hommes du Sud entreprirent une marche forcée de deux jours et débouchèrent sur la Route du Sud qui, par convention, marquait la frontière entre les deux parties de l'Île. C'était la première fois qu'une guerre civile était déclenchée par la partie sud.

L'armée était composée de volontaires, elle était mal armée et peu entraînée. Son Commandant en chef, Waldemar, lui correspondait tout à fait, d'ailleurs il avait été élu à l'unanimité. À la frontière, le mouvement impétueux de ses bataillons se changea en une immobilité complète : de l'autre côté, l'armée régulière du Nord, rayonnante d'efficacité guerrière, attendait les assaillants.

Les troupes sous le commandement du feld-maréchal Sérapion exprimaient leur entière allégeance à Mélisse qu'ils considéraient comme leur Belle Dame. Sérapion était grand, grisonnant, sage et taciturne. Étonné, il regardait à la jumelle l'étrange communauté qui depuis quelques jours faisait grand bruit à la frontière. Le passe-temps quotidien des gens du Sud était de faire des discours enflammés sur l'indépendance, entrecoupés de généreuses libations.

Pour renforcer l'esprit combatif des soldats, Waldemar montrait des tours de caractère libérateur. Après son tour habituel (couper en deux une écharpe) et son heureux dénouement (l'écharpe revenait intacte à son propriétaire), il exigeait bruyamment qu'on lui apportât le drapeau de l'Île. À sa suite apparaissait une paire de ciseaux de taille invraisemblable, que l'on ne pouvait manœuvrer qu'à deux mains. Le Commandant en chef, sous les cris d'encouragement de la troupe, coupait le drapeau en deux.

Vous attendez que ces deux moitiés se réunissent ? Pas la peine. Personne ne peut les réunir. Pas même moi.

Ce tour avait un tel succès que Waldemar devait le répéter de nombreuses fois dans la journée. Ses paroles étaient connues de tous et la troupe les prononçait en chœur. En une semaine, le Commandant en chef coupa une telle quantité de drapeaux qu'il fallut aller s'en procurer dans les coins les plus reculés de l'Île.

Cependant le chef de guerre ne se pressait pas de reprendre l'offensive. Les rapports qu'il recevait le persuadaient de plus en plus que, dans une bataille contre l'armée régulière, il ne devrait pas compter sur ses tours de magie.

Durant ces mêmes jours Waldemar se déclara libéré des liens conjugaux qui l'unissaient à Mélisse. Dans une allocution radiophonique destinée au Sud, il raconta qu'il avait aimé cette femme durant de longues années et qu'il aurait peut-être continué si elle n'avait pas eu cette nature impérieuse. La pensée que Mélisse opprimait le Sud épris de liberté avait progressivement paralysé son esprit, son cœur et tout ce qui pouvait être paralysé, si bien qu'à la fin il ne pouvait plus partager la couche de la Présidente. L'amour pour le Sud s'était avéré en Waldemar plus fort que son amour pour Mélisse. Il avait fait son choix, et voilà, il était là.

Son Altesse Futurissime, à l'affût de tout ce qui concernait l'époux fugitif, avait écouté l'allocution de bout en bout. L'opinion qu'en avait retirée Mélisse est demeurée inconnue, car aux derniers mots prononcés par Waldemar elle eut une attaque. La Présidente n'arrivait plus à respirer, et au lieu de paroles humaines ne sortait de sa bouche qu'un meuglement pitoyable.

Les efforts des médecins la remirent plus ou moins sur pied, mais elle ne retrouva pas la parole. L'intérêt pour les choses de l'État l'avait aussi quittée. Les affaires locales n'inquiétaient pas non plus la Présidente, et rien n'éveillait plus son attention, à l'exception de la radio. Elle restait jour et nuit assise à côté du poste réglé à pleine puissance. Le son était si fort qu'il retentissait non seulement dans toutes les pièces du Palais mais dans les rues avoisinantes.

C'est donc à plein volume que Waldemar, une semaine après, fit part sur les ondes de son mariage avec Barbe, la dirigeante du mouvement séparatiste. Le Commandant en chef informait les auditeurs qu'en la personne de Barbe il s'unissait dès ce jour au mouvement libérateur du Sud. Waldemar expliquait aussi que son amour pour le mouvement libérateur s'était progressivement mué en lui en amour pour Barbe, mais Mélisse ne l'entendait déjà plus. On la trouva à la fin de l'émission, pendant la retransmission du chant *Liberta*. La tête de la Présidente reposait sur la table, sa main serrait l'antenne du récepteur et son âme flottait sur les ondes moyennes.

En apprenant la mort de la Présidente, le Commandant en chef Waldemar déclara que l'offensive aurait lieu le lendemain. Ceux qui avaient soif d'une victoire immédiate exigeaient d'attaquer non le lendemain mais le jour même, avant que le pouvoir ne fût repris en main. Waldemar répondit qu'aujourd'hui c'était trop tôt, et demain, ce serait trop tard. L'explication étant cryptique, elle satisfit tout le monde.

En fait Waldemar s'attendait à ce que l'armée régulière se dispersât en apprenant la mort de Mélisse. Mais en souvenir de leur Présidente prématurément disparue, l'armée résolut au contraire de rétablir l'ordre dans l'État et se prépara au combat avec une sombre concentration. Certains virent même Mélisse voguer sur les ondes aériennes et les appeler à la vengeance.

Quand il apprit l'état d'esprit de l'armée régulière, le chef de guerre des gens du Sud fut démoralisé. On dit qu'il éprouva quelques frissons en comprenant que son ex-épouse s'opposait à lui, même après sa mort, et cette opposition post-mortem effrayait Waldemar pour de bon. Il était hanté par la pensée que son châtiment viendrait de la main de Mélisse qui jadis le caressait, que jadis il embrassait.

Le Commandant en chef s'adressa à l'armée et dit que l'attaque était différée à la suite de circonstances nouvelles, mais personne ne l'écoutait plus. Les volontaires épris de liberté se préparaient à marcher sur l'ennemi. Ils ne voyaient qu'une seule place pour Waldemar : à la tête de ses troupes, comme il sied à un chef de guerre.

Toute la nuit, le Commandant en chef fut secoué de tremblements. Sa main approchait de temps en temps un pistolet de sa tempe, mais à chaque fois quelque chose le retenait. Le lendemain matin, les adversaires franchirent les dernières centaines de mètres qui les séparaient. À présent ils se tenaient face à face de chaque côté de la Route.

Le feld-maréchal Sérapion demanda à Waldemar de se rendre. Sa voix était emplie d'assurance et de calme. Waldemar, démoralisé, bredouilla quelque chose de confus et proposa même de lui montrer un tour de cartes. L'armée du Sud trouva indigne la conduite de son Commandant en chef, et on murmura dans les rangs.

Sérapion regarda sa montre et dit que l'armée du Sud avait une heure pour se rendre.

Il est à présent onze heures, dit Sérapion. À midi, j'ouvre le feu.

D'après les soldats qui étaient prêts à se battre, jamais encore le temps n'avait été si tangible et sonore. Seuls les bredouillements de Waldemar troublaient le silence : il essayait de convaincre son armée de reculer provisoirement. Quinze minutes avant l'expiration du délai imparti, l'armée de Sérapion commença à s'agiter et on entendit le claquement des culasses.

C'est précisément à cet instant qu'un nuage de poussière apparut sur la Route du Sud. On aurait dit qu'il se tenait immobile comme une tornade figée, mais au bout de quelques minutes il fut clair que le nuage s'approchait. Les combattants des deux armées tournèrent la tête de son côté, comme si le salut devait venir de là.

Et il vint.

Dans une voiture décapotable était assis Son Altesse Sérénissime le prince Parthène. Le feld-maréchal Sérapion fut le premier à s'approcher. Ayant rendu les honneurs, il aida le vieux prince à sortir de l'automobile. Waldemar aussi s'avança. Il se tenait à part, mais les témoins décrivirent l'expression de son visage comme celle d'un homme heureux.

On apporta un fauteuil, pris dans la tente du feld-maréchal. Quand Parthène s'y fut assis, quelques soldats parmi les plus grands l'élevèrent à bout de bras. On amena le prince près d'un haut-parleur.

Que la paix soit sur vous, dit Parthène. Je réponds de vous tous. C'est mon devoir, puisque, hélas, vous ne répondez plus de vous-mêmes. Plein de douleur, je vous dis : dispersez-vous, rentrez chez vous et embrassez vos femmes et vos enfants, car s'ils vous perdent, à quoi bon tout le reste ?

On entendit un soupir de soulagement général. Il était si fort que les arbres oscillèrent des deux côtés de la route. Waldemar, que ce souffle n'avait pas touché, s'avança au milieu de la route. Soucieux de faire impression, cet homme souple décida de montrer son inflexibilité. On lui apporta le drapeau de l'Île et de grands ciseaux. Ayant coupé le drapeau en deux, il attendit que ses troupes réagissent en répétant la formule habituelle. Mais elles ne dirent rien, alors il la prononça lui-même.

Dans le silence qui s'était établi, Waldemar éleva les deux moitiés du drapeau au-dessus de sa tête et répéta que personne ne les réunirait plus, puis les remit à Parthène. Et Parthène, ayant pris les deux morceaux de tissu, les assembla. Quand il les déploya de nouveau, tous virent dans ses mains le drapeau intact de l'Île.

Les soldats des deux camps comprirent qu'il s'était passé quelque chose d'inhabituel et, tête découverte, restèrent silencieux. Puis ils partirent sans prononcer un mot, comme on le leur avait dit, chacun chez soi, et embrassèrent leurs femmes et leurs enfants.

Le lendemain matin le feld-maréchal Sérapion déclara que, vu la mort de Mélisse, la Présidente de l'Île, il prenait sur lui la totalité du pouvoir dans l'Île.

Il n'y a rien de pire qu'une absence de pouvoir, dit Sérapion, car elle ouvre en l'homme les abîmes les plus noirs et transforme sa vie en enfer.

Le feld-maréchal déclara aussi qu'il ne prenait le pouvoir que pour une année, jusqu'à ce qu'un nouveau dirigeant répondant aux attentes des Îliens fût élu. Lui, Sérapion, donnait sa parole d'officier qu'il déposerait le pouvoir dans exactement un an, jour pour jour, et prendrait sa retraite.

Chapitre vingt
Sérapion

En la cinquante-deuxième année de la Grande Révolution, le premier décret du Chef d'État Sérapion octroya l'amnistie à tous les participants aux troubles survenus sur la Route du Sud. Son deuxième décret restaura l'ancienne façon de compter les années. Ainsi, la cinquante-deuxième année de la Révolution fut la première année du gouvernement de Sérapion. La première et la seule, selon la promesse du Chef d'État.

Tous les Îliens ne comprirent pas les changements de calendrier, et certaines voix s'élevèrent pour affirmer que Sérapion avait supprimé cinquante et une années uniquement pour priver le pays d'un avenir radieux et le ramener à son passé ténébreux. Sérapion leur répondit qu'il était impossible de supprimer l'avenir puisqu'il n'existe que dans l'imagination. Que lui, Sérapion, de par ses fonctions, était complètement privé d'imagination et ne s'occupait que du présent. Qu'il convenait aussi de se souvenir du passé afin de ne pas répéter ses erreurs et de ne pas faire du déroulement de l'Histoire un cercle vicieux.

Quant à Waldemar, il s'enfuit à l'étranger car il ne croyait ni à l'amnistie ni à la promesse de Sérapion de quitter le pouvoir. De là-bas, contredisant Sérapion, il proposa d'ajouter à l'Île cinquante années non vécues afin d'entrer dans l'avenir sans gaspiller trop d'efforts. Le fugitif avançait comme argument le mode de vie à l'étranger, qu'il portait aux nues. Sérapion informa cependant Waldemar que les années non vécues n'étaient pas porteuses d'expérience, et que les ajouter n'avait donc aucun sens.

On peut déclarer adulte un enfant, dit Sérapion, mais cela rendra-t-il son esprit plus sage et son âme plus forte ?

Il compare le peuple à un enfant, s'indigna Waldemar depuis la Grande Terre. C'est un déni de la sagesse populaire, et donc le refus de croire à la souveraineté du peuple.

Le feld-maréchal ne rejetait pas la souveraineté populaire, mais il ne croyait pas qu'elle ait des possibilités infinies. Sérapion pensait que le régime démocratique exigeait de chaque homme en particulier le sentiment de sa responsabilité. Ce qu'il n'avait pas observé sur notre Île.

Lorsque la colonne vertébrale ne soutient pas le corps, disait le feld-maréchal, on met un corset. Ce corset, c'est un gouvernement ferme.

Il nie le haut degré de conscience de ses concitoyens, répliqua Waldemar par-delà la Mer.

Si la souveraineté populaire nous arrive seulement comme formule magique, dit Sérapion, nous devons nous attendre à de grands malheurs. Les mots nouveaux doivent naître de changements intérieurs.

Il propose d'attendre, et moi j'exige des actes, répliqua Waldemar.

Qu'ils suivent l'inclination de leur cœur, dit Sérapion. Mon devoir est d'organiser une élection.

Pour apprendre à nager il faut entrer dans l'eau, déclara Waldemar.

Et nous y entrâmes.

Diverses forces se mirent à se préparer à l'élection du Chef d'État – et c'est alors que se manifesta la diversité des opinions. Dans la lutte pour le pouvoir, les partisans de l'Avenir Radieux présentèrent leurs candidats, tout comme les adeptes du passé. Il y eut même un Parti des Abeilles, qui continuait l'œuvre du Seigneur Blaise : lui aussi présenta son champion. Le Parti du Progrès devint la nouvelle force politique de l'Île, avec à sa tête Waldemar en personne, laquelle, physiquement, était encore à l'étranger.

Contre toute attente, il tint promesse et transféra des fonds, quoiqu'en quantité limitée, seulement il les envoya non au Sud, mais au Nord, dans la capitale où son parti nouvellement formé déployait son activité. Le mouvement d'indépendance du Sud avait cessé d'attirer Waldemar, et bientôt il déclara publiquement que sa façon de voir les choses avait changé. L'ancien chef de guerre ne souhaitait plus la partition : il rêvait au contraire que l'unité de l'Île se renforçât.

La première victime de la volte-face de Waldemar fut Barbe, car les liens personnels et publics d'un vrai politicien sont indissociables. Par les chaînes invisibles de l'amour il était à présent uni à la Compagnie Pétrolière Continentale, qui était la source des ressources dont il disposait.

En proie à cette nouvelle passion, il cherchait à renforcer ces relations naissantes, mais il comprenait qu'il lui serait difficile d'épouser une compagnie pétrolière, autant bien sûr que M. Brand, son propriétaire. Waldemar prit le seul chemin possible : il épousa Cécile, la fille du propriétaire de la compagnie.

À la différence de Mélisse, Barbe n'en mourut pas. Son parcours à la tête du mouvement d'indépendance l'avait habituée aux cataclysmes, et cela ne fit que l'endurcir. Barbe envoya aux jeunes mariés un télégramme de félicitations où elle promettait de leur remettre son cadeau en personne. Waldemar, qui avait appris à bien connaître son ancienne compagne de lutte, se sentit inquiet, mais le sort en était jeté. Son Rubicon fut la Mer qui séparait l'Île de la Grande Terre. Ayant reçu de Sérapion l'assurance écrite que sa sécurité était assurée, Waldemar débarqua sur l'Île avec Cécile.

Sans se donner un seul jour de repos, Waldemar se lança dans le tourbillon électoral. Sa première rencontre avec les électeurs, à l'étonnement de tous, n'eut pas lieu dans la capitale. Ne plaignant ni son temps ni ses efforts, le candidat se rendit dans la région pétrolifère qui se trouve dans le nord-ouest de l'Île. Sur fond de derricks, Waldemar parla de la prospérité qui attendait le pays sous son gouvernement, et son récit se déroulait au rythme des pompes qui hochaient leurs immenses têtes de cheval.

Il acheva comme il se doit sa prestation par un tour de magie. Il éleva au-dessus de sa tête un récipient transparent empli de pétrole qu'il n'appelait jamais autrement que l'or noir. Il s'approcha du premier rang des spectateurs et permit à tous ceux qui le voulaient de renifler le liquide dont il enduisit même quelques nez, afin que tous soient certains que c'était bien ce fameux or noir qu'il avait entre les mains. L'illusionniste appela un vieux foreur, lui demanda d'ôter sa veste et de la montrer à l'assistance, à l'endroit et à l'envers. La veste était sale des deux côtés, ce qui prouvait qu'on ne l'avait pas préparée spécialement pour la représentation. Le foreur aussi était au-dessus de tout soupçon, car durant toutes ces années où il avait travaillé aux puits, il n'avait pas manifesté la plus petite attirance pour la magie. À la demande de Waldemar, le foreur recouvrit le récipient de sa veste. Lorsqu'il la retira, le récipient était vide. Le foreur et tous les autres travailleurs du pétrole étaient ébranlés, car ils n'arrivaient pas à comprendre comment du pétrole pouvait disparaître sans laisser aucune trace.

Xénie

Philippe est venu discuter des détails de l'édition future. Il veut absolument mettre une citation en exergue. Il a décidé de ne pas employer une police de caractères banale mais d'en commander une à un graphiste connu. Ce dernier n'a eu besoin que de deux jours. Il l'a apportée à Philippe ce matin.

Voudrions-nous y jeter un œil ? Bien sûr, quelle question. Et l'épigraphe, qu'est-ce que c'est ?

Philippe tire d'un classeur une feuille épaisse et rêche avec des caractères imitant l'écriture ancienne.

— Voilà… l'ajout de Procope sur la dernière feuille de *La Véritable Histoire…*

Penchés sur la feuille, nous lisons : *Près du tombeau d'Agathon ne recevra la voix de la prophétie personne existe une source d'informations sur l'avenir de l'Île.*

Ah, c'est donc cela…

— La phrase est connue, dit Parthène. Surtout parce que son sens est plutôt abscons.

Que peut-il y avoir de mieux pour une épigraphe ? rit Philippe.

Il sort la photographie de la page du manuscrit de son classeur ainsi qu'une copie du travail du calligraphe. Il les met sur le bord de la table. Il va nous les laisser, à tout hasard.

Parthène demande :

— Finalement, comment comprenez-vous cet ajout ?

L'éditeur le comprend à peu près ainsi : même auprès du tombeau d'Agathon personne n'est capable de faire une prophétie qui soit la source d'un savoir quelconque concernant l'avenir de l'Île. Encouragé par notre silence, Philippe explique qu'en l'absence de prophétie il ne nous reste plus que l'Histoire, et que nous devons scrupuleusement l'étudier. Et l'éditer.

— Avec une prophétie, tout serait plus simple, bien sûr.

Eh oui. Une bonne prophétie est plus fiable que l'Histoire.

Une fois l'éditeur parti, j'ai pris la photo qu'il nous avait laissée. Je connaissais la phrase telle qu'elle avait été publiée, mais je n'avais jamais eu le manuscrit entre les mains. *Près du tombeau d'Agathon…* À mon goût, l'écriture de Procope était beaucoup plus plaisante que les élucubrations du calligraphe. Selon l'habitude de l'époque il n'y avait ni points, ni virgules, et même les mots n'étaient pas séparés. Par contre il y avait une nuée de signes au-dessus des lignes, très beaux et qui ne signifiaient rien. J'ai appelé Parthène.

— Regarde : là où le bord de la feuille est abîmé, il pourrait y avoir un mot. Tu vois ce trait ? On dirait que c'est un bout de lettre.

— *U* ?

— Peut-être. Et devant « sonne », moi je ne vois pas « per ». Autre chose ? Si on divise les mots autrement, on aurait :

« Près du tombeau d'Agathon l'urne recevra la voix de la prophétie (?) sonne une source d'informations sur l'avenir de l'Île. »

— Ce qui donne ceci : Procope a caché sa prophétie dans une urne – qui « sonne », c'est sans doute un vase acoustique – et ce vase se trouve près du tombeau d'Agathon.

Nous téléphonâmes à Philippe pour lui raconter notre trouvaille. Pendant un certain temps il n'y eut dans l'écouteur qu'un bruit rauque de respiration. Je secouai le combiné, et il réagit :

— Demain matin j'essaierai de contacter le ministre de la Culture. Tous les travaux dans le Temple de la Transfiguration ne peuvent se faire qu'avec son accord.

Donc, Procope était sûr que personne n'arriverait jusqu'à la prophétie. En même temps il donnait un indice pour la trouver. Cela lui ressemble bien.

Jamais encore l'Île n'avait été autant absorbée par la lutte sociale. Elle s'y engloutit corps et biens, comme jadis l'armée du pharaon dans l'abîme de la mer Rouge et, bien plus tard, comme les troupes du prince Constantin dans le marécage où elles avaient été attirées. L'Île devait se choisir un nouveau dirigeant qui porterait dorénavant le titre de président élu. C'était la première fois qu'on élisait un président, d'ailleurs c'étaient les toutes premières élections, et comment tout cela finirait, nul dans le pays n'en avait la moindre idée.

Les discussions sur la valeur des candidats avaient lieu partout : dans les journaux, à la radio et même à la télévision, les étranges lucarnes ayant progressivement fait leur apparition dans la vie quotidienne des Îliens. On discutait dans les rues et sur les places, dans les tramways et les taxis, et même dans le rapide qui reliait le Nord au Sud.

Un jour, un représentant du parti de l'Avenir Radieux passa à la télévision. Il annonça aux téléspectateurs que certains amis de la vérité lui avaient apporté un papier appelé *Déclaration d'intentions.* Ce document reflétait les intentions de Waldemar, qui coïncidaient avec celles de la Compagnie Pétrolière Continentale. S'il remportait l'élection, Waldemar promettait de privatiser l'industrie pétrolière de l'Île et de la céder à la dite Compagnie.

La force de cette déclaration télévisée ne résidait pas seulement en ce que les Îliens avaient entendu, mais à ce qu'ils avaient vu. La *Déclaration* avait été montrée en gros plan et était restée à l'écran un temps suffisamment long pour que tous aient pu en prendre connaissance, même ceux qui lisaient lentement. Le papier était authentifié par les signatures manuscrites des parties concernées.

Le lendemain, Waldemar apparut à l'écran. Contre toute attente, il utilisa les possibilités offertes par la télévision beaucoup plus efficacement que son dénonciateur. Ce dernier avait pour lui le document et les détails rébarbatifs de l'accord, tandis que Waldemar avait l'ardeur de ses sentiments.

Émand même profondément touché, Waldemar demanda aux téléspectateurs comment ils pouvaient croire un papier quelconque et non lui, Waldemar, qui jamais n'avait trompé ses compatriotes ? Une larme coula sur sa joue et sa voix s'étrangla. Il attribua l'apparition du document à l'habileté de son dénonciateur et dit que ce procédé était largement connu de tous les illusionnistes.

Pour le prouver, Waldemar prit une copie de la *Déclaration d'intentions*, la chiffonna et, quand il la défroissa, la feuille s'avéra vierge. La démonstration du candidat était si convaincante que ses compatriotes, qui connaissaient aussi bien le contenu du document que les manœuvres douteuses de Waldemar dans le passé, le crurent sans réserve.

Waldemar étant convaincu qu'il est possible de prouver ou de réfuter tout et n'importe quoi, plus personne ne pouvait l'arrêter. Il exécutait son numéro à chacune de ses interventions, et expliquait par des manœuvres des ennemis du progrès toute tentative de le démasquer.

Ses portraits étaient affichés partout dans l'Île, apportés de la Grande Terre par cargos. Le candidat y apparaissait sous divers aspects. Parfois avec la veste portée sur l'épaule, signifiant qu'il était prêt à travailler, parfois en bras de chemise, avec sur le visage une expression sage et fatiguée qui reflétait son extrême tension.

Ce travailleur connaissait pourtant la valeur de la gaieté, comme le montrait un Waldemar rieur aux dents incroyablement blanches. On comprenait que cet homme, pareil aux simples habitants de l'Île, savait aussi prendre du bon temps : ce que confirmait la photographie où il tournait sur un manège. À chaque fois qu'un bateau arrivait, les électeurs apprenaient plus de détails sur le candidat : Waldemar à la bibliothèque, au théâtre, au gymnase.

Ce qui était étonnant, c'est que ces portraits créaient un nouveau Waldemar : grand lecteur, amateur d'art, sportif. Un ardent défenseur de cette terre, l'Île, qui jamais n'avait signé de *Déclaration d'intentions* et jamais n'avait eu de semblables intentions. Quelqu'un qui n'avait jamais détourné de fonds et qui faisait innocemment des tours de manège. Qui protégeait les humiliés et les offensés, lesquels se bousculaient pour le raconter aux autres Îliens : jamais encore on n'avait publié tant d'interviews de nécessiteux, d'orphelins et de veuves. Et peu nombreux étaient ceux qui ne désiraient pas voter pour ce grand homme.

Le jour de l'élection il vint tant de monde que l'on dut repousser de trois heures la fin du scrutin. On mit trois jours et trois nuits à dépouiller les bulletins. Waldemar fut élu président.

Chapitre vingt et un
Waldemar

En la première année de la présidence de Waldemar, des stations-service de la Compagnie Pétrolière Continentale firent leur apparition sur l'Île. Elles surgissaient comme les écharpes sans fin du chapeau haut-de-forme de Waldemar, et les habitants de l'Île les accueillirent avec enthousiasme. Lumineuses et multicolores, les stations-service tranchaient avantageusement sur les autres constructions qui ne se signalaient que par leur terne uniformité.

Les Îliens y allaient volontiers, même ceux qui n'avaient pas d'automobiles, car on n'y vendait pas que de l'essence mais une multitude de jolis petits articles : des briquets, des chips, des bonbons dans des boîtes métalliques, des accessoires de rasage, des revues sur papier glacé et du chewing-gum. À la différence des anciennes stations-service cela ne sentait pas l'essence mais une odeur de détergents inconnus et d'eau de toilette.

Après ces visites les Îliens revenaient chez eux de bonne humeur, parfumés et croquant des chips. Vu le prix élevé des marchandises susnommées, certains essayaient d'émincer des pommes de terre et de les faire frire à la poêle, mais le résultat n'était pas des chips. Les tranches de pomme de terre attachaient et on avait peine à les décoller de la poêle, et quand on y arrivait on avait tout autant de mal à les manger.

À la fin de la première année de la présidence de Waldemar, on put constater que tous les puits de pétrole de l'Île avaient été achetés par la Compagnie Pétrolière Continentale. Il fut annoncé que la compagnie pourrait tirer de ces puits un profit plus grand que ne le faisait le gouvernement de l'Île. Ayant un nouveau maître, les pompes opinaient de la tête, en gardant pour elles le fait que ce profit n'était pas pour l'Île mais pour la Grande Terre.

Certains se souvinrent à ce propos de la *Déclaration d'intentions*, et à la première occasion posèrent la question au président. Waldemar répondit qu'il n'y avait eu aucune intention de ce genre, et que c'était sans préméditation que l'industrie pétrolière était passée à la Compagnie Continentale.

PARTHÈNE

La permission de faire des fouilles dans le Temple de la Transfiguration fut accordée après de longues discussions et concertations. Il fallait avant tout trouver l'endroit où Agathon le Préviseur avait été inhumé, car au moment de la restauration un plancher avait été posé sur les dalles funéraires.

Comme nous l'a raconté Philippe, on tomba assez rapidement sur la sépulture d'Agathon en enlevant le plancher. Ensuite, on vérifia soigneusement tous les vases acoustiques dans le caveau où elle avait été découverte. Ils étaient tous vides. Puis on examina les vases qui se trouvaient plus loin, mais on n'y trouva rien non plus. On décida de ne pas remettre les planches sur le tombeau et le laisser accessible à la vénération.

Xénie est très déprimée. Moi aussi, je l'avoue. Notre trouvaille nous semblait si belle que nous ne doutions pas qu'elle fût vraie, la beauté et la vérité allant de pair. Il ne nous restait plus qu'à nous excuser auprès de Philippe et de tous ceux que nous avions dérangés.

— Ce manuscrit, je le sens, tu comprends ? me dit Xénie. Et je suis absolument sûre qu'il n'est pas perdu.

Demain nous nous envolons pour Paris où Jean-Marie nous attend sur le tournage des épisodes suivants.

En la troisième année de la présidence de Waldemar, l'Île a vu s'élever une grande quantité d'immeubles appartenant à des firmes continentales. Waldemar ne se lassait pas de répéter que, pour la première fois de son histoire, l'Île s'ouvrait largement au monde. Cette ouverture se manifesta surtout par l'exportation massive de minéraux utiles et de bois vers la Grande Terre. Le courant inverse apportait aux Îliens une foule d'objets inconnus. À ce qui se vendait déjà dans les stations-service s'ajoutèrent les romans de Sting, les disques de King, du strass, des strings et une si grande quantité d'articles qu'on ne peut même pas les énumérer.

Les immeubles des compagnies s'appelaient des bureaux. Quand ils furent achevés, des gens du Continent vinrent les occuper. Ils avaient l'air las, on sentait qu'ils étaient meilleurs que les Îliens et qu'ils savaient tout faire. Par plaisanterie, les nouveaux arrivants qualifiaient les Îliens d'indigènes, pourtant ils plaisantaient rarement et préféraient disserter sérieusement sur la façon de travailler, de se reposer, de se soigner, de faire l'amour et en général d'organiser sa vie.

À force de regarder les Continentaux, les Îliens se mirent progressivement à leur ressembler. Et beaucoup devinrent comme eux : ils marchaient sans se presser, une main dans la poche du pantalon et disaient : *c'est ton problème*. Ils disaient : *je te capte*. Ils demandaient : *ça va nous coûter combien ?* Ceux qui n'avaient pas ce don s'affligeaient en leur cœur, car ils n'arrivaient pas à suivre la démarche légère du président conduisant son peuple au royaume du progrès.

Quant aux Continentaux, ils avaient un peu honte d'eux-mêmes en voyant leur reflet maladroit, mais ils ne pouvaient plus rien y faire. C'étaient bien leur démarche, leur aspect et leur façon de parler, et même si leur reflet leur paraissait renvoyé par un miroir déformant, ils comprenaient que cette déformation n'était pas fortuite et ne faisait que grossir leurs particularités.

Les Îliens, habitués à manger sans se presser, eurent du mal à se mettre au *fast-food*, mais ils y parvinrent à force de volonté. Dans l'ensemble le rythme de la vie augmenta, et l'expression *le temps, c'est de l'argent* s'imprima profondément dans leur conscience. Bien que les Îliens n'eussent pas encore converti le temps en argent, tout s'accélérait sensiblement en attendant qu'ils le fissent.

Sur l'Île les enfants jouaient aux entrepreneurs, aux employés de banque et aux notaires, ils tiraient de portefeuilles-jouets des cartes de crédit-jouets et des chèques de voyage. Ils réussissaient à assimiler la nouvelle vie mieux que les adultes qui avaient à leur tour l'impression d'être des enfants, parce que les adultes, dans l'Île, c'étaient les Continentaux.

Même les tours de Waldemar avaient à présent un caractère uniquement financier et se passaient en grande partie sans public. Waldemar lui-même avait maigri, s'était rabougri à vue d'œil, et de l'avis des citoyens de l'Île, il ressemblait peu à un président. Ce n'était pas une question de taille : c'était la majesté qui manquait aux citoyens. Waldemar n'avait pas la stature qui caractérisait les dirigeants précédents. Il allait d'une ambassade continentale à l'autre, participait aux *tables rondes* et aux *présentations*, après quoi il mangeait des *sushis* et des *canapés* dans des assiettes en plastique.

Au début Waldemar essaya d'inviter Leurs Altesses Sérénissimes à l'accompagner, pour gagner grâce à leur présence la dignité qui lui faisait défaut, mais le couple princier refusait une invitation après l'autre, préférant les dîners dans la cuisine commune aux réceptions des ambassades. Peut-être parce que ces invitations avaient l'air d'émaner de maîtres des lieux, alors que les Continentaux n'étaient ici que des hôtes.

Cependant les Continentaux jouaient un grand rôle dans l'administration de l'Île. Ils conseillaient Waldemar, et pour autant que ces conseils s'accompagnaient d'argent, le président les recevait avec reconnaissance : ces deux éléments étaient inextricablement liés, ce qui n'était pas un secret pour lui. Lorsque les conseils concernaient le transfert de biens de l'État à un entrepreneur continental, le président les transférait. Lorsqu'on lui demandait de placer un article dans les journaux îliens, il le plaçait.

Dans l'ensemble on était satisfait de Waldemar, nonobstant certains manquements en matière de gestion, comme la disparition de fonds publics, la chute des indicateurs économiques et ainsi de suite, tout excusables en regard de son inextinguible soif de progrès.

Xénie

Nous voici de nouveau à Paris, et aujourd'hui nous allons au studio. D'après ce que nous a dit Jean-Marie, notre Ville y a été reconstituée et on y a déjà tourné quelques épisodes. Un autre est en cours de tournage. Jean-Marie en parle un peu bizarrement, comme s'il s'agissait de quelque chose d'intime. J'éprouve une légère inquiétude, or d'habitude mes pressentiments se réalisent. Nous sommes très différents, Leclair et nous : nous ne parlons pas la même langue, et pas seulement dans le sens littéral. C'est peu probable qu'il passe à la nôtre.

Parthène est modéré, comme toujours. Il dit :

— On verra.

— C'est ça, dis-je. Puisqu'on n'a pas eu de relations intimes dans notre vie, on peut au moins regarder.

Il rit.

— C'est un peu tard pour commencer, tu ne crois pas ?

L'assistant réalisateur nous accueille au studio. Il nous amène au pavillon en voiture électrique. Le travail bat son plein. Décoration de la chambre. Un lit de dimension incroyable. Sur le bord sont assises deux jeunes créatures en peignoirs identiques, fournis par le studio.

— Nous voulons filmer ça de façon pudique, mais sensuelle, dit Jean-Marie.

— Qu'est-ce que vous voulez dire par *ça*? demandai-je.

Le doigt de Leclair décrit une ondulation dans l'air.

— Eh bien, ça… Vous n'étiez quand même pas des moines.

— Si, annonce Parthène. C'est pour cela que nous n'avons pas d'enfants.

Je ne dis rien. Jean-Marie se passe la main sur le visage. Les coins de sa bouche s'écartent, et au premier abord l'impression qu'il pleure.

Non, il rit. Il s'excuse : c'est nerveux. Il ne sait simplement pas quoi dire. Il prend une cigarette à son assistant – je ne l'avais jamais vu fumer. D'ailleurs il ne fume pas : il a seulement mis la cigarette entre ses lèvres. Il va essayer de tout expliquer. Finalement il prend un briquet, l'allume.

Il veut faire cette scène sur Tristan et Iseult, sur ce couple jeune et beau (il désigne le couple jeune et beau), qui, dans les conditions complexes du Moyen Âge… Pour le spectateur, n'importe quel couple est Tristan et Iseult. Comment le représenter…

Parthène hausse les épaules.

— En fait, il n'y a rien à représenter.

— Je ne comprends pas ce qui vous gêne (léger énervement). Faire l'amour ? Mais dans mon scénario il n'y a qu'une allusion. Rien *de tout ça*.

Parthène est calme.

— Mais il n'y a vraiment rien eu *de tout ça*. Nous avons vécu selon le pur amour. Comme frère et sœur.

Jean-Marie fait un trou dans le couvre-lit avec sa cigarette et demande qu'on en apporte un autre. Parthène et moi comprenons qu'il veut faire pression sur nous.

— En fait, dans le scénario… (Il laisse sa phrase inachevée et reste assis en silence.)

Il a un scénario, et nous avons notre vie, et ce sont deux choses différentes. D'autant plus que, justement, il n'a pas de scénario au sens habituel du terme.

— Je pourrais dire (Leclair regarde la décoration géométrique du plancher) qu'il est impossible de filmer une vie selon le pur amour, ce n'est pas photogénique…

Il lève la main pour prévenir nos objections – mais nous n'en avons pas. Il faut croire que ce n'est pas photogénique.

— Je vais m'exprimer autrement. Bon, admettons, vous avez mené une vie angélique. Mais n'auriez-vous pas envie de voir à quoi elle aurait pu ressembler ?

Regard étonné de Parthène.

— Déshabillez-vous ! crie Jean-Marie au jeune couple sans se tourner vers eux. (Il est en pleine crise de nerfs, il ne regarde que nous.) Ce couple magnifique, c'est vous ! Essayez de vivre *une autre* vie, grâce à lui. Vous avez eu toutes les expériences, sauf celle-ci – alors pourquoi la refusez-vous ? Par obstination ?

Parthène sourit.

— Oui. Bien sûr. Tout choix exige de l'obstination.

Je crie :

— C'était le mien, c'était mon choix ! Et lui, il l'a fait sien, c'est pourquoi il n'y a personne qui me soit plus cher. Et maintenant je ne sais plus si j'avais le droit de choisir pour deux. J'y pense tout le temps – mais que viennent faire ici Tristan et Iseult ? Lui, il voulait un enfant, et je l'en ai privé. Et ce n'est pas votre film stupide qui va réparer cela !

Je sanglote comme je ne l'ai jamais fait. Jean-Marie prend peur. Nous partons pour notre hôtel.

Deux heures plus tard Jean-Marie vient nous voir et nous propose une promenade dans Paris. Ni lui, ni nous ne faisons allusion à ce qui s'est passé au studio.

— J'ai lu qu'aujourd'hui il y a une manifestation des *gilets jaunes* dans le centre, dit Parthène.

Leclair confirme.

— C'est exact, mais elle est déjà finie. Nous y serons après la manifestation.

— Nous boirons un café, dis-je.

Après ce qui s'est passé au studio, j'ai envie de dire quelque chose d'apaisant. Jean-Marie ne réagit pas.

Nous partons dans trois voitures. Dans la première, Jean-Marie et Dominique, dans la deuxième, Parthène et moi, la troisième est une jeep avec nos gardes du corps. Les voitures s'arrêtent non loin des Grands Boulevards. Un agent de police s'approche et nous explique que la circulation est coupée. Nous continuons à pied.

Apparemment, c'est le jour des catastrophes. Des dépanneuses enlèvent les voitures incendiées : ici, toutes les voitures ont brûlé. Sur le bord du trottoir, c'est une exposition de deux-roues calcinés. La plupart des vitrines sont cassées, beaucoup sont protégées par du contre-plaqué. La vitre à l'épreuve des balles d'une banque est étoilée et fissurée, mais elle a résisté. Près d'un magasin d'électronique traînent quelques chaînes hi-fi dans leurs cartons. Quelqu'un a voulu écouter de la musique. Les employés du magasin les rapportent à l'intérieur en passant à travers la vitrine explosée.

— Le combat pour la justice, dit Jean-Marie, se termine habituellement par un pillage.

— Qu'est-ce qu'ils veulent ? demande Parthène.

Jean-Marie montre le boulevard dévasté :

— Cela.

Nous revenons dans la rue où sont stationnées nos voitures. Leclair se tourne vers moi :

— Ici on aura du mal à trouver un café. Allons ailleurs.

Nous buvons notre café au Quartier latin. Nous sommes en terrasse. Tout le monde prend un expresso et de l'eau, Dominique, une liqueur en plus. Jean-Marie enlève la casquette de la tête de Dominique et se la met, visière à l'envers. Il me regarde.

— Film stupide, réalisateur stupide – à la mode, et sans contenu.

Je détourne le regard.

— Pardonnez-moi, je ne voulais pas vous vexer.

— Le plus triste, c'est que c'est vrai. (Leclair ouvre un sachet de sucre et en verse la moitié dans son expresso.) — Vous pensez que je ne comprends pas que Tristan et Iseult n'ont rien à faire là et qu'on a affaire à un tout autre amour ? Mais ça ne change rien, parce que le spectateur n'est pas prêt à comprendre quoi que ce soit à votre amour. Soit il regarde un film sur Tristan et Iseult, soit il ne regarde rien.

— Le spectateur est bête, dit Dominique.

Jean-Marie lui rend sa casquette.

— C'est simplement qu'une époque donnée refuse d'en comprendre une autre. Et si l'époque actuelle ne voit pas son reflet dans l'histoire, elle ne regardera pas dans ce miroir-là. (Jean-Marie verse perfidement le reste de sucre dans la liqueur de Dominique.) Toi, Dominique, tu crois qu'on viendrait voir ça ?

— Filmer une histoire de mariage spirituel, c'est un suicide.

Dominique goûte la liqueur et la repousse avec un soupir. Il dit :

— De nos jours il existe tous les mariages possibles – sauf celui-ci.

À la table voisine s'assoit un groupe d'étudiants. Après un conciliabule ils viennent demander des autographes à Leclair. Ils ont lu quelque chose à notre sujet – pourrions-nous leur donner aussi nos autographes ? Mais bien sûr.

Tout en signant, Jean-Marie demande aux jeunes gens s'ils iraient voir un film qui parle de mariage spirituel. Les étudiants sourient. Ils savent que le réalisateur aime plaisanter. Tout le monde le sait. Ils regarderont tous les films de M. Leclair.

Jean-Marie exige qu'ils le confirment par écrit. Un des étudiants sort son bloc-notes et écrit une déclaration que les autres signent. Après l'avoir lue attentivement, Leclair la plie en quatre et la met dans la poche arrière de son jean. Il dit sévèrement :

— Très bien. Je vais réfléchir.

En la septième année de la présidence de Waldemar, cinq casinos et deux maisons de tolérance ouvrirent dans la Ville. L'expérience de la capitale se répandit dans toute l'Île à une vitesse extraordinaire.

Beaucoup disaient :

Il n'y a jamais rien eu de pareil sur notre terre.

À cela, le président Waldemar répondait :

Vous allez dire que, le commerce des corps, ça n'existait pas ? Que personne ne jouait ?

L'excès de franchise lui faisait venir au visage des taches cramoisies.

Il répondait aussi :

Je ne supporte pas la pudibonderie. Ni l'hypocrisie. Nous avons juste mis de l'ordre dans ce qui existait déjà.

On lui rétorquait :

Ce qu'on organise, on en fait comme un exemple pour la société. Ce n'est pas une question de pudibonderie.

Le progrès avançait avec toujours plus d'assurance. Bientôt, c'est vrai, courut le bruit qu'on avait vu Waldemar lui-même dans les quartiers chauds. Il commença par démentir, mais trop de gens l'avaient vu et il ne servait à rien de nier l'évidence. Il déclara qu'il visitait ces tristes lieux pour les contrôler, mais quand on apprit l'excessive méticulosité de cette inspection, il n'eut plus rien à répondre.

Waldemar fut convoqué sur la Grande Terre où il eut une conversation pénible avec son beau-père. De mauvaises langues dirent qu'après cette discussion le président perdit tout intérêt pour les femmes, sans parler du jeu, et qu'il ne lui resta que sa passion pour l'argent.

En comparaison de son père, Cécile, l'épouse de Waldemar, eut à cet événement une réaction beaucoup plus mesurée. À l'époque, les tours de magie de son mari avaient eu le temps de l'ennuyer et elle avait trouvé un réconfort dans l'équitation. La fréquentation des chevaux et encore plus de Sozonte, son moniteur, lui faisait beaucoup de bien. Tout le monde avait remarqué que ses joues étaient plus roses, qu'elle était en meilleure forme.

Il apparut bientôt que l'épouse du président était enceinte. Waldemar, qui après sa rencontre avec son beau-père ne visitait plus le lit conjugal, soupçonna une trahison. Plein de doutes, il finit par demander timidement à Cécile si sa grossesse n'était pas liée à ses activités équestres et, si oui, quel était le père de l'enfant.

La réponse de Cécile fut brève et dure :

Un étalon, mon chéri. Cette explication te convient-elle ?

L'explication ne convenait pas à Waldemar mais il n'en laissa rien voir. Prononcée d'une voix sonore, la réponse de Cécile n'avait pas été entendue seulement par lui mais par beaucoup de gens dans le Palais. Le lendemain tout le pays en parlait. Petit à petit l'opinion publique se forgea la conviction que l'épouse du président portait en son sein un centaure. Ce qui toutefois ne fut pas confirmé par la suite.

Quand le temps fut venu, Cécile mit au monde un robuste garçon aux joues rondes. Il ne ressemblait pas du tout à Waldemar et il n'avait non plus rien de chevalin. En même temps la ressemblance de l'enfant avec Sozonte était frappante. Il est rare qu'on puisse déceler une ressemblance chez un nourrisson, mais pour celui-ci, c'était flagrant. Selon le désir de Cécile, on l'appela Hippolyte, ce qui signifie *celui qui libère les chevaux*. À l'époque, Cécile elle-même se libéra de bien des choses et ne jugea plus nécessaire de cacher sa liaison avec Sozonte.

En l'honneur de la naissance du premier-né du président fut donnée une réception de gala où assistaient les personnalités les plus importantes du Nord et du Sud. À l'étonnement général Barbe y vint, accompagnée de son adjointe Régine.

Les heureux parents ne s'aperçurent de leur présence qu'au moment où, fendant la foule, Régine se dirigeait vers eux, ouvrant le chemin à sa cheffe.

Waldemar se rappelait le cadeau promis par Barbe et ne voyait que deux possibilités : c'était soit un couteau bien affûté, soit neuf grammes de plomb. Connaissant Barbe, il penchait pour la balle, car son ex-compagne d'armes tirait juste. Agité par ces pensées, Waldemar se retrouva inconsciemment derrière Cécile.

Barbe s'approchait et Régine n'avait plus besoin d'écarter les invités : ils reculaient d'eux-mêmes, leur laissant libre accès à l'ancien époux de Barbe. Les guerrières firent les derniers pas dans un silence complet. S'arrêtant, Barbe dit à Waldemar :

Tu te souviens que je t'ai promis un cadeau ? J'ai attendu le jour où tu aurais un premier-né pour vous tuer tous les trois, j'hésitais seulement entre le couteau et la balle, et mon cœur penchait vers cette dernière. Mais me voici, et mes mains sont vides. Tu es un minable, et ta vie est minable. Et pour toi le pire châtiment est de te la laisser, alors ne t'attends pas à ce que je t'en débarrasse.

Qui êtes-vous, belle inconnue, demanda Cécile à Barbe. Que mon époux soit un minable, tout le monde le sait, mais vous avez choisi des mots spéciaux, profonds.

Je suis sa mort, répondit Barbe, sa mort qui est trop dégoûtée pour s'approcher de lui, et qui donc le laisse vivre.

Il me semble, très cher, que ce serait le moment de montrer un de tes tours, dit Cécile à Waldemar, mais son mari fit un geste d'impuissance. On dirait que tu n'es même plus capable de cela.

Cécile sourit à Barbe :

C'est très dommage, ne trouvez-vous pas ?

C'est dommage, mais pas très, répondit Barbe.

Elle fit demi-tour, fendit la salle d'un pas martial et, accompagnée de Régine, elle passa la porte et disparut. Un soupir de déception parcourut la salle, car les personnes présentes avaient espéré davantage.

En la dixième année de la présidence de Waldemar, on amena de la main-d'œuvre sur l'Île. Personne ne savait d'où ces gens étaient originaires, personne ne connaissait ni leurs noms, ni leur langue, ni leurs mœurs. On savait juste qu'ils n'étaient pas exigeants et qu'ils travaillaient pour presque rien. Les compagnies étrangères avaient insisté pour les faire venir car ils ne trouvaient pas chez les Îliens la même absence de prétentions et le même désir de travailler à bas prix.

Les travailleurs vivaient dans des baraquements et se nourrissaient de ce que leur donnaient leurs patrons. Chez les Îliens, cette main-d'œuvre ne suscitait pas de mauvais sentiments mais seulement de l'étonnement. Ces gens ne se mêlaient pas à la vie de l'Île et ne parlaient qu'entre eux, dans leur propre langage. Ils étaient identiquement vêtus d'uniformes, et aux yeux des Îliens leurs visages aussi étaient identiques. Quand on les invitait, les arrivants souriaient poliment et montraient leur baraquement, si bien qu'on ne comprenait pas leur geste de la main : était-ce l'interdiction de sortir de la baraque ou la suggestion d'inviter tous ses occupants. Bientôt on les oublia.

Parthène

Xénie et moi éprouvons de plus en plus de sympathie pour Leclair. Au début il nous semblait intelligent mais superficiel. Ce n'est pas un reproche. Représenter la superficialité avec talent, ce n'est pas donné à tout le monde. Il aurait pu choisir d'autres sujets, mais il dépendait terriblement des spectateurs, des sponsors, de la publicité. Il était lié à tant de gens et d'organisations qu'on ne savait plus de quoi il s'agissait, de création ou de production. C'est ce que je pensais avant la tempête qui s'était déchaînée sur le plateau de tournage.

Je suis certain que tout avait commencé comme une mise en scène. Ce lit démesuré, ces tendrons en peignoir en étaient les éléments. Les spectateurs: Xénie et moi. Par peur d'essuyer un refus, Leclair ne nous avait pas décrit ses idées mais avait décidé de nous les montrer: vivez la vie que vous n'avez pas vécue. Regardez ce qui aurait pu être. Pensait-il vraiment que cela nous attirerait?

Il y a cependant une autre version: ce n'est pas nous que Leclair voulait convaincre. Il voulait que nous lui fassions changer d'avis. Il sentait manifestement que le film qu'il avait imaginé ne collerait pas avec nous.

Le lendemain, alors que nous nous promenions dans le musée du Louvre, Jean-Marie dit:

— Finalement, je suis arrivé au point où je peux filmer comme je veux. Personne n'osera me contredire.

Cela fut dit près de Mona Lisa: le réalisateur en lui est indestructible. Il y a nous, qui regardons le tableau, et lui, qui lui tourne le dos. Il la désigne par-dessus son épaule:

— On peut rapprocher la Joconde de notre époque: la peindre en train de rire, ça aurait plus de peps. Mais elle sourit. Ou plus exactement, elle ne sourit presque pas – c'est ce qui la rend intéressante.

Dans la voiture Leclair revint à cette discussion. Il nous dit qu'il avait décidé de changer de registre, de passer du sien au nôtre. Pour cela il lui fallait comprendre ce qu'il était, le nôtre.

Il dit qu'il prenait un risque, mais que le risque n'était pas grand: que le film soit un flop.

Xénie

Après sa journée de tournage, Jean-Marie passe nous voir à notre hôtel.

À peine entré, il nous informe que le film sera très différent de ce qu'il imaginait au début. Il ne sera pas seulement sur Parthène et moi, mais sur quelque chose de beaucoup plus grand.

Leclair considère le récit sur l'Île comme une métaphore de l'État en général. Cette idée avait déjà été évoquée dans nos discussions passées, mais maintenant il est convaincu. Dans l'une de ses dimensions, même la Bible est l'Histoire avec ses aspects sombres et lumineux.

Nous sommes assis autour d'une table basse en verre. Dessus, il y a une coupe de fruits. Une carafe de jus de pomme, entourée d'un étroit cercle de verres à pied. Jean-Marie nous demande de répondre à une question importante pour lui.

— Il y a la vie de l'Île, et il y a en elle des choses que je comprends. Par exemple, le Pouvoir. Jean-Marie prend un des verres et le met au centre de la table. Le Pouvoir se réalise dans l'Histoire.

À côté du premier verre en apparaît un autre. Leclair en prend un troisième et un quatrième.

— L'histoire de l'Île tient dans l'espace entre le Prophète et l'Historien. Et tout cela (la main de Jean-Marie reste en suspens sur tous les verres) fonctionne comme un seul système. Quelle place occupez-vous dans ce système ? Je sais que cette place est immense – mais où est-elle ?

Malgré le déplacement des objets, la question n'est claire ni pour moi, ni pour Parthène.

— Vous n'êtes pas des prophètes, vous n'êtes pas des historiens et cela fait longtemps que vous n'êtes pas le Pouvoir. Qui êtes-vous ? (Jean-Marie remet les verres à leur place.) La réponse à cette question est la clef du film. Que pensez-vous être dans l'Île ? L'incarnation de l'Histoire ? L'esprit de votre peuple ? Les gardiens ?

— Des gens qui vivent un peu plus longtemps qu'il est admis, sourit Parthène.

D'un air las, Leclair se rejette en arrière sur sa chaise.

— Mais *pourquoi* vivez-vous si longtemps ? demande-t-il. Ou plutôt *pour quoi* ? Vous ne pouvez pas ne pas vous être posé cette question ! N'est-ce pas ?

Parthène regarde tristement Leclair.

— C'est vrai.

— Et votre réponse, c'est ?

— Qu'il faut la poser beaucoup plus haut.

En la douzième année de la présidence de Waldemar, des réformes furent entreprises dans l'Île. Comme le mot lui faisait penser à *uniforme*, le président décida de commencer par là. De bleu, l'uniforme militaire passa au vert, les bouts carrés des bottes de faux cuir devinrent pointus, sur les boutons des soldats apparut l'indication de leur arme, les étoiles des épaulettes grossirent, et il fut permis de saluer tête nue.

Dans les écoles non militaires l'uniforme, au contraire, passa du vert au bleu, la ceinture des garçons fut garnie d'une plaque à l'emblème de l'État, la coupe du tablier des filles fut considérablement modifiée.

Les publications proches du gouvernement soulignèrent la profondeur et le caractère irréversible des réformes.

Mais les transformations ne se bornèrent pas à cela. On décida de changer la circulation à droite pour la circulation à gauche, ce qui suscita chez le feld-maréchal Sérapion une inquiétude non feinte. Il prévint que, non préparée, cette réforme ferait beaucoup de victimes. Sorti du peuple, il rappela le proverbe :

Il est facile de couper une tête, plus difficile de la recoller.

Malheureusement, personne ne l'entendit.

La conduite à gauche fut instaurée la veille du jour où l'arrêté fut publié. On n'avait pas non plus eu le temps de changer le marquage au sol, pensant qu'on ne devait pas reporter une réforme pour ce genre de détail. Comme l'avait prédit Sérapion, il y eut des victimes.

La dernière réforme fut l'introduction dans le pays d'un poste de vice-président. Cette nouveauté fut suggérée à Waldemar par son beau-père qui proposa d'y nommer sa fille Cécile.

Parthène

Ce soir Philippe nous a téléphoné. Il a trouvé une bonne illustration pour l'édition : saint Jérôme. La grotte. Le rouleau de parchemin. Le lion. Cette fresque se trouve juste au-dessus du tombeau d'Agathon.

Nous avons mis le haut-parleur.

— Au-dessus du tombeau d'Agathon ? (Xénie est surprise.) Je me rappelle cette fresque : elle est sur le mur opposé.

La voix de Philippe se fait patiente. Il décrit en détail l'emplacement de la fresque. Chapelle de gauche, mur porteur de l'église. Mais Xénie a l'impression qu'Agathon a été inhumé dans la chapelle de droite. Elle en est convaincue. Je pense qu'elle a raison.

— Bon, je vais tirer ça au clair, dit docilement Philippe.

Peut-être qu'il ne le fera pas – on le sent à sa voix.

Il a rappelé deux heures plus tard. Agité.

— Vous savez, Agathon avait bien été enterré près du mur opposé ! Durant la restauration de l'église, du temps de Blaise, on a déplacé son tombeau. Blaise voulait mettre à sa place la statue d'une abeille. Vous comprenez ce que cela veut dire ?

— Oui. Nous n'avons pas cherché dans les bons vases acoustiques.

— C'est ça ! Simplement, au ministère de la Culture, ils avaient oublié le déplacement.

Ils avaient oublié, bien sûr. Ils ont beaucoup d'autres choses à faire.

Waldemar se lassa vite des réformes, d'ailleurs, dans l'ensemble, les affaires gouvernementales lui tenaient moins à cœur. Il passait ses soirées à regarder la série *Columbo* et à boire de la bière en quantité nuisible pour la santé. Dans un des épisodes, Waldemar vit un tour de magie étonnant, comportant une guillotine.

L'illusionniste mettait sa tête sous le couperet, le couperet tombait mais ne lui faisait aucun mal. Toute l'astuce tenait en un loquet qui était discrètement fixé à la guillotine et bloquait la chute de la lame. C'était le cadre vide qui tombait, mais le spectateur ne s'en rendait pas compte. Ce tour était utilisé pour assassiner l'illusionniste. S'étant renseigné sur le mécanisme, un criminel avait trafiqué le loquet et la guillotine avait fonctionné conformément à sa destination première.

Waldemar se fit fabriquer une guillotine semblable et se livra à d'intenses répétitions pour pouvoir montrer ce tour le jour de la Fête de l'Île.

Mais il n'était pas le seul à regarder *Columbo*. Comme cela fut établi par la suite, le loquet avait été ôté de sa position de sécurité juste avant la représentation, et devant ses compatriotes en fête le président perdit la tête. Elle roula sur la scène, et Cécile l'arrêta d'un gracieux mouvement de footballeuse.

Le lendemain se tint une session du tribunal constitutionnel qui déclara que, le président étant dans l'incapacité de remplir ses obligations, elles devaient selon la loi échoir au vice-président. C'était au tribunal constitutionnel qu'il appartenait d'établir cette incapacité.

Les photographies des événements de la veille furent projetées sur grand écran, et le président du tribunal constitutionnel y promena son pointeur. Il rappela le sinistre dicton cité par Sérapion et nota qu'il était effectivement impossible de replacer la tête du président sur son corps. En même temps il était tout aussi exclu d'exercer sans tête les fonctions présidentielles. Ces considérations conduisirent le président à la conclusion que Waldemar devait renoncer à ses fonctions et remettre son pouvoir à la vice-présidente. En conclusion le président se permit une petite plaisanterie, disant que le pouvoir, comme la tête de Waldemar, était tombé aux pieds de Cécile.

Sentant que l'atmosphère était à présent détendue, presque amicale, Cécile plaisanta aussi. Elle dit qu'en fait son mari avait perdu la tête depuis longtemps, et que cela ne l'avait pas empêché de gouverner le pays.

Mais si vous insistez, dit Cécile, je suis prête à accepter le pouvoir.

Le juge insista. Il rappela aux personnes présentes qu'au cours de l'année devait se tenir une nouvelle élection présidentielle. Pour éviter la vacance du pouvoir, Cécile devait prendre ses fonctions immédiatement et préparer l'élection. D'accord sur le point qu'il n'y a rien de pire que la vacance, Cécile prit le pouvoir.

Parthène

À trois heures du matin, Philippe téléphone. Ils ont trouvé la prophétie là où on le supposait : dans un des vases acoustiques au-dessus de la première sépulture d'Agathon. Philippe exhale un soupir et nous demande de l'excuser de nous avoir réveillés. Comme s'il y avait de quoi s'excuser…

Je crie :

— Et qu'est-ce qu'il dit ?!

Philippe commence à lire, mais il bute sur les mots. Je lui demande de photographier le texte et de l'envoyer sur mon téléphone. Cinq minutes plus tard nous avons la prophétie.

Le texte est très court. Le papier est considérablement abîmé, mais en s'appliquant on peut déchiffrer. C'est bien l'écriture de Procope. Il n'y a aucun doute, c'est bien la prophétie d'Agathon. Je ne sais pas combien de fois nous la lisons, Xénie et moi. Cinquante ? Cent fois ? Nous discutons sur chaque mot. Tous sont compréhensibles. Ce qu'on ne peut pas dire de la prophétie dans son ensemble. Je la cite en entier :

Prophétie d'Agathon le Préviseur sur les temps à venir

Moi, l'indigne Agathon, j'adresse ces mots à la postérité. Je parle des temps à venir de notre Île, peut-être les derniers, dans l'espoir que ma parole arrivera en un temps favorable.

Vous vous ouvrirez au monde, et ce sera pour votre bien. Mais il est dit qu'il y a un temps pour embrasser et un temps pour fuir l'étreinte. Les jours viendront où les maladies vous atteindront et où le bien se changera en mal, car vous ne vous délivrerez pas de vos maux et serez infectés par les maux des autres.

Et l'Île sera envahie d'étrangers. Vous habiterez parmi eux comme le hibou des ruines. Votre malheur, pourtant, ne résidera pas dans les étrangers mais en vous-mêmes.

Car la débauche se multipliera, vous vous endurcirez et vous vous opprimerez les uns les autres. Et une grande inimitié éclatera parmi vous, et le frère lèvera la main sur son frère, et le fils sur son père.

Et la terre elle-même, sensible à l'endurcissement des hommes, s'endurcira aussi.

Viendra l'heure de l'épreuve où apparaîtra la pierre qui ne peut être amollie par rien, sinon par le sang d'un bouc.

Et la terre tremblera, et au Septentrion s'enflammera l'eau noire, et au Midi coulera l'eau ardente.

Et la cendre des cieux tombera, et vos cœurs ne seront plus que cendre.

Et vous ne pourrez pas implorer Dieu pour votre salut, car Il détournera de vous sa Face.

Et s'il ne se trouve pas trois justes pour monter sur la Montagne et Lui parler, votre vie demeurera dans le brouillard et les ténèbres.

Chapitre vingt-deux
Cécile

En l'année du gouvernement de Cécile, l'Île se prépara à l'élection. C'était la deuxième élection dans le pays et les Îliens avaient déjà une certaine expérience. Elle leur suggérait que les élections ont indubitablement une influence sur le cours de la vie, mais que cette influence a ses limites. Plus précisément, les élections déterminent le nom du président mais pas ses décisions. Les citoyens les plus perspicaces avançaient même l'hypothèse que le président vainqueur faisait ce qu'aurait fait n'importe lequel des candidats battus, s'il avait été élu. Quelqu'un évoqua le récit de l'inoubliable évêque Géronte à propos du corbeau et du fromage, mais une telle allusion fut considérée comme déplacée et même malveillante.

Remplir ses obligations de présidente changea peu de choses dans la vie de Cécile. Elle montait toujours à cheval et passait son temps libre avec Sozonte, d'ailleurs elle considérait tout son temps comme libre. C'étaient des gens du Continent, envoyés sur l'Île par son père, qui s'occupaient de préparer l'élection. Quand c'était indispensable, ils faisaient signer à Cécile un papier ou un autre sans l'accabler de détails ou d'explications superflus. Une seule fois, elle demanda qui serait le président. En entendant que, selon toute vraisemblance, ce serait Sozonte, Cécile applaudit et ne demanda plus rien.

Ce qui l'ennuyait un peu, c'est qu'à présent Sozonte partait souvent rencontrer les électeurs et que cela le détournait de leurs chevauchées communes. Mais on expliqua à Cécile que ces voyages ne dureraient pas et que leur vie retrouverait sa tranquillité d'antan quand Sozonte serait président.

Il faut remarquer que Sozonte non plus n'aimait pas ces voyages, car dans les premiers temps il était gêné de parler en public. C'était un homme de peu de mots, et dans sa vie précédente il parlait surtout à ses chevaux. Son vocabulaire était réduit, mais il est réduit aussi chez les chevaux qui ne connaissent que les ordres principaux. Toutefois comme les ordres sont également importants pour exercer la fonction présidentielle, les envoyés de la Grande Terre pensaient que le cas de Sozonte n'était pas désespéré. Finalement tout s'arrangea et, peu à peu, il s'habitua à parler.

Il s'avéra que Sozonte avait une bonne mémoire, alors il apprenait sans effort ses discours électoraux et aussi les réponses aux questions les plus souvent posées. Présents à ses interventions, ses assistants pouvaient toujours le soutenir : cela arrivait quand les questions portaient sur des détails. En de telles occasions il tendait la main comme pour calmer un cheval, et disait que ses collaborateurs étaient plus que lui au courant de ces choses. Tout le monde comprenait que cet homme n'accordait ses pensées qu'aux affaires importantes et, aux yeux des électeurs, sa majestueuse ignorance des détails l'élevait au-dessus du quotidien trivial.

Parthène

Nous sommes allés aujourd'hui sur le plateau. On tournait l'épisode où le prince Aberce, l'oncle de Xénie, essaie de me faire changer d'épouse. Le décor de l'église, le vacillement des cierges, la tension palpable dans l'air. L'oncle m'a beaucoup plu : un intrigant inspiré. Le mal à l'état pur. Il veut mettre sa fille sur le trône à la place de Xénie. Pas mal pour un oncle.

L'acteur qui joue mon personnage est bon aussi : anxieux (gouttes de sueur sur le front), prêt pour une action décisive. Du doigt il appelle à lui le capitaine de la garde. Ébauche de mouvement. Il ne l'appelle même pas – à peine y a-t-il pensé que le chef est là.

Arrêter l'oncle quand il sortira. Sa fille aussi, c'est plus sûr.

La caméra glisse le long du mur. *Saint Georges terrassant le Dragon* – le Serpent des origines. Saint Georges. Le Serpent. Gros plan sur Aberce, ce serpent.

Tout s'est arrangé sans l'intervention de la garde – il ne pouvait en être autrement. Par le pouvoir de notre amour, à Xénie et à moi.

À la même époque eut lieu le mariage de Sozonte et de Cécile. La noce se distingua par son luxe et le grand nombre de ses invités. La cérémonie avait été organisée par ceux qui s'étaient occupé de la campagne électorale du marié. Le carrosse des jeunes époux était tiré par douze chevaux blancs qui, selon les organisateurs, symbolisaient la chasteté du couple et son attachement aux valeurs familiales.

Des chevaux étaient également mis à la disposition des invités, ce qui provoqua une certaine confusion dans leurs rangs, car tous ne savaient pas monter à cheval. Mais Sozonte et Cécile voulaient faire découvrir à leurs invités les joies de l'équitation, qui pour beaucoup ne furent que tristesse.

Devant une foule nombreuse les invités, lourds et maladroits, essayaient vainement de se hisser sur leurs coursiers. Ils étaient aussitôt entourés de spectateurs. Ceux qui se tenaient à gauche du cheval soulevaient le cavalier et lui mettaient le pied à l'étrier, tandis que ceux qui étaient à droite l'attrapaient par les bras et le hissaient sur la selle. Les invités qui, à l'hilarité générale, avaient réussi, étaient qualifiés de *champions de la mariée*. Une fois en selle, ces cavaliers chevauchaient dans le cortège nuptial le visage tendu et, toujours aussi crispés, n'arrêtaient pas de glisser.

Cette cérémonie nuptiale surpassa toutes les précédentes par le nombre de chevaux présents, et reçut immédiatement le surnom de *Noce cavalière*.

XÉNIE

La nuit où la prophétie a été retrouvée, Parthène et moi n'avons pas pu fermer l'œil. Ce qu'on avait cru perdu durant plusieurs siècles était à présent révélé au monde. Nous la lisons et la relisons sans pouvoir nous arrêter.

Agathon espère que sa prophétie sera connue en temps opportun. L'espoir d'un tel homme est plus fort qu'un savoir de science sûre. Cela signifie que son message est adressé à nous, à notre époque, et que tout ce qui y est dit doit se produire dans un futur proche.

Nous avons peur.

Les journaux parisiens du matin mentionnent déjà la prophétie. Cela tient en une ligne, mais ils promettent que des détails suivront. À Paris les gens ont une idée vague de l'Île, mais en ce qui concerne la prophétie tout le monde est au courant. On a beaucoup écrit à son propos: ici, on aime beaucoup les mystères historiques.

Dans presque tous les journaux on rappelle que Parthène et moi sommes à Paris et que, sans aucun doute, nous allons tout expliquer. Le directeur de l'hôtel nous téléphone et dit qu'une foule de journalistes est déjà rassemblée dans le hall. Que désirons-nous faire à ce propos?

Ce que nous désirons, c'est ne voir personne. Pour l'instant, nous sommes incapables d'expliquer quoi que ce soit. Le directeur promet de mettre des agents de sécurité devant notre chambre.

Une heure plus tard arrive Jean-Marie. Nous demandons qu'on le laisse entrer. Le réalisateur est survolté. Jamais auparavant son futur film n'avait eu une telle publicité.

— J'ai déjà lu la prophétie en français, dit-il, mais je n'ai pas tout compris. C'est peut-être dû aux particularités de la traduction ?

— Aux particularités de l'original, répond Parthène.

En fait, Parthène et moi comprenons la prophétie d'Agathon – ou presque. Ce que nous appelons incompréhensible, c'est ce à quoi nous ne voulons pas croire. Il nous semble que si nous interprétons la prophétie ligne après ligne, tout se réalisera. Nous l'expliquons honnêtement à Jean-Marie. Il hoche la tête. Il essaiera de tout comprendre tout seul.

— La conversation avec Lui – c'est bien une tentative de justifier l'Île ? Si vous n'avez rien contre, je ferai de cette conversation la scène finale.

Parthène regarde attentivement le réalisateur.

— Oui, cette scène peut tout à fait être la dernière.

Leclair se lève et prend congé. À la porte, il se retourne :

— Moi, je dirais que la justification de l'Île, c'est vous. Il disparaît.

Comme pour l'élection précédente, des cargos apportèrent à l'Île des portraits de Sozonte. Ils soulignaient son amour du travail, son honnêteté infinie, son amour tout aussi infini des enfants et des chevaux.

Cette fois il n'y eut pas de photos de lui au théâtre et à la bibliothèque, par contre les chevaux étaient présents sous tous les aspects possibles : ils sautaient des obstacles avec le candidat sur le dos, ils étaient menés par la bride et même se cabraient dans de vaines tentatives de désarçonner le puissant cavalier. Les photographies de Sozonte dressé sur ses étriers, le bras tendu en avant, ne représentaient déjà plus, semblait-il, le professeur d'équitation, mais le monument d'un empereur : tous les empereurs chevauchaient ainsi, et sous eux tous les chevaux préféraient marcher sur deux jambes. Le bras tendu en avant promettait la soumission non seulement du cheval, mais de tous ceux dont les abus faisaient obstacle au progrès.

Malgré toute la diversité des candidats et de leurs nombreux talents, personne ne pouvait se comparer à Sozonte dans l'art de monter à cheval. Sa fière allure, son profil de médaille et son mutisme naturel lui valurent bientôt l'amour du peuple.

Au début, ses assistants du Continent obligeaient Sozonte à apprendre par cœur de longs discours, mais, comprenant que sa force était dans son laconisme, ils lui écrivirent des interventions courtes, avec des phrases sonores qui ressemblaient aux ordres qu'il donnait au manège.

Ayant grandi dans une famille de paysans, c'étaient les paysans que Sozonte attirait surtout à lui, et ils constituaient la grande majorité de la population de l'Île. Quand cette évidence s'imposa, on se mit à coller partout des affiches de Sozonte en chemise traditionnelle et bottes bien graissées. Il tapotait le garrot des chevaux, les attelait à des charrettes de foin et parfois menait avec eux des conversations amicales et profondes.

Ses adversaires envieux disaient qu'on pourrait, avec le même succès, élire un cheval à la présidence, mais cela n'effraya pas les électeurs. Ils se souvenaient que dans l'ancien temps c'était le Seigneur des Abeilles qui gouvernait l'Île, et ils trouvaient aujourd'hui que ces années-là n'avaient pas été les pires. Le jour de l'élection approchant, il fut évident que le prochain président de l'Île serait Sozonte.

Et il le fut.

XÉNIE

Jean-Marie demande :

— Comment c'était, la vie chez votre tante, sur le Rivage ?

Je réponds :

— C'était une vaste maison de pierre : il y avait des carrières dans ces régions. C'est pourquoi les maisons du Rivage sont encore debout alors que beaucoup de quartiers de la Ville, dont la majorité était en bois, n'ont pas survécu.

En hiver j'avais l'habitude d'aller à la cuisine pour regarder la cuisinière, toute cramoisie d'être près du feu, préparer le repas. Je me rappelle ses gros bras nus jusqu'aux coudes. La cuisinière elle-même était énorme et emplissait toute la cuisine, assez petite il est vrai. À l'endroit où elle se trouvait les planches du parquet avaient fléchi, mais de là elle s'arrangeait pour prendre n'importe quel objet. Ses bras étaient la seule chose qui animait son immobilité.

Je m'asseyais sur le banc, le dos appuyé au poêle. Parfois je m'y endormais et me réveillais dans ma chambre : c'étaient ces bras-là qui m'y avaient portée.

Tante Claudie aimait la cuisinière. Elle n'était déjà plus bien mince, ma tante, et cela devait lui plaire que la cuisinière et elle aient la même corpulence. Chez les autres, les gens aiment surtout le reflet d'eux-mêmes.

Bien sûr, il y avait aussi beaucoup de domestiques maigres qui couraient dans la maison. Les mouvements des gens maigres sont agités, peu convaincants et souvent privés de but. Tante Claudie savait que si la cuisinière allait quelque part, c'était pour de bonnes raisons. Les autres serviteurs allaient et venaient dans la maison, transportant des objets d'une place à l'autre. Je n'exclus pas que ce mouvement ait parfois été privé de sens, mais il procédait toujours d'une bonne intention.

En passant à côté de moi, ces gens me caressaient les cheveux ou bien, s'accroupissant, me racontaient quelque chose. Ils me donnaient parfois des sucreries. Ils m'appelaient Votre Altesse Sérénissime. Sérénissime, cela allait encore, mais Altesse me faisait rougir. C'était comme une promesse de grandeur : et j'avais très envie d'être grande.

C'est ainsi, très grand, que je voyais Parthène dans l'avenir. Dans mon imagination d'enfant je nous voyais comme deux arbres minces tendus l'un vers l'autre. Front contre front, bras enlacés. Entre nous, petite et grosse, était tante Claudie. Dans cette composition en arche, elle se tournait tantôt vers moi, tantôt vers Parthène, rappelant un pot sur le tour du potier. Nous nous regardions dans les yeux, comme si nous l'avions oubliée.

En été, on amenait Parthène chez ma tante. Ce qui est maintenant une plage était alors une étendue sablonneuse déserte. À travers les chaises longues et les tentes d'aujourd'hui, je vois le Rivage, et nous en train de nous promener. Là-bas, à l'endroit que le ressac n'atteint pas, nous construisons nos châteaux : ils ressemblent tous beaucoup au Palais princier. La ligne des vagues est mouvante, et finalement les éléments détruisent nos châteaux. Ils restent un certain temps comme des ruines de sable aplaties, puis cela aussi disparaît.

Aujourd'hui il y a beaucoup de châteaux de sable. Et beaucoup de constructeurs : ils sont penchés (ligne fragile des vertèbres) au-dessus de leurs œuvres, accroupis devant elles et, comme des canards, tournent tout autour à croupetons. Mais après six heures du soir c'est de nouveau désert. La plage est de toute façon un phénomène éphémère.

Nous passons nos soirées sous la tonnelle où grimpe une vigne. Nous buvons du lait chaud avec du miel en écoutant se dévider les contes des nounous. Leurs récits sont sans fin et se prolongent l'un l'autre. Et nous, nous restons assis en nous tenant par la main et, promis l'un à l'autre, nous éprouvons du bonheur. Nous savions déjà alors que cela, c'était le bonheur. Quelque chose nous disait que nous ne l'éprouverions plus jamais dans une telle plénitude.

Chapitre vingt-trois
Sozonte

La première année de la présidence de Sozonte coïncida avec l'année du Cheval dans le calendrier asiatique. De ce calendrier, personne dans l'Île n'avait jamais entendu parler. Pourtant, connaissant Sozonte, tous comprenaient que cette année-là n'aurait pas pu tomber sur un autre signe.

Le président décida de fêter cet événement calendaire par une cérémonie sans précédent, en organisant sur l'Île des Jeux équestres internationaux destinés à réunir sinon tous les cavaliers de la terre, au moins une grande partie d'entre eux. Tous les moyens financiers et toute la main-d'œuvre de l'Île furent employés à la préparation de cet événement. On se mit à construire d'innombrables manèges dans le pays, et dans la capitale, en un temps record, fut édifié un immense hippodrome.

Malgré un travail ininterrompu, il était clair dès le départ que les Jeux ne pourraient pas avoir lieu l'année du Cheval. Alors, par un décret du président, les dix ans à venir furent proclamés décennie du Cheval. Dès lors rien ne limitait plus les constructeurs, sauf l'impatience du président, qui était grande.

Sozonte commençait sa matinée par l'inspection des travaux et des industries connexes. Il faisait de même tout le reste de la journée. Tout ce qui était lié aux chevaux procurait à Sozonte une joie incommensurable. Il voyait des chevaux partout, et son esprit curieux les devinait même là où ce n'était pas évident.

Ainsi, alors qu'il visitait une usine de béton armé qui fournissait des matériaux de construction, le regard de Sozonte tomba sur Thyrse, un vieux comptable. Thyrse était petit et avait les jambes torses. Interrompant le laïus du directeur de l'usine, le président s'approcha du comptable et demanda :

Tu sers dans la cavalerie ?

Thyrse, myope comme une taupe, remonta ses manchettes de lustrine élimées et répondit :

Affirmatif.

Et claqua des talons.

Un rire étouffé partit des derniers rangs. Tous savaient qu'à diverses époques cet homme avait fait tous les métiers et avait même travaillé dans le transport de cognac. Ses loisirs se passaient à jouer aux cartes et à fabriquer des faux papiers. La cavalerie était sans doute la seule voie qu'il n'avait pas empruntée.

Le président fut extrêmement satisfait de sa brève rencontre avec Thyrse et remarqua que *la cavalerie doit jouer un rôle directeur dans la fabrication du béton armé*. Suivant la vieille tradition îlienne, cette remarque du président fut fixée le jour même au-dessus des portes de l'usine.

Une semaine plus tard le comptable fut invité au Palais présidentiel où il fut décoré de l'ordre national de la Vaillance et doté d'une pension personnelle. Ayant trop bu au banquet donné en son honneur, le décoré se mit soudain à parler des particularités du transport du cognac par voie ferrée. D'après lui, on perçait des trous dans les tonneaux de chêne et, à l'aide d'un petit tuyau, on aspirait le cognac. Ensuite on bouchait ces ouvertures avec des copeaux de bois et une couche d'argile. Dans les gares, on arrosait copieusement les tonneaux avec de l'eau, ce qui les faisait gonfler et s'alourdir. Cette mesure permettait de livrer le produit à son poids de départ.

Les visages des invités s'allongeaient peu à peu, car tous ne comprenaient pas à quoi rimait cette histoire. Heureusement pour le décoré, Sozonte était alors distrait par une autre conversation. L'entretien terminé, le président demanda à Thyrse s'il avait des requêtes personnelles. Le médaillé, qui avait eu le temps de dessaouler quelque peu, demanda que fut instituée une escorte à cheval pour les transports d'alcool dans le pays. Cette demande fut aussitôt acceptée.

En la quatrième année de la présidence de Sozonte se tinrent les Jeux équestres internationaux. Cinquante mille cavaliers affluèrent de tous les coins de la Terre. Pendant dix jours ils firent aux spectateurs une démonstration de leur art. Lors de la cérémonie de clôture, il fut annoncé que chacun des cinquante mille participants qui le désirait avait le droit de rester dans l'Île et d'y recevoir une allocation décente en argent et en fourrage.

Les participants aux Jeux venaient en majorité de régions où l'argent et le fourrage faisaient défaut, si bien que les cinquante mille furent d'accord pour rester, nombre qui, bizarrement, enfla jusqu'à soixante-dix mille à l'inscription. On en constitua un détachement monté de *force de réaction rapide*.

Mais bientôt le détachement eut des problèmes avec la population locale. Cela était dû au fait qu'on n'avait pas indiqué aux cavaliers à quoi au juste ils devaient réagir. En retour, leur réaction à l'égard des habitants de l'Île, et surtout des habitantes, provoqua du mécontentement. Beaucoup exigèrent des mesures sévères contre les cavaliers.

Moi, pauvre pécheur, je craignais que cela ne menât à rien de bon. Sévir contre quelqu'un qui vit dans le même espace que soi est surtout préjudiciable à celui qui sévit, parce que cela le détruit. Comme le dit un proverbe de l'Île, en luttant contre un dragon, tu deviens un dragon. Certains me demanderont : alors, quelle est la solution ?

À cette question, je n'ai pas de réponse. Peut-être qu'il n'y a pas de solution.

Qu'est-ce qui pousse les peuples à se déplacer ? Quelle a été la cause des grandes migrations du IVe au VIIe siècle ? La recherche d'un espace vital ? L'irrépressible besoin de bouger ? La curiosité ? Alexandre le Grand est allé jusqu'en Inde avec son armée, *pour voir les confins de la terre*, mais cette explication m'a toujours semblé peu convaincante. Aujourd'hui, comme l'Ecclésiaste, je dirai qu'il y a un temps pour rester en son pays et un temps pour aller dans un autre. Dans le nôtre, par exemple.

Parthène

Jean-Marie veut en savoir davantage sur le caractère de nos relations, à Xénie et à moi.

— Quelles peuvent être, demandai-je, les relations entre les parties d'un tout ?

Leclair a du mal à comprendre à quel point deux personnes peuvent se fondre l'une dans l'autre après trois cents ans. Et même moins. Nous pensons de la même façon, nous réagissons de la même façon. En cas de besoin, l'un répond aux lettres reçues par l'autre, car il n'existe aucune situation que nous n'ayons vécue ensemble. Et en fait, il n'existe pas de situation que nous n'ayons vécue.

Dans un couple marié, seules les enfances sont distinctes, mais, pour nous, ici aussi tout est différent. Prédestinés par les circonstances à réunifier notre malheureux pays, nous avons passé étroitement unis même notre enfance. Et les rares moments où nous étions séparés, nous les connaissons depuis longtemps par les récits que nous en avons faits l'un à l'autre.

Non seulement nos pensées, mais nos sentiments sont les mêmes. Il me semble que si, contrairement à ce que nous espérons, l'un d'entre nous s'en va en premier, celui qui restera lui servira d'yeux et d'oreilles, ainsi l'absent, depuis son nouveau domicile au firmament, verra comme avant la chaude journée d'été et l'ondulation rêveuse de l'herbe.

En la cinquième année de la présidence de Sozonte, des sismologues de la Grande Terre firent leur apparition chez nous. Ils étudièrent la Montagne du sud de l'Île et annoncèrent que le volcan pouvait se réveiller. Ils s'adressèrent aux habitants des villages qui entouraient la Montagne et leur demandèrent de trouver, dans la mesure du possible, un autre lieu d'habitation. Ils n'avaient évidemment pas une telle possibilité.

Les sismologues avaient fait cette annonce au point du jour, en quittant la Montagne, alors la nouvelle du réveil du volcan ne produisit pas l'effet attendu sur les habitants qui, eux aussi, venaient de se réveiller. En fait, il n'y avait rien de nouveau dans le discours des sismologues, car ce n'était pas la première fois qu'on entendait ce genre d'avertissement dans l'Île. Les sismologues partirent vers l'est pour poursuivre leurs recherches.

Une certaine confusion naquit à leur propos. Les uns disaient les avoir vus dans la partie orientale de l'Île, désertique, plate et éloignée des menaces sismiques. D'autres affirmaient que les visiteurs n'étaient absolument pas sismologues mais géologues, et que leur incursion à la Montagne n'était qu'une couverture cachant d'autres buts. Mais comme personne ne pouvait dire quels étaient ces buts, l'accusation fut considérée comme non fondée, et on oublia les sismologues.

En la sixième année de la présidence de Sozonte, Brand, le président de la Compagnie Pétrolière Continentale, acheta à l'État ces mêmes terres où l'on avait vu les sismologues. Il les paya une bouchée de pain, et quand on demanda à l'acheteur à quoi pourrait lui servir ce désert, il répondit qu'il cherchait un endroit pour faire une retraite. Et bien qu'avant cela le susnommé Brand n'avait pas manifesté le moindre penchant pour la solitude, sa réponse lui valut le respect.

Brand reçut une grande quantité de lettres de soutien. Il se trouva de pieuses personnes pour dire qu'elles étaient prêtes à fonder leur ermitage à une heure de route de celui de frère

Brand. D'une part cela serait un soutien à l'érémitisme, et d'autre part, vu l'éloignement des nouveaux ermitages, cela ne troublerait pas la solitude qu'il recherchait. Il y avait aussi ceux qui proposaient leur aide pour la construction d'une église, car même un anachorète a besoin de se confesser et de communier.

Il s'avéra cependant que le nouvel hôte du désert n'avait besoin de rien de semblable. Son ermitage fut un complexe de bâtiments modernes destinés à l'extraction et la taille des diamants. Et ce n'était pas Brand qui y travaillait au salut de son âme, mais les nombreux ouvriers occupés à extraire les pierres précieuses.

Pour Brand et Sozonte, l'achat de la terre, et surtout la raison de cet achat, fut une grave erreur, si du moins on considère que Sozonte avait participé à la prise de décision. Le fait que Brand, finalement, n'avait aucun goût pour la solitude blessa particulièrement les Îliens. Peut-être parce que toute île est une solitude et qu'en ces lieux on accueille ce genre d'explication avec une sympathie particulière.

Brand était vraiment inquiet parce que l'élection présidentielle dans l'Île devait avoir lieu un an plus tard. Il essaya de dire que ses déclarations sur la retraite étaient une plaisanterie, mais cela ne fit qu'empirer la situation, car dans l'Île on ne plaisantait pas avec ces sujets-là. Sozonte, lui, n'expliqua rien du tout, et son laconisme atteignit des proportions jusque-là inégalées.

La campagne électorale commença dans l'Île en temps voulu. La principale rivale de Sozonte, de façon inattendue, fut Barbe. L'ennemi extérieur qu'elle voyait dans les compagnies étrangères lui semblait beaucoup plus dangereux que ceux qu'elle appelait *nos voisins du Nord*. La transformation de Barbe étonna le Nord comme le Sud, mais son charisme était si grand qu'elle réussit bientôt à persuader tout le monde qu'elle avait raison.

Lorsque des cargos venus du Continent firent une fois de plus route vers l'Île, chargés des portraits du candidat principal, on ne les laissa pas entrer au port. Et quand, après de longues négociations, les bâtiments abordèrent enfin, Sozonte n'y gagna rien : tous ses portraits tombèrent entre les mains des partisans de Barbe. Ils furent comme prévu placardés aux endroits les plus en vue, mais leur aspect n'eut rien pour réjouir Sozonte, car ils se présentaient comme différents collages.

Ainsi, dans ses portraits équestres, le candidat avait été découpé et sa tête avait été collée à la place de celle de sa monture. Surmontant un corps de cheval, la tête de Sozonte avait effectivement un air un peu chevalin. Sa crinière épaisse, sa mâchoire puissante, et surtout ses grandes dents découvertes dans un sourire ne laissaient aucun doute sur l'origine véritable du candidat. Le portrait qui attirait le plus l'attention était celui qui représentait Sozonte sous l'aspect d'un cheval sur lequel Brand était à califourchon. L'effet de la propagande visuelle était renforcé par le fait que Barbe n'appelait jamais son adversaire que *le canasson*.

Les discours de Barbe se distinguaient par de riches images, des comparaisons brillantes et une plénitude de sentiments que Sozonte n'avait pas. On attendait ses discours et chacun d'entre eux était un événement que l'on commentait beaucoup par la suite.

La passion principale de Barbe n'était plus l'indépendance du Sud, mais les ressources minérales. Elle appelait à délivrer l'Île de l'influence des entreprises étrangères, avec leurs dirigeants et leurs ouvriers. Tout en promettant de rendre au peuple les richesses du sous-sol qui lui appartenaient, elle n'oubliait pas Brand et son désir de solitude : c'est bien, disait Barbe, ce qui l'attend dans une cellule de prison.

Le jour de l'élection, après avoir voté, Sozonte et Cécile n'attendirent pas le résultat. Ne prévoyant rien de bon pour eux, ils profitèrent du dernier jour de la présidence pour quitter l'Île sans obstacle, car ils n'avaient guère envie du genre de solitude promise par Barbe.

Lorsque l'avion présidentiel prit de la hauteur, Sozonte s'adressa à ses compatriotes en direct à la télévision. Comme le texte du communiqué ne lui avait été transmis que dans l'avion, Sozonte n'avait pas eu le temps de l'apprendre et il dut le lire.

Dès la première phrase, cela se passa mal. Sozonte devait dire qu'il n'avait pas perdu la lutte qu'il avait toujours menée pour la nation. Mais, ne connaissant pas le texte, il se trompa et lut très distinctement « ration » au lieu de « nation ». L'éclat de rire sur terre fut si puissant que son écho atteignit l'avion et força Sozonte à se corriger. L'écho d'un second fou rire (cette fois on se moquait de la correction) arriva alors qu'il affirmait que son départ de l'Île était un mal nécessaire.

Au moment où il évoqua *le pain amer de l'exil*, un chariot avec le repas entra dans le cadre. On le fit aussitôt sortir du champ et on le bloqua, mais les yeux affamés de ses compatriotes avaient eu le temps de tout voir. Au premier plan, une superbe coupe avec du caviar noir, puis un ananas décapité duquel pendaient artistement des grappes de raisin, le reste étant caché dans des saladiers et des soupières d'argent – cela donnait une bonne idée de la *ration* mentionnée plus haut.

Plus loin, le texte expliquait dans une certaine mesure l'apparition du chariot : Sozonte promettait aux Îliens qu'il préserverait ses forces jusqu'au moment où son retour serait exigé. Mais cela ne pouvait pas effacer sa malheureuse gaffe, qui laissa des traces.

En conclusion on entendit un curieux appel : *Sortez du côté de la queue*. C'était une directive donnée à Sozonte qui, selon le réalisateur de l'émission, devait se lever et partir, laissant son fauteuil vide. La phrase devint populaire et, dans l'Île, on l'employa volontiers dans les circonstances les plus diverses : par chance, le texte le permettait.

Lorsque le décompte des bulletins s'acheva, Sozonte était déjà loin : au Brésil, dans un ranch de la province de Minas-Gerais que le couple avait acheté par avance. Avec ses chevaux, Sozonte connut la paix et la joie, et il comprit qu'il avait trouvé le but de sa vie. Et il s'étonna que son chemin ait été aussi tortueux.

D'après le résultat de l'élection, Barbe fut déclarée présidente de l'Île.

Chapitre vingt-quatre
Barbe

En la première année de la présidence de Barbe, le premier jour, il y eut un appel téléphonique de Brand, et c'était aussi le premier. Brand félicita la présidente pour sa prise de fonction et dit qu'il espérait pouvoir continuer à collaborer avec l'Île. Comme Barbe le raconta ensuite aux journaux, sa réponse fut la suivante :

Notre collaboration ne peut porter que sur un seul point : vous rendez au peuple de l'Île ses richesses minières.

Brand proposa à Barbe de réfléchir et de trouver un moyen pour qu'il y eût dans l'Île assez de place et pour lui, et pour elle.

Quand Barbe répondit que, malheureusement, l'Île était une seule terre et qu'il n'y avait pas de place pour lui, Brand dit :

Alors nous aurons deux Îles.

Moins d'une semaine après, on apprit que Régine, son adjointe depuis de longues années, l'accusait de négliger les intérêts du Sud. Le coup était doublement blessant. Barbe était trahie par quelqu'un en qui elle se fiait comme en elle-même. Ce qui comptait aussi, c'est que de nombreux habitants du Sud soutenaient Régine, alors que Barbe était persuadée que le Sud était entièrement de son côté.

Le premier décret de la nouvelle présidente déclara propriété du gouvernement toutes les richesses minières de l'Île. Il était enjoint à la Compagnie Pétrolière du Continent de passer le relais au gouvernement dans les plus brefs délais et de quitter le pays.

La Compagnie quitta bien l'Île, mais seulement sa partie septentrionale. Elle n'avait aucune intention de quitter la partie méridionale et continua à exploiter les mines de diamants. Les diamants n'étaient pas la priorité de l'entreprise, mais puisque les sismologues, qui étaient en réalité des géologues, étaient tombés dessus, la Compagnie n'allait pas les négliger. Après le décret, il fut clair que ce ne serait pas facile de chasser Brand du sud de l'Île.

Parthène

Un étrange oiseau fait bouger un rameau. Un écureuil bondissant de branche en branche se fige en plein vol. Les enfants coiffés de feuilles de bardane marchent sur la mousse épaisse. Dans l'épaisseur de la forêt c'est la pénombre, mais la clairière est ensoleillée. La fraîcheur cède à la chaleur. Les pas des petits aventuriers sont prudents, leurs sens, aiguisés. La fillette cueille une fleur de pissenlit, souffle sur sa tête grise. De la sève blanche suinte de sa tige. Des fils invisibles chatouillent les visages. La forêt s'éclaircit.

Le chemin est bordé de plantain. Le bruit de sabots qui s'approche se mêle à la poussière. Le cheval est pommelé. Une pomme est dans la main du garçon. Il croque dedans. Il la tend à la fillette :

— Tu en veux ?

Elle prend aussi une bouchée.

La pomme est grosse, cela fait longtemps qu'ils la mangent. Cent ans, peut-être. À l'endroit où ils ont d'abord mordu, la chair blanche est devenue brune.

Les enfants pressent le pas. Vagabonds agiles, ils marchent sur la bande étroite entre deux ornières. Pèlerins fervents, ils se hâtent vers un but inconnu, ignorant que la Terre est comme une pomme et que si l'on marche longtemps, très longtemps, on reviendra au même endroit. Qui ne sera pas le même, parce qu'on n'y retrouvera plus personne.

Jean-Marie note rapidement ce qu'il entend, il fait même des croquis : les profondes ornières du chemin, les arbres de chaque côté. Quelques traits – et nous voici, Xénie et moi…

Il ne dessine pas mal du tout, on dirait.

— Très bon, ce cadre, dit Jean-Marie. J'ai besoin de séquences pour toutes les saisons – je ne sais pas ce qui sera conservé au montage. Vous avez sûrement encore d'autres souvenirs ?

Les souvenirs sont toujours là. Les vieilles gens n'ont plus que leurs souvenirs.

En la deuxième année de la présidence de Barbe, un ultimatum fut envoyé à Régine. Barbe exigeait qu'elle reconnût l'autorité du gouvernement de l'Île et se soumît à ses ordonnances. Elle rappelait qu'actuellement sa principale exigence était qu'elle transférât à l'État les mines de diamants. En cas de non-exécution des ordres, Barbe promettait de prendre des mesures appropriées. Le message était bref et brutal, comme il se doit pour un ultimatum.

La réponse de Régine fut encore plus brève, mais pas brutale, plutôt moqueuse. Elle ne comprenait ni formule de politesse ni signature. Elle disait que l'État du Sud déciderait lui-même de ce qu'il ferait des mines de diamants. En réponse aux menaces de Barbe, Régine se contenta de demander avec mépris : *sinon, quoi ?*

Ce n'est qu'en recevant la réponse de Régine que Barbe prit conscience de toute la difficulté de la situation où elle s'était mise. Elle comprit qu'elle avait menacé sans pouvoir frapper et qu'en fait elle n'avait aucun moyen de la faire plier.

L'armée de l'Île était dans un état déplorable, alors qu'on savait que Régine rassemblait une milice dans le Sud. Cette milice, considérée au début comme le fruit de l'imagination de Régine, se développait à un rythme extraordinaire, car les idées choc ont la particularité de capter les esprits. Barbe avait clairement sous-estimé le charisme de Régine.

L'ultimatum n'avait pas seulement dévoilé la faiblesse de Barbe, il fut le début de nombreux événements malheureux. Même si l'on suppose que ces événements auraient eu lieu de toute façon, il faut avouer que l'ultimatum les a précipités.

Ainsi les journaux du Continent, comme au commandement, se mirent à exprimer des doutes quant au caractère démocratique des institutions de l'Île. On se mit à accuser Barbe de préférer s'exprimer dans la langue des ultimatums. On jugeait également non démocratique l'expropriation des biens privés en faveur de l'État. *Expropriation prédatrice*, écrivaient les journaux, copies conformes les uns des autres.

Puis apparut sur la Grande Terre une série d'articles et d'émissions de télévision qui célébraient les qualités particulières des gens du Sud : l'amour de la paix, du travail, la volonté de s'instruire et celle de ne pas se résigner au joug multiséculaire du Nord. Les gens du Nord, quant à eux, à cause d'une anomalie innée, étaient belliqueux, paresseux, ne voulaient pas s'instruire et nourrissaient une passion dévorante pour l'asservissement de leurs semblables. Apprenant que ces deux peuples si différents cohabitaient sur une même île, le Continent n'en finissait pas de s'étonner devant ce phénomène naturel.

L'intervention d'un certain Philon, ufologue de la rive méridionale de l'Île, produisit l'effet d'une bombe. Depuis le berceau Philon se consacrait à l'observation des visiteurs de la constellation du Poisson austral qui atterrissaient de temps en temps près de son village natal. Ayant remarqué le jeune curieux, les extraterrestres trouvèrent rapidement un langage commun avec lui, le prirent en amitié et l'emmenèrent parfois dans des objets volants non identifiés.

Ils dirent à Philon que la constellation du Poisson austral s'intéressait depuis longtemps à la partie méridionale de l'Île et même rêvait de se jumeler avec elle. Le Sud les attirait par sa civilisation ancienne et profondément originale, son excellente cuisine et son art populaire. Enfin, ils étaient impressionnés par les énigmes qui reflétaient la pensée paradoxale de ses habitants.

Philon répondit aux aliens en leur posant cette devinette : *Il mord le jour et nage la nuit.* Malgré tous leurs efforts ils ne purent trouver la réponse. Et quand Philon la révéla, ils furent frappés par sa simplicité : *un dentier*. Quand ils demandèrent où avait été inventé cet engin étonnant, le jeune ufologue répondit que, bien sûr, c'était dans la partie méridionale de l'Île. Pourquoi, sinon, tous les habitants de la région auraient-ils des dentiers ?

Philon familiarisa aussi ses invités bicéphales avec les apophtegmes du président Cassien, qu'il savait par cœur depuis l'enfance et dont il s'attribuait la paternité. Les aliens l'applaudissaient de toutes leurs six mains, bien qu'ils reconnussent qu'ils n'avaient pas assez de leurs deux têtes pour les comprendre.

Dans un moment de sincérité, ils avouèrent à Philon que jadis ils avaient émis deux rayons en direction de l'Île, l'un positif, sur le Sud, et l'autre négatif, sur le Nord. C'est alors qu'il avait compris l'origine de la haute civilisation du Sud et de son absence totale dans le Nord. Philon expliquait son long silence sur des sujets aussi importants par ses séjours prolongés dans la constellation du Poisson austral.

Les agences de presse mondiales répandirent en une journée les informations sur cette irradiation, et il fut clair pour tous que ce n'était pas la faute des habitants du Nord s'ils étaient si peu aimables. Le lendemain, pourtant, le thème cosmique disparut de la une des journaux aussi brusquement qu'il y était apparu.

Plus tard, au bout d'à peu près un mois, les agences de presse rapportèrent brièvement qu'en fait Philon n'était jamais allé dans la constellation du Poisson austral mais qu'il avait passé ces dernières années dans un établissement médical fermé.

Entre-temps les publications étaient passées à autre chose et s'interrogeaient sur ce qu'on pouvait faire dans la situation actuelle. Les gens de bonne volonté répondaient : aider le Sud. Frappée par cette suggestion inattendue, la presse, perplexe, demanda : et comment ?

Et alors, pour la première fois, on entendit le mot glaçant : *armement.* Les gens de bonne volonté ne l'ont pas prononcé sans regret.

Xénie

Il fait sombre : en automne le jour tombe tôt. Il fait encore doux et nous dînons dans la cour de tante Claudie. Des lampes à huile sont posées sur la longue table de chêne. Il n'y a pas du tout de vent et la flamme est droite, élancée. Anticipant le Caravage, elle arrache à l'obscurité des yeux, des pommettes, des mains. La conversation entre adultes suit son cours paisible, elle nous apaise et même nous endort un peu. Nous ne voulons pas rentrer dans la maison, alors une servante nous apporte des châles. Nous sommes assis l'un à côté de l'autre, nous écoutons les mots qui tombent sans hâte des lèvres sans être reliés l'un à l'autre.

— Gros temps sur la Mer.

— On dit que sur la Grande Terre il fait beaucoup plus froid, en ce moment.

— Si vous avez mal à l'estomac il faut prendre de l'onyx pilé. Et prier, bien sûr.

Nous connaissons chacun des mots, mais le sens du discours nous échappe, se fond dans l'obscurité comme la fumée de la mèche.

Nous sentons des bras vigoureux nous porter dans la maison.

C'est le matin. Jean-Marie nous demande de lui raconter une matinée d'automne. Il voudrait que ce soit sur le chemin que nous avons parcouru en été.

L'air est vif et épicé. Nous suivons le chariot. Les feuilles sont jaunes. Certaines ne sont même plus des feuilles mais une dentelle de fibres. Les roues tournent devant nous, les imprimant dans les ornières humides. Quelques feuilles, collées à la jante, montent et redescendent sur terre. Roues panoramiques. Elles grincent et bougent irrégulièrement en suivant le pas lent du cheval. On dirait qu'elles bougent indépendamment l'une de l'autre tout en étant inséparables.

Nous montons sur le chariot et nous nous abandonnons au rythme général. Nos jambes se balancent de droite et de gauche. Sous nous, du foin moelleux. Devant nous, le chemin qui s'enfuit. Voyage-adieu, voyage-chagrin, car en allant de l'avant il convient de se retourner, de prendre congé, de s'attrister.

Après sa défaite dans le domaine international, Barbe tourna son regard vers la situation intérieure de l'Île. Elle aspirait à une prompte victoire qui pourrait détourner l'attention générale de ses revers sur le front extérieur. Barbe déclara qu'elle rétablirait l'ordre *d'une main de fer*. C'était cette expression qu'elle voulait employer, et elle l'employa.

La main de fer de Barbe s'abattit sur la tête des étrangers. Elle qualifia leur présence en nombre illimité de bombe à retardement qui exploserait dans quelques années et bouleverserait l'Île. La présidente dit que la force de travail des étrangers était une *force* qu'on ne devait pas sous-estimer. Elle ne voulait pas *s'intégrer*, et à côté du peuple de l'Île croissait un autre peuple.

Ces gens sont déjà agités, dit Barbe, et cette agitation ne fera qu'augmenter.

La cheffe du gouvernement interdit l'importation de main-d'œuvre, et cette mesure fut bien accueillie des Îliens. Mais Barbe ne s'en tint pas là, et prit un arrêté d'expulsion des étrangers. Comme ces gens n'avaient pas où aller, leur attitude se durcit et se transforma en une résistance sourde. La police les pourchassait dans les rues mais elle n'avait pas assez d'effectifs, alors on appela l'armée à la rescousse.

Parmi les Îliens se trouva un bon nombre de volontaires qui se joignirent à la chasse aux immigrés. Les étrangers qu'on n'avait pas arrêtés commencèrent à prendre des habitants de l'Île en otages, exigeant la libération des prisonniers. Barbe exhorta ses administrés à la patience, disant qu'il valait mieux traiter le mal à la racine plutôt qu'avoir à subir une vraie guerre par la suite.

Mais ce qui se passait ressemblait chaque jour davantage à une guerre. La vraie bataille eut lieu quand des unités de l'armée essayèrent de désarmer les soixante-dix mille cavaliers du détachement monté de la *force de réaction rapide* créée par Sozonte. Ce fut un échec, et depuis lors le détachement cessa de répondre aux ordres du gouvernement. Il traversa tout le pays du nord au sud au trot espagnol et ensuite, comme du vif-argent, s'éparpilla dans toute l'île. Certains cavaliers gagnaient leur vie en travaillant dans des fermes, d'autres se procuraient de l'argent et du fourrage de façon moins pénible.

À cette époque Leurs Altesses Sérénissimes Parthène et Xénie se trouvaient à Paris. Ils envoyèrent une lettre ouverte à Barbe dans laquelle ils la mettaient en garde, disant que la voie qu'elle avait choisie attisait la haine et menait à la catastrophe. Ces actes, écrivaient-ils, libèrent en l'homme ce qu'il y a de pire. Tout en reconnaissant que l'importation non contrôlée de main-d'œuvre avait été une erreur, ils prévenaient la présidente contre d'autres errements. Les changements, écrivaient les princes, devaient concerner les règles générales et non le destin des gens.

Dans leur lettre les princes parlaient de l'expulsion des industries étrangères. Selon l'avis de Parthène et de Xénie, il fallait avant tout déterminer quelles étaient celles qui œuvraient pour le bien de l'Île et celles qui ne le faisaient pas, et seulement ensuite prendre les décisions. Jamais la vérité n'est dans les extrêmes, disait la lettre, et corriger des mesures violentes par d'autres mesures violentes ne peut conduire à l'harmonie.

À la lecture de cette lettre, Barbe fut prise de rage. Elle accusa le couple princier d'être traître à la Patrie, et de plus déserteur. Le séjour de Parthène et de Xénie à Paris fut considéré par la présidente comme une fuite dans un pays qui se trouvait en situation de guerre avec l'Île.

Ses paroles furent immédiatement répercutées par les journaux et la télévision de l'Île, qui, craignant la *réaction* des cavaliers, ouvrirent les hostilités contre le vieux couple. Leur chœur désaccordé couvrait Parthène et Xénie de malédictions, dénonçant chaque jour de nouvelles turpitudes.

Ainsi, ayant fouillé dans des liasses de vieux journaux, les correspondants rappelèrent au monde la vieille accusation de détournement de fonds (par le couple princier), et celle de détournement de mineure (par Parthène) sur la personne de Mélitine. La police de l'Île accueillit favorablement cette accusation, car le résultat de l'examen qui avait confirmé la virginité de Mélitine lui avait toujours semblé suspect.

La victime supposée de Parthène reposait depuis longtemps dans le cimetière de la Ville. Malgré les protestations de son fils, Sisoès, le corps de Mélitine fut exhumé. Rien dans ses restes troublés dans leur repos ne montrait la présence ou l'absence de sa virginité, et on remit Mélitine en terre.

Pourtant l'affaire fut portée devant le tribunal où se tint un des plus retentissants procès de ces dernières années. Sisoès y témoigna, et il déclara que la question de la virginité de sa mère, qui inquiétait tant l'instruction, aurait pu être résolue sans expertise. La réponse, c'était lui, Sisoès, en personne. Il se définit comme le fruit de l'heureux mariage conclu entre Mélitine et un homme qui avait la même simplicité d'esprit, cinq ans après les événements objets de l'enquête. De plus, au procès, Sisoès rapporta mot pour mot ce qu'avait dit sa mère au sujet de ses relations avec Parthène : *elle ne l'avait jamais vu.*

En rendant compte de l'acquittement, la presse souligna la sournoiserie du prince qui avait tout fait pour effacer ses traces et réduire à néant l'accusation portée contre lui. La police de l'Île monta un dossier concernant les détournements de fonds, mais après le premier procès elle décida sagement de ne pas le transmettre au tribunal.

L'exposé des détails des affaires princières mit en émoi l'opinion publique de l'Île. Internet fut inondé de propos grossiers dont le sens était que la grande majorité de la population sentait depuis longtemps que quelque chose n'allait pas : Parthène et Xénie avaient l'air vraiment trop vertueux. Parmi les expressions les plus employées par la presse écrite, figuraient *il n'y a pas de fumée sans feu*, *les loups déguisés en agneaux*, et autres exemples de la sagesse populaire. La vie de Parthène et de Xénie était décrite par les utilisateurs d'Internet comme une longue suite de malversations et d'abus sexuels.

Des pierres volaient régulièrement dans les fenêtres de la demeure princière du Rivage, et on y lança un jour un cocktail Molotov. On réussit à éteindre l'incendie et la maison ne fut pas complètement détruite, mais la bibliothèque brûla.

En observant l'évolution actuelle de l'Histoire, je me dis : pourquoi Internet est-il si cruel ? Est-ce parce que personne ne connaît ceux qui écrivent ? Est-ce parce que ceux qui écrivent sont aussi ceux qui ne sont pas nés pour s'exprimer en public ? Par le passé, très peu de gens pouvaient s'exprimer publiquement, dont les mots étaient pesés et la responsabilité engagée. Je ne comprends pas non plus pourquoi ils prirent les princes pour victimes alors que l'Île n'avait connu de leur part que l'amour et le bien. Je vais exprimer une pensée qui m'effraie moi-même : peut-être est-ce ainsi que s'exprimait l'amour du peuple envers eux ?

La persécution de Parthène et de Xénie n'était pas passée inaperçue sur la Grande Terre, où des voix s'élevèrent pour les soutenir. La plus remarquée fut celle de Brand, qui déclara dans un discours qu'il aimerait compter le couple princier parmi ses alliés. Pourtant la réponse des inflexibles vieillards ne se fit pas attendre, faisant clairement entendre qu'une telle alliance était impossible. L'explication était courte mais dévastatrice : ils voyaient Brand un peu comme un parvenu.

Leurs Altesses Sérénissimes durent payer le prix de leur réponse. Le lendemain de leur refus vit le retournement complet de la presse continentale. Parthène et Xénie, qui hier encore étaient le rempart de l'humanisme dans l'Île, devinrent en une heure des *ennemis du progrès*, des *noblaillons indigènes*, des *obscurantistes militants*. N'avaient-ils tant vécu que pour cette infamie ?

Qu'avaient-ils été, qu'étaient-ils encore pour nous tous ? Nos anges gardiens ? Sans doute que non, ce n'est pas une fonction humaine. Je pense à la prophétie : peut-être que tout s'explique si l'on croit que Parthène et Xénie devaient vivre jusqu'à son accomplissement et nous soutenir dans notre faiblesse ?

Sont-ils nombreux, on se le demande, les gens qui vivent trois cent cinquante ans ?

Je réponds : non.

Parthène

Les enfants marchent sur le chemin enneigé, vêtus de pelisses de renard. Roux sur blanc. Leurs poings sont serrés dans leurs moufles pour empêcher leurs doigts de geler. Les branches des énormes sapins laissent de temps en temps la neige glisser sur le sol. La neige crisse sur le chemin. Elle conserve leurs traces.

Ils approchent du Monastère de la Transfiguration. Ils passent par le cimetière du Monastère, longent les sépultures. Les défunts, s'arrachant à leurs affaires de l'au-delà, leur font signe depuis leurs pierres tombales enneigées.

Prudemment, pour ne pas heurter le défunt, le petit garçon enlève la neige de la dalle la plus proche. Le prince Théodore, celui qui a baptisé l'Île. Voyant que Théodore porte une croix, les enfants la baisent.

— Pourquoi ne dis-tu rien ? demande la fillette.

— Eh bien, en fait, tout a été dit, répond Théodore. Que pourrais-je bien ajouter ?

Les enfants nettoient les épitaphes des deux tombes voisines : Constantin et Floire. De leur vivant, ils se sont fait la *guerre des lignées*.

— Nous sommes voisins à présent, rit Constantin. Presque des amis. Après la mort on remet en question beaucoup de choses.

Floire casse une branche qui penchait et balaie la neige de sa pierre tombale. Il a l'air mécontent.

— Et que pouvons-nous partager ? Nos aïeules légendaires ? Au fait, ce sont aussi les vôtres. (Floire montre les pierres tombales au début de la rangée.) Quelqu'un peut-il me dire ce qui se trouve dans leurs tombeaux ?

On filme d'en haut avec une caméra infrarouge. L'image est en noir et blanc et seuls les contours ressortent vraiment. Dans tous les cercueils reposent des squelettes. Les tombeaux de Mélanie et d'Hilarie sont vides.

Constantin regarde tristement Floire :

— Tu deviens ronchon, mon ami.

— Et où est le tombeau d'Auguste ? demande la petite fille.

— À Rome, je suppose, dit Floire. Il n'a jamais trop eu l'esprit de famille, notre grand-père Auguste… Floire se retourne. On vient vous voir.

Sur l'allée du cimetière s'avancent lentement les princes Michel et Andronic. Leurs pas sont légers, ils glissent plus qu'ils ne marchent.

— Tu as vieilli, mon fils, dit Michel au petit garçon.

L'enfant hausse les épaules.

— Ne vous inquiétez pas, mes enfants, dit Andronic, il n'y a que nous qui voyons cela. Je suis heureux que vous soyez si passionnément attachés l'un à l'autre.

— C'est un couple très touchant, approuve Constantin. Je ne doute pas qu'ils seront la fine fleur de notre compagnie. Ici reposent des gens très différents, mais tous sont princes. Des princes ! Puisque vous êtes encore vivants, vous pouvez en profiter pour vous choisir une bonne place.

— Il me semble que ce serait… (Floire jette la branche de sapin sur l'allée.) ... eh bien, un manque de tact.

Michel tamponne ses yeux avec son mouchoir.

— Vous savez, pour eux, je suis tranquille.

Pendant ce temps la situation dans l'Île se dégradait. Dans la Ville et ses environs apparurent des bandes de pillards. Elles étaient composées d'habitants du lieu qui, plus tard, furent rejoints par des cavaliers de la *force de réaction rapide*. Les brigands abattaient des arbres en travers des routes pour arrêter les voitures et dépouillaient sans pitié leurs propriétaires. Le soir les malfaiteurs faisaient irruption dans les théâtres, les restaurants et les maisons de jeu, et la police, qui les voyait détrousser les clients, partait sans oser intervenir.

En la troisième année de la présidence de Barbe, une météorite tomba sur l'Île. Elle chut sur un des réservoirs de pétrole et l'enflamma, et cette torche immense brûla jusqu'à ce que tout le stock fût consumé.

Certains demandèrent à l'évêque Cyrille ce que cela pouvait bien vouloir dire.

L'évêque leur répondit que l'événement avait deux explications. La première était physique et indiquait que les hydrocarbures sont enclins à la combustion. La seconde, métaphysique, ne lui était pas entièrement intelligible, mais, selon toute vraisemblance, elle ne présageait rien de bon et conduisait à se rappeler la prophétie d'Agathon.

À la même époque, un diamant d'une grosseur extraordinaire fut trouvé dans les mines du Sud. On disait que les entrailles de la terre n'en avaient jamais enfanté de pareils, que jamais les yeux humains n'avaient vu rien de tel. La nouvelle de cette trouvaille incroyable se répandit dans le monde entier, et tous étaient stupéfaits en voyant les images du diamant. D'autres, sans craindre l'état d'esprit qui s'était répandu dans l'Île, venaient aux mines où, dans un premier temps, la pierre sévèrement gardée fut exposée au public.

Pour qu'un diamant brille, il faut le facetter. Mais la pierre trouvée dans l'Île, bien que brute, étincelait comme après la taille. On sait sur les diamants que le feu et le fer sont impuissants contre eux, qu'on peut les frapper avec un marteau, les jeter dans un creuset, les brûler, sans que rien ne les abîme ni ne les amollit.

Je comparerai cette pierre aux cœurs de ceux qui aujourd'hui ne ressentent ni ne comprennent rien, qui ne sont pas reconnaissants devant la bonté, qui sont inaccessibles à l'attendrissement, à la vénération, que la prière n'adoucit pas et qui n'ont pas peur des menaces.

Si l'on essaie de briser un diamant, il n'en sera que plus dur. Il n'y a au monde qu'un seul moyen de priver le diamant de sa dureté : le sang de bouc. Trempée dedans, la pierre perd ses qualités et on peut la briser au marteau sur une enclume, mais très difficilement, marteau et enclume seront abîmés. On trempa chaque nuit le diamant trouvé dans du sang de bouc encore chaud, or sa dureté était telle que même les lapidaires doutèrent de leurs possibilités.

Mais déjà personne ne s'intéressait plus à la taille de la gemme. Tous se souvenaient des mots de la prophétie d'Agathon sur le diamant et personne ne les prononçait à voix haute, parce qu'on avait peur. Et on avait peur aussi parce que rien ne l'entamait ni le ramollissait. Si la pierre s'était attendrie, même un tout petit peu, ou si l'on avait réussi à lui enlever le moindre petit éclat, on se serait bien sûr senti un peu mieux. Il y avait dans la dureté du diamant quelque chose d'impitoyable, d'inhumain, quelque chose qui n'était pas de ce monde.

En cette même année, des coups souterrains retentirent dans l'Île, comme si quelqu'un d'énorme, piégé sous terre, essayait désespérément de sortir, et au sommet de la Montagne, pour la première fois depuis des siècles, apparut une fumée envahissante. Et sous ces coups, dans les terres centrales de l'Île, la prison s'écroula : une partie des détenus mourut, les autres, libérés de leurs fers, se dispersèrent dans toute l'Île. Et, voyant ce qui se passait, les policiers désertèrent, car en ces circonstances nul métier n'était plus dangereux.

Les ambulances ne vinrent plus que si elles étaient appelées dans le centre de la Ville, car il était encore protégé. Nombreux étaient les cas où les médecins étaient appelés dans un seul but : les dépouiller ou leur voler des drogues. Après quelques semaines les ambulances ne se déplacèrent plus du tout.

Dans les rues apparut un nombre jusque-là jamais vu de prostitués des deux sexes. Ces gens étaient affamés et tiraient les passants par la manche, leur proposant leurs corps ruinés par les péchés. Mais les passants aussi étaient rares, et après six heures du soir peu nombreux étaient ceux qui se risquaient à sortir. La Ville était en train de mourir.

La même année, une grande quantité de navires du Continent vinrent s'amarrer dans le Sud de l'Île. Ils apportaient les armes modernes dont étaient privés les Îliens, ainsi que des instructeurs pour leur apprendre à s'en servir.

Avec l'arrivée des armes sur la ligne de front commencèrent les premiers combats, et le frère leva la main sur le frère, et le fils sur le père. Ces batailles, pourtant, décevaient un peu les instructeurs, car les armes n'étaient pas utilisées dans toutes leurs brillantes possibilités, et les engagements manquaient de la férocité requise.

Ce qui se passait, c'est qu'au fil du temps l'état d'esprit avait commencé à changer dans le Sud. Bien que dans une moindre mesure, ses habitants étaient confrontés aux mêmes malheurs que ceux qui s'abattaient sur le Nord, parce que les fléaux ne connaissent pas de frontières, surtout dans les limites d'une île. Les habitants du Sud n'étaient déjà plus si désireux de vaincre le Nord. Les appels guerriers de Barbe traversaient encore l'air chargé d'électricité, mais ils ne trouvaient plus le même accueil.

Brand et ses partisans, bien décidés à combattre jusqu'au dernier Îlien, comprirent que la guerre dont ils avaient rêvé n'était plus possible. Et alors des troupes continentales furent envoyées sur l'Île pour y rétablir un mode de vie progressiste.

Le mode opérationnel des troupes continentales fut dicté par la nature elle-même. Ayant vu que le réservoir de pétrole avait brûlé fort et longtemps quand il avait été frappé par une météorite, ils utilisèrent l'artillerie à longue portée et commencèrent à pilonner la zone pétrolière. Trois jours après elle brûlait comme un énorme cierge qui était visible même depuis la Grande Terre. La fumée de l'incendie était si noire et si épaisse qu'elle enveloppa toute l'Île. Le Nord comme le Sud s'enfoncèrent dans les ténèbres.

Le désespoir des habitants se transforma peu à peu en colère. Les gens se rassemblaient sur la Grand-Place et l'exprimaient ouvertement. Tous comprenaient que le gouvernement était depuis longtemps impuissant à faire quoi que ce fût, mais la colère, comme l'eau qui emplit la retenue d'un barrage à ras bord, cherchait une issue et devait absolument s'abattre sur quelqu'un.

De jour en jour les gens se rassemblaient plus nombreux près du Palais présidentiel et ils étaient de plus en plus en colère. Le jour où la marée humaine inonda non seulement la Grand-Place mais les rues avoisinantes, les Îliens exigèrent que la présidente Barbe se montrât.

Mais Barbe ne se montra pas.

Déguisée en homme, elle s'était enfuie la nuit précédente.

Xénie

En mai, les enfants retournent chez tante Claudie. Au bout de trois cents ans – le temps passe vraiment sans qu'on le remarque. Ils marchent en se tenant par la main, parce qu'ils ne savent pas ce qui les attend dans cette maison.

Ils marchent en terrain découvert, on voit déjà la maison. Derrière, il y a la Mer, la même qu'avant. Le long du chemin, l'herbe est fraîche, non encore brûlée par le soleil d'été.

Parfois les enfants quittent le chemin et marchent dans l'herbe. Des criquets sautent sous leurs pieds, des lézards glissent sur les pierres chaudes. L'herbe bouge, les pierres sont immobiles. S'il n'y avait pas ces pierres, cette photo aurait été froissée et emportée par un coup de vent.

La maison s'approche, dévoilant ses détails. Des fissures apparaissent, près du sol les murs sont couverts de mousse, il y a des nids d'hirondelles sous le toit. Les hirondelles tournoient, haut dans le ciel. Les enfants les regardent, têtes renversées. Ils ont une maison en commun, les hirondelles et eux.

La porte est ouverte, bouche noire, carrée. Les enfants entrent dans la maison. Ils sont encore en train de s'en approcher, mais ils y entrent déjà.

Ils sont sur le seuil. À gauche un objet métallique tombe et roule sur le sol dallé de pierre. Ayant fini sa course, il se change en écho et rebondit contre les murs. Un cri d'enfant vole à sa suite :

— Il y a quelqu'un ?

C'est la bonne question. La seule possible. Savoir s'il y a âme qui vive.

Après le cri, le silence, et après le soleil, les ténèbres. L'inconnu. Les pieds, tâtant les bords des dalles, conduisent dans la bonne direction : ils ont leur mémoire à eux.

À gauche, c'est la cuisine, il y fait un peu plus clair à cause du feu allumé sous le chaudron. Dedans, petits bouillons, tourbillons mats.

On les avait attendus jusqu'au dernier moment, tant qu'on avait pu. Mais ils n'étaient pas venus. C'est comme cela dans les films : on s'est raté d'une demi-heure, et tout a été changé.

Les yeux des enfants s'habituent à l'obscurité et ils regardent autour d'eux. Près du poêle il y a un tas de bûches, sur la table basse, quelques plats.

Sur le banc contre le mur émergent les contours de la cuisinière. Elle est couchée sur le dos, une main posée sur la poitrine et l'autre pendant presque jusqu'à terre.

— Elle est morte ? demande la petite fille.

Le garçon s'approche de la cuisinière, soulève son bras puissant et tâte son pouls.

— Non, elle dort.

Les enfants sortent de la cuisine sur la pointe des pieds et se mettent à errer dans la maison. Les serviteurs dorment sur des coffres. La nounou somnole, recroquevillée sur son fuseau.

Montés au premier étage, les enfants entrent dans la chambre de tante Claudie. Elle est à demi couchée, enfoncée dans des oreillers de plume. Elle a toujours eu un faible pour les coussins. Derrière son dos, on l'appelait *Madame douze coussins*, elle le savait mais elle ne pouvait pas se changer. Elle aimait beaucoup les coussins.

Le garçon les compte, puis il dit : onze.

La fillette montre la servante qui en tient un :

— Douze.

La servante est tournée vers Claudie : assise sur le sol, elle est en train de lui fourrer le coussin sous le flanc gauche. Sa tête est posée sur le lit.

Les enfants sortent sur la terrasse et voient la Mer. Ils s'assoient sur les fauteuils de chêne aux accoudoirs sculptés en têtes de lions. Ils attendent que tout le monde se réveille.

Chapitre vingt-cinq
Parthène et Xénie

Moi, Innocent, moine plein de péchés, ayant quitté ma cellule à cause du cataclysme naturel, je fus le témoin de beaucoup des choses décrites ici, mais, bien sûr, pas de toutes. Ce chapitre consiste en des notes que j'ai prises principalement durant les événements. Contrairement à mon habitude, je ne les ai pas retravaillées et elles sont confuses en beaucoup d'endroits. Philippe, l'éditeur, a insisté pour qu'elles fussent publiées justement sous cette forme. Il lui semble que c'est ainsi qu'elles transmettront l'essence véritablement tragique de ce qui s'est passé. Je n'en suis pas sûr, mais j'obéis.

25 mai

C'est l'anarchie. Pour la première fois de toute l'histoire de l'Île personne ne veut prendre le pouvoir, faute de savoir que faire dans ces tristes circonstances voulues par Dieu.

26 mai

Du Sud est arrivée la nouvelle que les troupes continentales ont arrêté leur offensive vers le Nord et commencent, dans l'urgence, à évacuer l'Île.

27 mai

Le malheur suprême est arrivé : la Montagne a commencé à se réveiller. Le filet de fumée qu'on voyait au-dessus s'est changé en une épaisse colonne qui s'échappe de son cratère. Son apparition s'accompagne de secousses telluriques, comme si l'être invisible et énorme qui se débat là-bas depuis des mois avait uni ses forces à celles de la Montagne et saluait à présent son réveil. Sur un des flancs de la Montagne, brûlant tout sur leur passage, des rivières de feu se sont mises à couler. Du Nord vient la fumée du pétrole en train de brûler, du Sud le nuage de poussière issu de la Montagne. Et le ciel s'est terni, et c'est à peine si le soleil parvient à percer, et la cendre se dépose sur la terre. Pour l'instant elle n'est pas très épaisse, ce n'est encore que de la poussière sur les surfaces exposées car, grâce à Dieu, le vent souffle en direction de la Mer et y emporte la plus grande partie des cendres. Mais si le vent change, elles tomberont sur nous comme une neige noire et mortelle qui entre dans les poumons et arrête la respiration. Un autre terrible danger nous attend pourtant, connu de tous les insulaires : la Montagne appartient à la sorte de volcans coutumiers des éruptions explosives. Le monde appelle le gouvernement de l'Île à entreprendre sans délai d'évacuer ses habitants et prévient qu'il reste peu de temps avant la catastrophe. Mais il n'y a plus de gouvernement dans l'Île ni de vaisseaux pour l'évacuation, car la plupart d'entre eux sont déjà aux mains de l'armée continentale qui rapatrie ses soldats.

28 mai

Neuf heures du matin. Tous se sont réunis sur la Grand-Place et y restent, sachant qu'il est plus facile de chercher ensemble une voie de salut. De plus, la place est un espace ouvert et lors des secousses sismiques c'est un endroit moins dangereux que les maisons ou les rues étroites. Tous parlent de la prophétie d'Agathon le Préviseur : chacun voit bien qu'aujourd'hui elle commence à se réaliser. Vieux et jeunes, riches et pauvres, croyants et incroyants, tous en parlent. Tous savent par cœur les lignes de la prophétie, et à présent elles courent sur le ciel de plomb comme sur une enseigne à texte défilant. Nous nous sommes ouverts au monde, et cela fut pour notre bien. Mais il est dit qu'il y a un temps pour embrasser et un temps pour fuir l'étreinte. Les jours sont venus où les maladies nous ont atteints et où le bien s'est changé en mal, car nous ne nous sommes pas délivrés de nos maux et avons été infectés par les maux des autres. Et l'Île a été envahie d'étrangers, et nous avons habité parmi eux comme le hibou des ruines. Notre malheur, pourtant, ne réside pas dans les étrangers mais en nous-mêmes, car la débauche s'est multipliée, nous nous sommes endurcis et nous nous opprimons les uns les autres. Et une grande inimitié a éclaté parmi nous, et le frère a levé la main sur son frère, et le fils sur son père. Et la terre elle-même, sensible à l'endurcissement des hommes, s'est endurcie aussi. L'heure de l'épreuve est venue, où est apparue la pierre qui ne peut être amollie par rien, sinon par le sang d'un bouc. Et la terre a tremblé, et au Septentrion s'est enflammée l'eau noire, et au Midi a coulé l'eau ardente, et la cendre des cieux est tombée. Et nos cœurs sont prêts à se changer en cendres. Et nous ne pouvons pas implorer Dieu pour notre salut, car Il détournera de nous sa Face. Et s'il ne se trouve pas parmi nous trois justes pour monter sur la Montagne et Lui parler, notre vie demeurera dans le brouillard et les ténèbres. Et nous nous sommes mis à penser à ces trois justes capables de Lui parler, et seuls nous viennent à l'esprit Parthène et Xénie. Nous n'arrivons pas à trouver un troisième juste, mais nous gardons en tête que le Seigneur, prêt à épargner Sodome pour l'amour de cinquante justes, consentit à l'épargner pour l'amour de dix, qui, hélas, ne furent pas trouvés non plus. Dans ce cas, avons-nous l'audace de penser, deux ne pourraient-ils pas compter pour trois ? Nous nous rappelons notre conduite envers Leurs

Altesses Sérénissimes et nous sommes emplis de honte. Il ne nous reste qu'à espérer qu'ils pardonneront notre déraison et tous, d'une seule voix, nous les en prions, sûrs que cette clameur parviendra jusqu'à eux. Les gens attendent que leurs princes reviennent et prennent le pouvoir dans l'Île, ne fût-ce que pour peu de temps, qu'ils montent sur la Montagne et parlent avec le Seigneur.

Une heure de l'après-midi. On apprend que l'aéroport de l'Île a fermé après avoir reçu le dernier avion : l'air est tellement saturé de cendre qu'il est devenu impropre au vol. Avec cette nouvelle s'enfuit notre dernier espoir.

Deux heures de l'après-midi. Communication urgente : Parthène et Xénie sont dans l'Île. Ils sont arrivés sans prévenir par le dernier avion et sont actuellement en route pour la capitale. Leurs Altesses Sérénissimes prennent sur eux l'intégralité du pouvoir et ordonnent aux membres du gouvernement de se présenter au Palais présidentiel. Bien sûr, on peut affirmer que ce n'est pas la réponse à notre prière, mais l'expression de leur libre volonté : une décision prise après la fuite de Barbe. Mais nous l'accueillons comme si c'était cette réponse car, en vérité, c'est bien cela.

Trois heures de l'après-midi. Grise de cendre, la première voiture du cortège présidentiel débouche sur la place. Une autre la suit, portant le drapeau de l'Île. C'est celle de Parthène et de Xénie. Le cortège s'arrête et les princes en sortent. Ils sont venus combattre le chaos. Le mot *chaos*, transmis de bouche-à-oreille, voyage à travers toute la place. Voilà, ils vont affronter le chaos. Bonne nouvelle. Il faut bien que quelqu'un affronte le chaos. On ne laisse plus partir la voiture. Les gens supplient à genoux le couple princier de monter sur la Montagne et de parler avec Lui. Les suppliants comprennent que ce n'est pas le meilleur moment pour visiter la Montagne, mais que faire, si c'est ce que dit la prophétie ? Quelqu'un doit bien monter sur la Montagne. Ce sont eux, visiblement, qui doivent le faire. C'est terrible, mais, à part eux, il n'y a personne, car il n'y a pas d'autres justes, et pour tous ils sont le dernier espoir. Comment aurions-nous cette audace, dit le prince. Nous devrions reconnaître que nous sommes des justes, et avoir l'outrecuidance de parler avec Lui ? Pas besoin de vous reconnaître justes, répond la foule, puisque c'est nous qui vous avons reconnus pour tels. Vous n'avez qu'à y aller et Lui parler. Priez-Le de ne pas permettre à la Montagne d'exploser, n'avez-vous pitié ni de nous, ni de nos enfants ?

Quatre heures de l'après-midi. Des mesures à prendre pour sauver les habitants sont discutées lors de la rencontre entre Leurs Altesses Sérénissimes et le gouvernement.

Cinq heures de l'après-midi. Un décret de Leurs Altesses instaure la loi martiale dans le pays. Pour assurer l'ordre et aider les citoyens, le feld-maréchal Sévère ordonne aux troupes d'entrer dans les villes. Dans son allocution aux soldats, le feld-maréchal dit que le combat sera rude, car pour la première fois notre ennemi est invisible. Vu le danger de nouvelles secousses, les militaires dressent à la hâte des tentes dans des espaces découverts et distribuent dans les rues des masques à gaz et des appareils d'assistance respiratoire. Dans les hôpitaux, les usines textiles, les magasins de tissus on s'active à la production de masques de protection. Des femmes volontaires y sont envoyées en renfort. Les volontaires hommes forment des détachements pour déblayer les décombres.

Huit heures du soir. Parthène passe à la radio et s'adresse au peuple. Il appelle les habitants de l'Île à chasser de leur cœur toute peur et à s'aider mutuellement, car la situation est difficile, mais pas désespérée. Après un silence, il dit : personne ne nous a donné le droit d'aller à la Montagne et de parler avec Lui, alors nous ne pouvons pas y aller. Il dit : voyant vos larmes, nous ne pouvons pas ne pas y aller, alors, bien sûr, nous irons.

Dix heures du soir. Une colonne de camions se forme devant le Palais. Devant, deux véhicules tout-terrain de la police, car il n'est pas exclu qu'on doive rouler hors des chemins. L'évêque Cyrille célèbre un office pour le salut de l'Île. Comme un volcan de petit calibre, son encensoir projette des étincelles qui volent, précédant la colonne, en direction de la Montagne. Le feld-maréchal Sévère déclare le départ imminent. Il affronte le désastre armé de pied en cap, il est en grand uniforme et tient son bâton de maréchal.

Onze heures du soir. La colonne s'ébranle et se dirige vers le Sud. Elle rencontre une foule de gens qui vont vers le Nord. Ayant vécu toute leur vie près du volcan, ils perçoivent son agitation. Ils disent que bien que l'éruption ait cessé, le volcan est prêt à exploser. Compatissants envers ceux qui y vont, ils les appellent à faire demi-tour.

29 mai

Deux heures du matin. Les véhicules s'approchent de la Montagne du côté épargné par l'éruption. Des milliers de gens, réunis à son pied, attendent la colonne. Qui sont-ils, demande l'évêque Cyrille. Sont-ils ceux qui n'ont pas où aller, ou ceux qui croient en la prière des princes ? Les deux, répond le prêtre de l'église locale, et il me semble que dans une large mesure ces multitudes se sont déjà réunies. Les voitures de police qui ouvrent le chemin enclenchent leurs sirènes. La colonne se fraie lentement un chemin dans la foule. Elle s'arrête au début du sentier en lacets qui mène au sommet. On dresse des projecteurs sur les camions et on les braque sur le sentier. Sur les premiers cent mètres il y fait clair comme en plein jour. Leurs Altesses Sérénissimes sont près du véhicule de tête. Quelqu'un leur apporte des anoraks, craignant qu'il fasse froid sur la Montagne. Les princes les refusent, ils n'en voient pas l'utilité. Il faudrait surtout, disent-ils, qu'il ne fasse pas trop chaud. Ils refusent les talkies-walkies, car ils ont d'autres moyens de communication. De plus il est probable que les émetteurs-récepteurs ne fonctionnent pas là-haut. L'évêque Cyrille les bénit. Après avoir hésité, il dit : il ne faut pas toujours comprendre littéralement les prophéties. Je veux dire que ce n'est peut-être pas obligatoire d'aller très loin sur ce sentier. Au pied de la Montagne, c'est déjà comme si vous étiez dessus. Il essaie de sourire. Cela devrait être mis à votre crédit, si je peux dire. Parthène et Xénie inclinent la tête. Cela devrait compter, oui. Pour n'importe qui, mais pas pour Agathon.

Trois heures du matin. Dans le silence soudain, les princes font un premier pas vers le sommet. L'évêque les accompagne. Il s'arrête au début du sentier en lacets : allez seuls maintenant, Dieu soit avec vous. Que pensent ceux qui les accompagnent du regard ? Qu'ils sont sans défense ? Que leur pas est chancelant ? Deux petits vieux attendrissants. Ils avancent en se soutenant l'un l'autre : c'est ainsi qu'ils ont fait toute leur vie. La robe de Xénie flotte dans le vent nocturne. Arrivés au virage, ils se retournent et nous regardent tous. Ils font un pas dans l'espace non éclairé. Disparaissent. Plus loin, ils doivent allumer leurs lampes-torches, rien de bien compliqué. Elles sont puissantes, chargées pour plusieurs heures. S'ils ne les utilisent pas toutes les deux en même temps, la charge est pour ainsi dire illimitée. Quand il n'y a pas d'électricité, j'utilise ce genre de torches dans ma cellule. Avant, j'allumais des cierges. À dire vrai, j'ai peine à les imaginer avec des torches. Alors qu'ils marchent vers la Lumière.

Quatre heures du matin. On entend comme un coup de tonnerre. Un craquement monstrueux, on dirait que la terre et les cieux se sont fendus. Tous comprennent qu'Il a commencé à parler à Parthène et à Xénie. Au-dessus de la Montagne s'élève un nuage gigantesque, noir et pourpre. La voix des vieillards est faible – pourvu qu'Il les entende ! Encore un coup. La foule hurle. Le coup suivant jette les gens à terre. Combien de temps restons-nous couchés ainsi ? Je ne sais pas. Ma bouche est pleine de sable et de cendres. L'écho des explosions se répercute dans toute l'Île, frappe tour à tour la voûte céleste et l'écorce terrestre et, rebondissant, ne faiblit pas comme il sied à un écho. Les maisons des villes se lézardent, certaines s'écroulent. On n'entend pas les sirènes des ambulances. Des flocons gris glissent dans le faisceau de leurs phares. Ces derniers percent ce blizzard sur une distance d'une coudée, alors les véhicules roulent aussi lentement que possible. Sans peur, ils vont jusqu'aux décombres les plus proches d'où des volontaires retirent les corps des victimes. Hier encore c'était une foule en colère, mais cette nuit la foule s'est transformée en un rassemblement de concitoyens, en une assemblée d'anges miséricordieux. Passé leur premier accès de terreur, les gens qui attendaient au pied de la Montagne entourent le feld-maréchal Sévère. Il ne quitte pas le sentier des yeux, son visage est empourpré par le reflet des flammes. Mouillé de larmes. On lui crie que Parthène et Xénie sont restés sur la Montagne – comme s'il ne le savait pas. On lui crie qu'ils sont restés dans cet enfer, que l'armée ne fait rien, et qu'il ne fallait pas les envoyer là-haut. L'armée est impuissante, articule silencieusement le feld-maréchal, mais n'est-ce pas vous qui les avez envoyés ? Quelques soldats s'approchent. Il les écoute sans quitter la Montagne des yeux. Acquiesce. Deux camions démarrent et partent sur le sentier. Parthène et Xénie n'ont pas pu aller bien loin. Tous croient fermement qu'on les retrouvera.

Cinq heures du matin. Le vent change et les nuages de cendre commencent à aller vers le Nord. Ils ont l'air lents bien que, naturellement, ils aillent vite. Ils ressemblent à de gigantesques dirigeables. Des éclairs brillent en leur sein, car les charges des particules de cendre entrent en contact les unes avec les autres. Flottant à des hauteurs invisibles, les cendres refroidissent et tombent sur l'Île. Les éclairs parcourent toute l'étendue des cieux et les secousses, toute l'étendue de la terre. Serait-ce le dernier jour ? Il est dit que le soleil s'éteindrait, que la lune ne brillerait plus, que les étoiles tomberaient du ciel et que les puissances célestes vacilleraient. Le principal torrent de lave coule de l'autre côté de la Montagne, mais de ce côté aussi apparaissent quelques tentacules de feu. Les camions reviennent, fonçant sur le sentier. Ils sont en flammes.

Les soldats sautent en marche. Les camions roulent jusqu'au bas-côté et explosent. Des médecins courent vers les soldats. Parthène et Xénie n'ont pas été retrouvés.

Sept heures du matin. L'éruption perd de sa violence, mais le soleil est englué dans la cendre. Ce qui fait peur, ce n'est pas ce qui se passe à présent, mais la menace d'explosion : la Montagne est toujours là.

Huit heures du matin. Les secousses souterraines s'apaisent. Les torrents de lave deviennent des ruisseaux, puis se figent tout à fait.

Midi. Il est clair à présent que la Montagne se calme. Le ciel s'éclaircit un peu. Les soldats, formant une chaîne, ratissent la Montagne là où le terrain est accessible. Ils cherchent Parthène et Xénie.

6 octobre

Les recherches durèrent plus d'une semaine, mais on ne retrouva pas Leurs Altesses. Leur mort donna lieu à un deuil de trois jours, et dans toute l'Île les cloches pleurèrent. Quand on pense au nombre d'années où ils furent à nos côtés, cela donne le vertige. Tout chargés d'ans et débiles de corps, on pouvait se demander ce qu'ils pouvaient faire ? Mais ce sont justement Parthène et Xénie qui donnaient forme à notre vie. Uniquement par leur présence. Le sentiment que nous nous sommes peut-être trop pressés de prendre leur deuil ne me quitte pas. Il est difficile de croire que des gens qui ont une si longue habitude de la vie puissent la perdre. Le plus probable, c'est qu'ils ont été enlevés par Celui avec qui ils ont parlé cette nuit-là. C'est peut-être dans ce but qu'ils sont allés sur la Montagne. Certains disent que cette conversation n'a pas pu avoir lieu puisqu'il n'y avait que deux justes. Pourtant notre Sauveur a dit : *Là où deux ou trois sont assemblés en mon nom, je suis là au milieu d'eux.* Donc ils étaient trois, puisque le Christ était avec eux. Je n'ai pas l'intention d'en discuter avec quiconque, car ce n'est pas la vérité qui naît de la discussion mais la colère et l'acédie. Si l'on veut, on peut croire que la Montagne a englouti Parthène et Xénie. Mais le fait que, la nuit où ils ont disparu, la Montagne s'est calmée et la terre, apaisée, me confirme que j'ai raison. Il y a autre chose. Il est bien connu que l'Histoire n'est que le chemin suivi par l'homme. Sur ce chemin on peut multiplier le bien ou semer le mal, cela dépend du choix de chacun. Un homme peut se fondre dans la foule, semblable au torrent de feu dévalant la montagne. Et se pétrifier, comme lui. Ou il peut se diriger vers le sommet sans craindre les secousses souterraines ni les chutes de pierres. Bénie est la terre qui donne naissance à un tel souverain. Pour lui, tous sont ses enfants : il s'attriste de leurs peines et se réjouit de leurs joies, et par amour pour eux monte sur la montagne pour tenir une conversation salvatrice. Il peut dire à la montagne : déplace-toi. Et elle se déplacera. Ou, au contraire : reste où tu es. Et elle restera. Aujourd'hui, comme nettoyé par l'orage, l'air est pur. Il n'est pas chargé de méchanceté mais d'amour mutuel et de pitié. Oui, de pitié, car elle engendre l'amour et vainc la méchanceté. Par exemple, le jour du tremblement de terre, le père économe ne m'a pas donné de papier pour continuer ma chronique. Il m'a dit : on dirait que l'histoire s'achève, alors, frère Innocent, pourquoi gaspiller du papier ? J'ai failli me vexer, lui dire des mots blessants. Lui rappeler au moins que *ce n'est pas à nous de connaître les temps et les moments*, il nous est juste donné de les noter avec soin. Mais je n'ai rien dit, le plaignant d'être attaché aux choses terrestres. D'autant que, du papier, il m'en restait. Deux jours après, il m'en apporta en abondance, m'étreignit et pleura abondamment : pardonne-moi, frère, pour mon avarice. Voici du papier, écris comme avant, puisque ce n'est pas la fin de l'histoire. Oui, ai-je dit, l'Histoire continue – pour l'instant. Mais, ai-je dit, c'est le dernier avertissement. Et la paix et l'amour régnèrent entre nous, et tous dans l'Île se réconcilièrent dans l'espoir que leurs jours fussent prolongés.

Quant à notre pays, il signa avec la France le traité de paix tant attendu. J'ai entendu dire que dans cet État aussi on s'était réjoui de cette paix, bien que tous, et de loin, ne fussent pas au courant qu'il y avait une guerre. À propos de la France – j'allais oublier : on a appris aujourd'hui que le film de Jean-Marie Leclair *La Justification de l'Île* a reçu un prix important. On dit que Leclair craignait que son film fût incompris. Il avait tort : qu'y a-t-il ici d'incompréhensible ? Je ne connais pas ce film, mais j'ai eu le bonheur de connaître Leurs Altesses Sérénissimes : il n'y eut pas dans notre histoire de gens plus lumineux. Je pense que peu nombreux sont ceux qui, à leur âge, auraient eu le courage d'une telle ascension. N'importe quel spectateur peut le comprendre.

Table des matières

La littérature étrangère aux éditions des Syrtes

Mark Aldanov, *Suicide*
Radu Aldulescu, *L'Amant de la Veuve*
Ivo Andrić, *La Chronique de Belgrade*
Gabriele d'Annunzio, *Le Feu*
Andreï Biely, *Kotik Letaïev*
Andreï Biely, *Pétersbourg*
Vladimir Tan Bogoraz, *Récits de la Perdition*
Ivan Bounine, *Coup de soleil et autres nouvelles*
Ivan Bounine, *La Nuit*
Ivan Bounine, *Les Pommes Antonov*
Ivan Bounine, *Soukhodol*
Irinarkh Chemanovski, *Journal de Sibérie*
Boris Chiriaev, *La Veilleuse des Solovki*
Ivan Chmeliov, *Le Soleil des morts*
Kate Chopin, *Une nuit en Acadie*
Vassili Choulguine, *Les Jours*
Collectif, *L'Ombre du mur. Chroniques du mur de Berlin*
Gueorgui Demidov, *L'Amour derrière les barbelés*
Gueorgui Demidov, *Doubar et autres récits du Goulag*
Théodora Dimova, *Adriana*
Théodora Dimova, *Les Dévastés*
Théodora Dimova, *Mères*
Ariadna Efron, *Marina Tsvetaeva, ma mère*
Georgui Efron, *Journal (1939-1943)*
Oleg Ermakov, *Le Cantique du Toungouse*
François Fejtö, *Voyage sentimental*
Sacha Filipenko, *Croix rouges*
Sacha Filipenko, *La Traque*
Nándor Gion, *Le Soldat à la fleur*

Irina Golovkina, *Les Vaincus*
Paul Goma, *Profil bas*
Gorki et ses fils, *Correspondances (1901-1934)*
Andreï Guelassimov, *La Rose des vents*
Andreï Guelassimov, *Purextase*
Andràs Hevesi, *Pluie de Paris*
Éva Heyman, *J'ai vécu si peu*
Florina Ilis, *La Croisade des enfants*
Florina Ilis, *Le Livre des nombres*
Florina Ilis, *Les Vies parallèles*
Vsevolod Ivanov, *Les Merveilleuses Aventures du tailleur Fokine*
Vladimir Jabotinsky, *Les Cinq*
Vladimir Jabotinsky, *Samson, le nazir*
Sandra Kalniete, *En escarpins dans les neiges de Sibérie*
Frighyes Karinthy, *La Ballade des hommes muets*
Maria Kassimova-Moisset, *Rhapsodie balkanique*
Søren Kierkegaard, *Correspondance*
Natalia Kim, *Mon quartier*
Alexandre Kouprine, *Clair-obscur*
Alexandre Kouprine, *La Fosse aux filles*
Mariana Kozyrieva, *La Petite Fille devant la porte*
Piotr Krasnov, *De l'aigle impérial au drapeau rouge*
Gyula Krudy, *Sept hiboux*
Andrej Kušniewicz, *Eroica*
Florin Lăzărescu, *Notre envoyé spécial*
Nikolaï Leskov, *À couteaux tirés*
Nikolaï Leskov, *Hugo Pectoralis ou une volonté de fer*
Alexeï et Valentina Lossev, *La Joie pour l'éternité, correspondance du Goulag (1931-1933)*
Nikolaï Lvov, *Souvenirs d'antan*
Pavel Melnikov-Petcherski, *Dans les forêts*
Michel Ossorguine, *L'Histoire de ma sœur*
Boris Pahor, *Arrêt sur le Ponte Vecchio*
Camil Petrescu, *Dernière nuit d'amour, première nuit de guerre*
Dinu Pillat, *En attendant l'heure d'après*
Alexandre Pouchkine, *Poltava. Le Cavalier de bronze*
Nelly Ptachkina, *Journal (1918-1920)*
Valentin Raspoutine, *L'Honneur de Tamara Ivanovna*

Alexeï Remizov, *Koukkha*
Iouri Riabinkine, *Le Siège de Leningrad*
Vassili Rozanov, *Dernières feuilles*
Alexeï Salnikov, *Les Petrov, la Grippe, etc.*
Alexandre Schmemann, *Journal (1973-1983)*
Marek Šindelka, *La Fatigue du matériau*
Grigori Sloujitel, *Les Jours de Saveli*
Martin Šmaus, *Petite, allume un feu…*
Luan Starova, *Le Chemin des anguilles*
Anton Tchekhov, *Des larmes invisibles au monde*
Nikolaï Tchernychevski, *Que faire?*
Iouri Tchirkov, *C'était ainsi…*
Nadejda Teffi, *Souvenirs*
Tatiana Țîbuleac, *L'Été où maman a eu les yeux verts*
Tatiana Țîbuleac, *Le Jardin de verre*
Léon Tolstoï, *L'Argent et le Travail*
Léon Tolstoï/Sofia Tolstoï/Léon Tolstoï fils, *La Sonate à Kreutzer, À qui la faute?, Romance sans paroles, Le Prélude de Chopin*
Sofia Tolstoï, *Ma vie*
Marina Tsvetaeva, *Le Cahier rouge*
Marina Tsvetaeva, *Les Carnets*
Marina Tsvetaeva, *Lettres à Anna*
Marina Tsvetaeva, *Lettres du grenier de Wilno*
Marina Tsvetaeva, *Poésie lyrique* (1912-1920), (1921-1941), bilingue
Marina Tsvetaeva, *Grands Poèmes*
Marina Tsvetaeva/Nicolas Gronski, *Cet été-là*
Marina Tsvetaeva/Boris Pasternak, *Correspondance*
Evgueni Vodolazkine, *Brisbane*
Evgueni Vodolazkine, *L'Aviateur*
Evgueni Vodolazkine, *Soloviov et Larionov*
Varujan Vosganian, *Le Livre des chuchotements*
Boris Zaïtsev, *L'Étoile bleue*
Boris Zaïtsev, *Le Mont Athos et Valaam. Pèlerinages d'un écrivain russe*
Boris Zaïtsev, *Une maison à Passy*
Lajos Zilahy, *Printemps mortel*
Alexandre Zviaguintsev, *Sélection naturelle*

MIX
Paper from
responsible sources
FSC® C174775

Dépôt légal : janvier 2024

ISBN : 9782940701742